吃貨出頭天

下

蘭果 著

風 文創 881

目錄

第十一章

月牙兒將「糖不甩」和「腐竹糖水」的涵義當作異地風俗講給伍嫂他們聽。伍嫂覺得很有趣，和杏花巷街坊閒話家常時也提起這一齣，勾得人興趣來了，便到杏花館裡指名要一碗糖不甩吃吃看。

吃了之後，果然味道不錯，一傳十、十傳百，這幾天巷子的人家漸漸都聽說了。自然而然的，吳勉也明白了月牙兒的心意，歡喜的讀了一夜的書。

他如今考中了案首，得以成為府學的廩生，不僅可以免役免糧、見官不拜，每月官府還會補貼他些錢糧。再加上吳勉是案首的消息一傳出去，就有書局的老闆帶著錢上門，請他將這次應試的文章默下來，編輯成書，以作後來考生的參考資料，是以他如今可以專心唸書，不必再為生計奔波。

今年的案首只十六歲，消息傳出去，媒人們更是蠢蠢欲動。可誰知這吳家的大門，竟然是敲不開的，就連一個媒婆帶著女方九擔嫁妝來說親，吳家也是一概謝絕，說是已經訂了親。

這事頗叫街坊議論了幾天，然而杏花巷要辦燈節的消息一出，附近幾條街巷的飯後閒談全變成了燈節。

在家門口的燈節，多新鮮呀！

人們從杏花巷路口過，能見到一左一右的兩幅大紅布。左邊的那幅，用極顯眼的大字寫著杏花燈會何時開張的字樣；右邊的那幅口氣更大，寫的是「金陵美食節」，只要眼睛沒瞎，一定看得清楚、明白。

除了杏花館，在杏花巷擺攤的小販們也紛紛掛出了海報，說美食節那日必定優惠。整條杏花巷，像是過年一樣的熱鬧。

杏花館還推出了一款紙扇，很漂亮，寫著杏花燈會的大字，在長樂街、秦淮河……日日都發放。

雖說已經到了秋天，扇子不是什麼必需品，可架不住人家免費送啊！於是人人去搶去爭，一家只能拿一把扇子，可若是拉了一戶親戚來，可以拿兩把！

杏花館的蕭老闆要在杏花巷辦燈會的消息，就如一陣風一樣，颳過金陵人家的屋簷，沒半個月，幾乎全城都聽說了這個消息。

「聽說蕭老闆訂了一整條街的花燈呢，真是大手筆。」

「杏花巷的那些小攤子前都貼了畫，說燈節那天有大優惠。」

「娘，我要去吃點心、我要去吃！」

「小孩子別插嘴。會帶你去的，別哭啊。」

「聽說杏花館還免費送糖呢！只有先到的五十個人有。」

「喲，那我得一大早就排隊去。」
女人、孩子們談花燈、談便宜的點心，男人們卻在談其他的。
「聽說了嗎？燈節那天，二十四橋的柳見青會在杏花館獻舞！」
「還有那唱崑曲的蘇永，說也會來。」
「那我一定得早早去占位置。那天杏花館開業，我就聽了個尾巴，全錯過了！」
「這是真的嗎？杏花館我又不是沒去過，他們那裡有那麼大的臺子唱戲？」
「你沒瞧見杏花巷靠近水邊那地方搭了一個高臺嗎？那就是戲臺子。我看人家宣傳單上寫著，每月都有免費的戲看呢！」
「照你這麼說，不就成了一個集會了嗎？」
「誰說不是呢！要不是杏花館的蕭老闆牽頭，咱們要跑好遠才能看這熱鬧。」
「要我說，是我們這裡風水好，要不怎麼越來越興旺了呢？今年的案首，也住在咱們這一片，那些在杏花巷擺攤的，生意也越發的好，還聽說連那新開的燕雲樓都賺了好多錢。」
「說起這個我就來氣。我隔壁那個賣糖畫的，早早的在杏花館前租了棚子，這些天賺得盆滿缽滿，這會兒又開燈會，我怕他回家的時候，牙都給笑掉了！」
「就是，老子要有錢，現在就在杏花巷買一處屋做買賣了，鐵定不賠錢。」
傳言紛紛擾擾，有的人說得天花亂墜，那描繪的燈節盛景聽得簡直不像真的，倒像仙宮酒宴一樣。

月牙兒回到杏花館時，店裡已經打烊了。伍嫂迎上來，小聲稟告道：「姑娘吩咐的宣傳，都辦好了。如今妳走在這四、五條街，隨便打聽打聽，都知道咱們杏花巷要辦燈會。」

「很好。」月牙兒見她眉頭微皺，問：「怎麼事辦好了，看妳的模樣卻不開心？」

伍嫂皺著眉，說：「姑娘這花錢的手筆委實太大了些，今天我把那袋銀子給人時，心都要碎了，哪有這樣過日子的？」

「這不是過日子。」月牙兒喝一口水，拿過撲扇給自己搧風。「這是必要的投資。」

什麼投資呢，不就是變著法子的撒錢嗎？伍嫂心疼錢，又不好駁她的話，只陰沈著一張臉。

月牙兒說：「別擔心了，伍嫂，花出去的錢總能成倍回來的。」

廚簾一動，六斤端著一個托盤過來，擺在桌上。「怕姑娘餓著，簡單的做了一碗雲吞麵。」

「我是真的餓。」月牙兒抄起筷子，深深吸了一口氣。「真香啊，妳放了芝麻油。」

雲吞麵做起來的確快，材料都是現成的，小雲吞肥三瘦七，汁水充盈，一口能吃兩個。麵是今日店裡做的，很勁道，咬起來彈彈的，一口雲吞一口麵，再喝一勺湯，整個人都舒坦了。

伍嫂擦好桌子，抬頭見她吃得急，問：「姑娘沒用晚膳？」

「何止是晚膳。」月牙兒咬了半個雲吞，口齒含糊。「我連一頓正經的中午飯都沒吃。

上午光盯著他們在秦淮河邊搞宣傳，下午又去見柳見青，她那裡妳是知道的，晚上連一點油腥都沒有。」

伍嫂聞言，又給她泡了一碗蛋湯水。「姑娘也該歇一歇。」

「還沒到歇息的時候呢。」月牙兒抬頭笑笑。

「對了，」伍嫂想起一事，轉身去拿帳本。「按照姑娘吩咐的，來這裡存錢的人、數目都記下了。不僅是杏花巷的街坊，還有許多附近的人來存錢呢。」

伍嫂不認識幾個字，所幸月牙兒教給她一套記帳方法，只要認識數就差不多了。

「辛苦了，做得很好。」

月牙兒一邊吃雲吞麵，一邊翻動著帳本看。

六斤倚在桌上，對她說：「姑娘，咱們以後真要月月唱戲嗎？」

「逢八的日子會有戲唱。」

「可是……這樣好貴啊。」

月牙兒捧起碗咕嚕咕嚕喝湯，吃完了才道：「還好啦。李知府也覺得這個點子好，給了一些補貼，何況我也沒打算請有名的戲班子唱戲。」

戲臺這東西，本就是用來帶動人氣的。之所以逢八唱戲，是為了使人們有個概念，每月這時候都會聚集在杏花巷這裡，就像元宵節的夫子廟一樣。

辦燈會、為小攤販提供棚子也是同樣的道理，是為了將杏花巷的名氣打出去。名氣一大，人就多；人一多，商家就來；商家多，人更多，長此以往，就會形成習慣。月牙兒想要的，是在將來的某一日，人們一提起金陵美食，就會想起杏花巷。來到杏花巷，就不可能忽略杏花館。

燕雲樓在這裡開業，倒提醒了月牙兒這件事。與其和這一個餐館鬥雞似的爭，不若索性將蛋糕做大，做整個餐飲界的領頭人。

這樣的思路，會幫助杏花館成為長盛不衰的一家店。

月牙兒的眼中是毫不掩飾的野心，倘若事情的進展能夠按照她的藍圖走，那麼很快的，杏花館的名字就會和金陵美食聯繫在一起，真正成為一塊金燦燦的招牌。

中秋這日，小裴一大早就起來了。

自從知道杏花巷要辦燈會的消息，小裴就天天數著手指算日子，張口閉口就是要去看燈會，鬧得連他爹都煩，只得勉為其難的答應下來，還說：「就你們小孩子喜歡吃這些亂七八糟的小吃。」

我信你個鬼！

小裴心裡氣憤的想著。爹爹說得好像不情願的樣子，可上回去杏花館吃點心，他的筷子動得比誰都快，跟蠶寶寶吃桑葉一樣，一抬眼就見他吃完了一個點心。

好不容易收拾清爽，小裴站在家門口左催右喊，最終叫出來一個裴父。而裴家女眷嫌此時天光還早，便說要點燈的時候再過去。於是，小裴就拉著仍在打哈欠的裴父出了門，直奔杏花巷去。

「慢一些，燈會燈會，晚上才有燈呢！你這麼大清早去做什麼？」

「爹您快些，蕭美人家的點心，最好吃的那種哪一回不是早早就賣完了？您上回還說下次去杏花館一定要提早呢！」

小裴見不得裴父這副懶洋洋的模樣，索性推著他往前走，裴父無奈，只得走快了些。

要說這蕭老闆，不僅手藝好，也會做生意，堪堪一年的光景，就從擺小攤子到開店了。只是杏花館賣的點心，比起其他店來說還是有些貴了，因此裴父一個月只帶小裴去一次。

他們上次去杏花館吃點心時，正巧見著店裡人踩著凳子掛「杏花燈會」的大紅橫幅。當時他見著這大紅橫幅有趣，隨口問了問，被告知杏花巷要辦燈會和美食節。

聽了這個消息，裴父心裡又期待、又擔憂，期待的是新的美食，擔憂的是自己的荷包。畢竟杏花館點心的價格不太便宜，所以出門的時候，裴父特意帶了一個鼓鼓的荷包，心裡才有底氣。

他們家離杏花巷並不遠，走上一刻鐘也就到了。還沒過小橋呢，就見著許多人圍在一個鋪了紅桌布的紅臺前。

「這麼早，怎麼人就這麼多？」裴父吃驚道。

「您看您看，我早說了吧！等娘過來，誰知道還剩下什麼好吃的，肯定早早的都賣光了！」小裴趾高氣昂道。

兩人走近一瞧，發現在紅臺後的，原來是曾在雙虹樓老店簷下擺攤的魯大妞。

魯大妞正指揮著一些小丫頭分發各色彩紙，裴父也要了一張。

魯大妞見是熟客，便向裴家父子解釋。「這是美食節的宣傳單，上面寫著燈會的節目、今日有哪些美食出售，還有一張杏花巷的地圖在背面，標紅色的是名勝，你們在這些地方可以蓋紀念章，集滿了九個章，便可以參加杏花館的抽獎，有大禮的。」

小裴踮起腳尖湊過來瞧，這宣傳單畫得很具體，說明也很白話，很好懂。他當即拉著父親說：「爹，我要蓋滿紀念章。」

「行啊，來都來了，就逛一逛唄。」

父子兩人正走在小橋上，漸漸的就聽見許多聲音。

賣小吃的攤販正吆喝著招攬顧客，賣花的姑娘唱著自己編的小曲，還有刀剁在案上，將肉糜打得很響；一個大銅鍋裡，裝了好些石頭，鐵鏟一翻，沙沙作響，一股果實的香味隨著這響聲飄出來，很香。

小裴嗅見香氣，驚喜道：「是栗子的香氣。」

他撒開腿就往前跑，一口氣跑到那賣栗子的小棚子前。

果然，在鐵鍋裡翻動的，不是板栗又是什麼？

裴父氣喘吁吁地追上來，看見兒子這兩眼發光的模樣，自覺地拿出荷包，問了價，買一斤。

賣糖炒板栗的小哥收了錢，手腳麻利的翻動鍋鏟，給他們裝了一包。

這人看起來有些眼熟，裴父想起來了。「咦，你不是在杏花館做事的嗎？我以前去吃飯見過你。」

賣板栗的小哥聽了，往紙袋裡又放了四、五個板栗。「原來是老主顧，多給您一些。我是在杏花館做事的，今天不是美食節嘛，怕店裡坐不下，蕭老闆就叫我們分別擺了幾個小攤子。您往後瞧——」他抬起手往後一指。「那個賣烤冷麵的、賣肉夾饃的……都是杏花館的人。」

裴父恍然大悟，笑著說：「這樣好，不然想在杏花館吃點心，不知道要等多久。對了，你這糖炒栗子，是蕭老闆指點的方子？比以前吃的格外香些。」

「都是蕭老闆的主意。」賣板栗的小哥一副很驕傲的神情。「我們老闆厲害著呢，就是不好吃的東西，經過她的手一做，也好吃起來。」

「那是。對了，今天不是說燈會還有戲聽嗎？戲臺子在哪兒呀？」

「在河那邊，正對著杏花館。您瞧杏花館旁邊新起了一座小閣，那是我們蕭老闆親自設計的，在小閣上看戲，視線最好！說是還能看到煙花呢！」

他倆聊得開心，一旁的小裴可是等不及了，用指尖捏了一個板栗出來。只見板栗殼上裂開了一條小縫，露出裡面的果肉來，拿在手裡黏黏的，一看就是糖炒的。

顧不得燙，小裴剝了一顆板栗吃。如今的板栗新成熟不久，正是最新鮮的時候，若是直接炒熟了吃，難免有些青澀，可小裴一口咬下去，只覺板栗肉吃起來甜甜粉粉，半點澀味也沒有。原來砂糖已經透過板栗殼上那一條縫，浸潤到果肉裡去。

裴父寒暄完，見兒子吃了好多顆，急了，立刻抓了滿滿一手掌的板栗出來。「你慢些吃，那邊還有很多吃的呢！省著些肚子！」

他一面說，一邊將板栗剝開來吃。

整整一上午，父子兩人一路走、一路吃，話都沒說幾句，因為嘴巴被吃的給塞滿了。為了搜集紀念章，他倆幾乎將杏花巷走遍了。

這杏花巷說是巷，其實頗有些曲折，走了一會兒，便有一道彎，或者瞧見一株很大的榕樹，倒有幾分曲徑通幽的意思。

「爹，您瞧這榕樹上綁了好多紅布條啊！」

裴父正在吃肉夾饃呢！白吉饃烤至微微脆，夾上滿滿的臘汁肉糜，再加一顆臘汁肉滷水泡出來的滷蛋，一個肉夾饃匯聚了三種口感，酥、軟、鮮，唇齒留香。

他咀嚼一口膠糯香滑、切成碎丁的肥肉，抬頭去看，只見亭亭如蓋的樹上掛了好些紅布條，上面還寫著字，有幾人圍著樹下的一個小攤，正俯身在桌上寫著字。

小裴對照了下杏花巷地圖，很肯定道：「這裡是一個蓋章點。」

他倆湊過去蓋章時，發現這擺攤的婦人也很眼熟，一問才知道，是原來到杏花館幫過忙的街坊。

「這掛紅布條在樹上做什麼？」

婦人才賣出了一個紅布條，忙著數錢，抽空答道：「祈福呢，這老樹有靈，你若有什麼心願，可寫在這紅布條上，然後掛在樹梢，樹靈得知，冥冥中自有保佑。」

小裴轉過去眼巴巴地望著他爹。裴父嘴角抽搐了一下，駕輕就熟的將荷包掏出來。

父子兩個一人買了一條紅布條，裴父寫完後，想去看小裴寫了什麼，可小裴卻用身子擋得嚴嚴實實，不肯給他瞧。

「不看就不看，誰稀罕。」裴父咕噥著。

兩人拿著各自的紅布條往樹上掛，小裴想要掛得高一些，嚷嚷道：「爹，您抱我起來呀。」

裴父索性讓小裴坐在他肩膀上，給他當馬騎。「這總搆得著了吧？」

「搆得著了。」小裴格格地笑，將寫有心願的紅布條掛了上去。

逛到中午時分，兩人終於回到杏花巷口，裴父問兒子。「午飯還要不要吃？」

「要。」小裴大聲道。

他們倆不約而同地望一望杏花館。

「別看了，兔崽子，今天的杏花館你爹是訂不到位置的。」

小裴撇了撇嘴，有些失望地道：「哦。」

裴父揉了一把他的腦袋。「你看這邊新開了一家燕雲樓，看起來也不錯，不然我們到這裡試一試？」

兩人便到燕雲樓去，這燕雲樓的生意也挺好，說起來，整條杏花街從頭到尾，就沒有生意不好的店，兩人略等了等才有位置坐。

這燕雲樓也學杏花館，弄了一份菜單出來。

裴父看過菜單後，笑了。「你們這也有縐紗餛飩啊，價格可比杏花館還要便宜些。」

跑堂的小二給兩人倒上茶水，神神秘秘道：「我們的點心師傅，也是杏花館出來的！」

「真的？那來兩碗縐紗餛飩。」

等了好久，在裴父催過一次後，縐紗餛飩總算送上來了，看著也很好。

裴父迫不及待的吃了一個，表情有些微妙。

怎麼說呢，這碗縐紗餛飩，味道稱得上好，可和杏花館的一比，就如同畫上的美人與活生生的美人之間的差別。

形似，神不似。

這餛飩之所以叫縐紗餛飩，主要是由於其皮格外輕薄，如同縐紗一般柔軟。但燕雲樓的縐紗餛飩，卻沒有想像中的那般柔和透，其中有細微落差；而湯底比起來也似乎差了一味，因此吃起來沒有那股鮮味。

倒是值這個價。

吃了一上午，裴父其實並不餓，只是想著原來在杏花館吃過縐紗餛飩，才點了同樣的東西，然而他才吃了一個，就不大想動筷子了。

側身看看小裴，發現他剛吃了一個，就舉著調羹陷入了沈思。

「怎麼了？其實這味道也還可以的。」

小裴嘆了一口氣，學出一副滄桑的語調。「『曾經滄海難為水，除卻巫山不是雲』，我現在明白這首詩的意思了。」

午後，父子兩人在店裡坐了一會兒，等到他們離開燕雲樓的時候，驚訝地發現整條杏花巷已經是人山人海，乍看上去，猛然有種到秦淮河邊看燈會的感覺。

尤其是挨近杏花巷口的小攤子，無論是賣什麼，都圍著一圈人，生意好得不得了。

小裴和裴父見狀，不禁感嘆起自己的英明，要是來得晚了，豈不是什麼都要排隊？按照這情勢，就是排到晚上，也不一定能將東西吃遍呢。

不過既然杏花巷的小吃都吃過了，那他們下午做什麼呢？正想著這事，忽然聽見幾聲絲竹聲，是從戲臺子方向傳來的。小裴聽見這聲音，拉著裴父去看新搭的戲臺子。

這戲臺子就搭在河邊，不大，但有兩層樓高，像個小閣般玲瓏。戲臺上有兩扇小門，一扇門上寫著「出將」兩字，另一扇則寫著「入相」的字樣，瞧著怪新鮮的。

戲臺前放了十來張板凳，但對於這麼多人而言，明顯位置是不夠的。趁現在時候還早，裴父立刻占住一張板凳，和小裴擠著坐。也有住得近的人，跑回家提著椅子又匆匆跑回來，占住一塊地方坐。

可看了一會兒，發現戲沒開場，只有戲臺上的人在奏樂，有人出來喊說：「這是排練呢，還要等一會兒才唱戲。」

有些人聽見這話，便跑到其他地方湊熱鬧，可裴父擔心他一走，這張板凳就沒了，看著坐在椅子上扭來扭去的小裴，他笑道：「行了，我在這裡占位置，你去玩吧。別跑遠了，開戲就回來。」

「知道了！」小裴歡欣雀躍，立刻跑走了。

小孩子最愛熱鬧，他在人群裡竄來竄去，因為這一條龍似的小吃攤他都吃過了，因此有空看看其他的東西。

當他跑到那株綁著紅布的大榕樹下時，看見榕樹後的一處宅子，門口有塊木牌，有兩個人站在那裡瞧，小裴仰起臉問那個在看木牌的人。「叔叔，這上面寫著什麼？」

那人見他是一個小孩子，便耐心的給他解釋。「寫的是『此店招商』。」

「什麼是招商？」

「就是這處地方能買下來，或租下來做生意。」

小裴忽然有了一個想法，要是他家能在杏花巷開店，那他豈不是可以天天來杏花巷玩？若他能夠天天來這裡玩，豈不是可以天天吃到各色美食？

他越想越激動，一溜煙跑到戲臺子那裡，拽著他爹的衣袖要他去看。

裴父被鬧個不消停，只得丟下占好的位子跟著兒子走，等他們走到榕樹下，又多了幾個人在仔細瞧那塊木牌。

「這個地方開店，瞧著是不錯。你看杏花巷今日這熱鬧勁，都快趕上秦淮河邊了。」一個人感嘆道。

「那也得一直這麼熱鬧下去才好！」另一個穿著藍衣的人反駁道：「誰知道這地方能熱鬧多久呢？」

小裴聽了不高興。「杏花館在這裡多久，這地方就能熱鬧多久！」

藍衣人又想反駁，卻聽見這是脆生生的童音，不由得沒了抬槓的心情，嗤之以鼻。「你喜歡，你叫你爹買啊。」

說完，他就走了。

小裴扭頭去看他爹。「爹爹，咱們家不是有錢嗎？不然就在這裡做生意吧，肯定很賺錢！您瞧那些賣吃食的小攤子全圍滿了人。」

裴父正思量著，聽見這話笑了。「那你說說，人家賣點心、賣小吃，我們賣什麼？」

「賣燒餅啊！奶奶做的燒餅最好吃了！」

這話是真的，因為裴家有廚娘，裴奶奶平日裡很少下廚，除非是做燒餅。她特意找人打了一個很大的木桶，裡頭放著一個炭盆。

相同等份的麵團，用掌心略微按圓，捏出一個小窩窩。愛吃甜的，就放一勺砂糖；愛吃鹹的，就放摻和著豬油的肉糜。然後擀成薄薄的一張餅，貼在木桶內側。

等炭火將餅烤得金黃酥脆，再用火鉗挾出來，便可以吃了。才出爐的燒餅，香得一塌糊塗，趁熱咬一口，焦酥的表皮應聲而碎，內裡的糖漿流出來，又甜又脆，小裴一口氣能吃兩個。

裴父聽了兒子的話，倒真掂量起這麼做的可行性。這時忽然有人拍了拍他肩膀，回頭一看，是他在縣衙的同僚。

「你也來看熱鬧？也對，我記得你是最好吃的，哈哈。」同僚笑著捏一捏小裴的臉，和裴父打了聲招呼。因為見著他們爺兒倆盯著一塊木牌看，那位同僚也湊過去瞧。

「喲，這個地方還真不錯。」他小聲同裴父說：「我跟你說，這杏花巷日後一定能興旺。」

「怎麼說？」裴父聽他說得玄虛，不由得問道。

同僚望了望左右，將聲音放得更輕。「聽說最近李知府也帶著幾位官人買下了杏花巷的房子呢。」

裴父一愣，還沒等他想清楚，忽然聽見銅鑼響，一聲又一聲。

「杏花館——抽獎——要開始嘍——」

小裴拉著他爹就跑。

杏花館的抽獎，竟然是在戲臺子舉行的。一個小姑娘捧著一個盒子，裡面有各色紙團，集齊了九種印章的人可以抽一次，打開一看，能瞧見裡面畫著一朵花。

裴父本來想自己抽獎的，但見著身邊一臉小可憐相的小裴，他只得讓出這個抽獎機會。

小裴先抓了一個紙團，正要拿出來時，不知為何覺得這個不好，於是他又重新拿了一個，打開一看，上面畫著杏花。

笙簫琵琶一齊響起，蕭老闆一身盛裝走到戲臺子上，開始唸獎項——

抽到梅花的人，可以領到一小盒冰皮玉兔月餅。

裴父的同僚抽中的就是梅花，小裴看到他拿了冰皮玉兔月餅，便湊過去瞧。

這月餅竟然是白色的，怪不得叫冰皮。只見這月餅捏成了一隻小兔子的模樣，活靈活現，小裴好奇地輕輕捏了捏，竟然還能彈回來。

這麼好看的冰皮玉兔月餅，誰捨得吃呢？他正想著，只見裴父的同僚拿起一個，一口就吞掉了。「是豆沙餡的，好吃！」

小裴「哇」的一下就哭了，裴父的同僚以為他是饞了，拿起一個冰皮玉兔月餅給他。

「一個給你吃，味道真的不錯。」

兩個大人勸了好幾句，小裴才含著淚吃了一個。

真好吃。

獎項一個接著一個唸，每一種都是好吃的點心，可是聽來聽去，都沒聽見杏花。

只剩最後一個獎了，小裴小嘴一撇，預備要是沒中獎就哭一哭。
「最後的獎項，是——杏花。」
戲臺上，月牙兒唸完花名，幾個人立刻大聲複述。「杏花——誰手裡有杏花？」
「我我我！」
只聞其聲，不見其人。
月牙兒的視線掠過人群，沒瞧見，直到一個男子將一個男孩舉起來，她才瞧清了。
原來是一個小孩子。
看著眼熟呀，等那小孩子跑上臺來，她記起來了，這不就是那對買糖龜的幸運父子嗎？
她蹲下來，平視小裴，溫柔的說：「恭喜你啊，拿到的是蟹釀橙。」
中秋之日，正是蟹肥之時。將大閘蟹蒸熟，把蟹肉、蟹黃剔下來，同橙肉、菊花酒一同烹煮，而後放在一個挖空了的香橙裡，蟹肉鮮嫩，香橙清爽，兩者雖完全不同，卻激發出一種獨特的美味。
抽完獎，天色已經昏暗，月牙兒笑著宣布。「杏花燈會正式開始。」
伴隨著她這句話，小河對岸點燃起大片大片的煙花來，火樹銀花倒映在水面，美如仙境。
一輪煙花燃後，忽然小河上飄來一隻小舟，一個戴著寬帽的老人舀了一勺鐵水，往夜空一潑，落下滿天星辰。

眾人正驚嘆著，忽見河邊的燈一盞接著一盞亮起，像將天上的星星摘了下來，安在人間。此時絲竹聲起，蘇永一身戲裝，從「出將」小門下走出來，一唱定乾坤。

月牙兒正走到臺下，就聽見震耳欲聾的叫好聲。

她扭頭同一旁候場的柳見青道：「蘇永唱得真不錯，這才第一句呢，就這麼多人叫好！」

柳見青換了一身舞衣，正對著小鏡照看自己的妝容，漫不經心道：「湊合吧。」

月牙兒聽了，連忙補上一句。「自然，比不得柳姊姊一舞動四方。」

柳見青這才正眼瞧她，冷哼了一聲。「我可警告妳，要是我投的錢打水漂兒了，我做鬼也不會放過妳！」

月牙兒忙說：「要真那樣，我自己也不會放過我自己。」

她左一句好話，右一句好話，終於將柳見青奉承舒坦了，勉為其難給月牙兒笑了一笑。

等她上了臺，月牙兒才鬆了一口氣，轉過身，才發現吳勉拿著一盒冰皮玉兔月餅，不知等了她多久。

「你今日不溫書嗎？」月牙兒向他走過去，拿了一個月餅。

吳勉說：「前三日我已經將今日的溫書時間補齊了，所以今日可以不必溫書。」

他說話做事，總是這樣一板一眼的。

月牙兒吃完一個玉兔月餅，轉身瞧見杏花巷的繁華場面，忽然笑起來。「你看，這是我打下的江山。」

吳勉笑一笑，眉間卻有些擔憂之色。

「怎麼了，有什麼問題嗎？」月牙兒問。

他搖了搖頭，想了想，才說：「我為妳開心。」

「話沒說全哦。」

吳勉認真的望著她。「可是有的時候，我也有些擔心。妳行事太過特立獨行，我很怕有人會對妳不利。」他說著說著，劍眉微蹙。「說到底，還是我如今不夠強大，不能護妳周全。」

月牙兒笑了。「總有那麼一天的，你護著我，我也護著你。」

聽她這樣說，吳勉倒有些不好意思，轉身去看河裡的燈影。

流水清淺，映著燈影和圓月。

吳勉心裡忽然一柔，因為他有兩個月亮。

既然有如此好月色，有誰願意待在家中？

人們幾乎是傾巢而出，在各個大小燈會上遊玩。而在眾多的燈會裡，杏花燈會雖然不起眼，但足夠特別，因為還兼做一個美食節，衝著美食這兩個字，也有許多遊人願意來看看。

等到月至中天的時候，整條杏花巷幾乎全是人，這一點連月牙兒都沒想到，她連忙叫人去維持秩序，避免有什麼踩踏事件發生。

她忙得焦頭爛額，吳勉也不打擾她，拿著一盞荷花燈默默跟在她身後。

等到二更時分，杏花巷才漸漸冷清下來，月牙兒打著哈欠，原本想去睡覺，可吳勉卻提醒她。

「妳還沒有拜月呢。」他說。

這個風俗其實月牙兒不清楚，但吳勉既然提醒她了，她自然不會不聽。

有句古語說：八月十五月兒圓，西瓜月餅供神前。既然是拜月，自然得有供品，月餅是現成的，但月牙兒並沒有做傳統的烤月餅，只能用冰皮月餅湊個數。

這時候的拜月風俗，講究女拜月，男不拜。月牙兒打著哈欠，換了一身衣裳，才走到小花園裡。

伍嫂和六斤，已經把拜月的供品、香燭準備好了，擺了一張大香案，正設在庭間。

那香案上，放著月餅、西瓜、棗子、柿子等各色食品，最引人注目的是西瓜。從井裡拉上來的西瓜，每一粒瓜子都是涼的，在這樣微微有些熱的夏夜，吃下去極為暢快。不過拜月的西瓜，不能像往常一般直接吃，而是要切開，把裡面紅色的西瓜瓤雕琢成蓮花的模樣。

在切西瓜的時候，月牙兒已經吃了小半個。

就是這樣，她還意猶未盡，拜完月後，索性將剩下的西瓜榨出汁來，配上牛奶，冰鎮一會兒，一口氣喝盡，神清氣爽。

這時她倒不渴睡了。

既然睡不著，那索性就去放河燈吧。

月牙兒拉著吳勉，走到小河邊。

將一截短短的紅燭，放在蓮花燈裡，輕柔的，擱在水面之上。夏夜的風將河水吹起漣漪，那一點星光似的蓮花燈，也隨之遠去。

天公作美，今天晚上這樣的好天氣，一共持續了整整三日。

中秋的風俗，本就是親朋好友齊聚一堂，再加上難得的假期，人們趁著晴朗天氣在城裡到處湊熱鬧。杏花巷的位置並不偏僻，再加上燈會和美食作為噱頭，很是受歡迎，來到此間遊覽的，不僅僅是當地人，也有人從附近的村莊小城來此品嚐美食。

而在眾多珍饈佳餚之中，最受歡迎的竟然是杏花館推出的那一款冰皮玉兔月餅。

月餅，本就是中秋的絕配。這時候的月餅講究的是要像滿月一樣，又大又圓才好，金陵城大大小小有許多作坊，專門趕在中秋之前做月餅，便宜些的，就是光禿禿一個圓圓的小月餅；而講究一些的，則是一個比手掌還要大的月餅，上面刻著吉祥如意的字樣或圖案。

相比之下，杏花館出品的這一款冰皮月餅，可謂與眾不同。

首先是顏色不同，冰皮月餅是白色的，一看就柔柔嫩嫩，有別於其他烤製月餅的焦黃色；其次是形狀不同，月餅原來可以不是圓的，除開先前當作禮品發放的玉兔月餅之外，杏花館備的貨裡，既有圓形的月餅，也有方形的冰皮月餅，表面的花紋也不是傳統的並蒂花或吉祥如意，反而是一些小動物的模樣。

而最令人覺得特別的，是冰皮月餅的餡心。傳統月餅的餡心不是豆沙就是五仁，而杏花館賣的最好的一味冰皮月餅，卻是雙蛋黃蓮蓉餡。新鮮採摘下來的蓮子，洗淨之後搗成泥和流沙鹹蛋黃配在一起，糖的用量，是很謹慎的，多一分則膩，少一分則淡。

這樣小小巧巧的一個冰皮月餅吃下去，蓮蓉通透，蛋黃鮮香，就是吃相最講究的閨秀，也可以毫無負擔的吃下兩個。

又好吃、又好看，還好玩，這樣的月餅，誰人不喜歡？

尋常商家賣的月餅，一過中秋就非要打折出售才行，可杏花館的冰皮月餅，卻在中秋之後火遍了全城，幾乎每日都有人排著長隊來買。

絡繹不絕的顧客，雖然帶來了很多銀子，但有的時候也令人頭痛，因為月牙兒實在沒有足夠的人手可以安排去做月餅。

她只能向于雲霧求助，問一問哪裡有專門做月餅的小作坊？還真給她問著了一個。

有個姓許的賣月餅的小作坊有意轉手，地方離杏花巷雖然有些遠，隔了三條街，但小作坊門前的河，卻和杏花巷這條小河是相通的。

月牙兒去實地考察之後，立刻拍板，將這小作坊買了下來。

原本作坊裡做工的人還擔心自己的活路，他們做了大半輩子月餅了，除了這門手藝，其他的也不會，正在他們擔憂的時候，傳來消息，說杏花館的蕭老闆接手了這個小作坊，這些人自然是不勝欣喜。

在月牙兒接手了這小作坊之後，同每一位職工簽訂了書契。第二日，這個小作坊就改姓了「蕭」，全力生產冰皮月餅和其他的小點心。

月牙兒可謂是如虎添翼，終於可以騰開手去做其他事，而原本杏花館的老員工也終於可以輪換著休假，只要上足五日的班，就可以休兩天的假。在這個時候，這可謂是一件新鮮事，因為就連朝堂上的官員們，也沒有休這麼多天假的。除了足夠的休假之外，月牙兒還提供三餐，甚至給幾位老員工做了股分分紅。

魯大妞回家的時候，一些街坊就偷偷跑過來問。

「聽說蕭老闆還給你們分紅，有這事嗎？」

「當然有。」魯大妞趾高氣揚的說：「光是這一個月，我就拿了三兩銀子呢。」

這麼多？在眾人的羨慕眼光裡，魯大妞得意洋洋。「我們家老闆還說了，她以後要給我開店，讓我當老闆。」

還有這樣的好事？這個消息一傳開，不知有多少人想到杏花館做事。好些人託杏花館的老員工來說情，說得月牙兒都煩了，不得已，月牙兒只好專門指派一個人管人事。

讓誰來管人事呢？月牙兒想了又想，最終決定讓伍嫂來管。自從伍嫂來了杏花館，月牙兒的壓力就減輕了不少。伍嫂有了年紀，為人又端正，無論是待人接物，還是打理雜事，都井井有條，就連一開始在杏花館臨時做事的街坊，也願意聽伍嫂的話，任她安排。

這樣的人才，著實可以來管人事。這天閉店後，月牙兒喊住伍嫂，同她說了這件事。

伍嫂聽她說完，微微有些驚訝。

「可我從來沒有做過這樣的事呀。」

「誰是生下來就會做事的呢？」月牙兒鼓勵她說：「這些天妳是怎麼做事的，我都看在眼裡，妳一定行的。」

「話是這麼說沒錯，可我……我怕誤了姑娘妳的事。」

伍嫂臉上很有些自豪的神氣，但未免又有些擔憂，畢竟她以前能管的人，至多不過是她的丈夫和女兒。

「怕什麼？」月牙兒說：「妳不相信妳自己的能力，還不相信我的眼光嗎？」

話說到這分上，伍嫂也不是扭捏的性子，想了想，答應下來。

「這麼著，我先管著試試看，如果哪裡做得不好，姑娘再另外尋人。」

月牙兒笑道：「這是什麼話，有伍嫂坐鎮，我的心都安定不少，妳只管放開手去做，有什麼事為難的，和我說一聲便是。

「還有一事，」月牙兒從袖子裡拿出兩份書契，是當時伍嫂和六斤簽的身契。「妳在我這裡，雖然名義上是主僕，但我心裡從來都是把妳當作長輩。這兩張身契，我一早就想還給妳們，但那時候妳老家的事還沒定，我這杏花館也是新搭的臺子，怕生出變故。」

她將書契往伍嫂手裡塞。「現在好了，我們杏花館也算小有名氣，就是妳老家鬧過來，我也能和他們對峙，這份書契還是妳自己收著吧。」

伍嫂拿回身契，說話聲都有些哽咽。「姑娘待我們，是真好，我必定好好給姑娘做事。」

這件事便這樣定了。

杏花館還是在對外招人，最重要的是要招一位既有經驗、人品又好的帳房先生。這樣的人很難找，因為要求頗高。

自從在用人的問題上吃了一回虧，月牙兒現在可以說是寧缺勿濫。寧願自己辛苦一些，也要慢慢的找，她幾乎將身邊熟悉的人問了個遍。卻沒想到，最後招到的帳房先生是自己上門自薦的。

這一位帳房先生姓余，是第一次來杏花館用餐的客人。他應當不是本地人，因為說話的口音略微有些不同，身材消瘦，穿著一襲舊衣，看著不是很好相處的模樣。

可他的算盤的確打得好。算珠上下一撥動，就算是很繁雜的數目，他也能算得又快又準。只是他撥動算盤的時候，月牙兒瞧見他的右手少了一根手指。

月牙兒問過他的籍貫、姓名、經歷之後，有些猶豫，因為余宏畢竟是個生人，又莫名其妙缺了一根手指。

魯大妞見了，也偷偷的和她說：「這個人長得這麼凶神惡煞，莫不是逃犯吧？」

以防萬一，月牙兒特地託人向衙門問了問，查一查這個人的底細。

那邊傳話回來，說人可以用，只是他的背景有些複雜。

原來這余宏曾在遼東軍裡混過，也算是一個小小的糧草員，並沒有什麼正式的官銜，也不是軍戶，後來他所跟隨的那位將軍死了，他也在戰場上受了傷，便離開軍隊來到金陵，租了一間小屋住下，如今在這裡也待了四、五年，沒犯過什麼事。

唐可鏤聽說了這件事，特意前來和月牙兒說：「這個人我知道，他的人品是沒話說的，也很有才氣，我當初有想過推薦他給妳，但擔心他不願意，就沒和妳說。」

有熟人作保，月牙兒最終決定讓余宏試一試，定了三個月的試用期，期間薪水照付。

余宏上班的第一日，月牙兒叫他直接去城裡的老牌酒家「樓外樓」，她有事和外人約在那兒談，讓他帶著算盤前去會合。

樓外樓，就在秦淮河邊上，從兩層樓的窗戶往外看，可以看見緩緩流淌的河水，以及往來如雲的船隻。

這座酒樓的底子是很厚實的，據說幕後的老闆是金陵城數一數二的大富豪，因此其出售的酒食都十分昂貴，地方大，光線也敞亮，城裡人喜愛約在這裡談事，因為更彰顯闊氣。

只是余宏覺得有些奇怪，要談事情，為何不在自家杏花館談呢？他心裡思量著，大概是別人找蕭老闆幫忙，所以才特地約在樓外樓吧。

他才走進了外樓，便有跑堂的小二滿臉堆笑地迎上前來，一路送他到樓上坐。

只見蕭老闆已經到了，正坐著悠哉悠哉的喝茶，她身邊還站著一個姑娘，穿著打扮很富貴，只是面生，沒在杏花館見過。而對面坐著的，是一個大腹便便的老闆，面色有些不悅，顯然是不太高興的模樣。

瞧這氛圍，倒像是雙方已經談過了一些事。

見到余宏來了，月牙兒笑著向他介紹道：「這位是絮因姑娘。」她又指了指對面坐著的人。「這是張老闆。」

互相問候之後，徐宏入座，將算盤擺在桌上。

也不用蕭老闆多加介紹，一見這算盤，其他人就知道他是個帳房先生。

來了新客人，店小二送上一盞新茶，依舊是細白瓷碗裝著明前龍井。他又替眾人的茶盞續了一回水，方才將門輕輕合上。

屋外的喧囂聲一下子遠了，月牙兒的指尖輕輕敲在桌面上，問：「說了這麼多，買與不買，張老闆給個準話吧，我還有事呢，我這帳房才處理完一樁事趕過來的。」

張老闆苦笑道：「我是誠心想買下那一處店面，可是這價錢也未免太貴了些。蕭老闆，我可找人打聽過，妳當時在杏花巷買下這幾處房子的時候，至多不過百來兩銀子一座樓。怎麼如今賣出去，反倒要兩、三百兩銀子一處？這價錢，可以說是翻了個倍呢。」

聽到這裡，余宏有些明白了，他們應當是在說杏花巷的房子買賣，聽這口氣，似乎蕭老闆在杏花巷除了杏花館之外，還有幾座房子？

月牙兒喝了一口茶，不緊不慢道：「這筆帳不能這樣算。我當時買屋子的時候，杏花巷不過是一條普普通通的巷子，而現在，杏花巷可是聞名全金陵的美食街，房價怎可同日而語呢？你覺得我這處房子算貴，可是這秦淮河邊隨意一處酒樓，絕對可以賣至少七、八百兩銀子，這樣一比，我覺得我出的價，已經算非常公道了。」她說完這兩句，也不多言語，只是笑盈盈的望著張老闆。

這時候聽見門外有人在喊。「蕭老闆，妳這樁事談妥了沒有？隔壁還有人在等著呢。」

聽了這話，月牙兒逕自起身，說：「做生意這種事情講究的就是你情我願，張老闆若覺得這樣划不來，還是多考慮考慮，畢竟能夠做餐飲的店也很多。」

見她起身要走，張老闆倒有些急了，忙跟著站起來。「等一等，我也沒說不買呀。」

他這一表態，事情就好談了。

雙方議定了一下價錢，最後決定以三百兩的價格出售這處房屋。

談完價，張老闆直嘆氣，感嘆道：「蕭老闆小小年紀，做生意卻真是厲害。」

帳算完了，送走張老闆，余宏跟著月牙兒和其他人行到另一處包廂，推門一瞧，裡面坐著的竟然是魯大妞和魯伯?!

第十二章

魯大妞立刻站起來，關切問：「怎麼樣？他到底肯不肯買？」

一直沒說話的絮因，這時終於開口了，倒像是在說夢話一般恍惚。「還真的這樣也行呀……」

魯大妞一聽，就知道事情成了，喜笑顏開的叫小二上菜來。

魯伯也很開心，對著魯大妞說：「妳瞧，我說什麼來著？姑娘要做什麼事，還有做不成的？妳就是瞎操心。」

一屋子的人臉上都是喜氣洋洋的，余宏不明就裡，只是安靜的聽著。

絮因手扶著桌子坐下，猶自捧心道：「蕭姑娘，不，蕭老闆，當時妳找我們家娘子投資這麼大一筆錢的時候，我還罵過妳，這下我才明白，原來蠢的人是我呀。幸虧我們家娘子英明，沒聽我的話，不然不就錯過這麼大一筆錢了嗎？」

月牙兒但笑不語，說：「本來這個請求就挺突兀的，那時候妳不理解也是自然的。」她想了想，嘆了口氣。「其實那幾處房子很不應該現在賣，以後還有得漲呢，只是沒法子，我手頭實在周轉不開，之前借的錢也該還了，這才做這樁買賣，可惜少了好幾倍利潤。」

「這樣已經很可以了，誰知道之後是降還是漲呢？」魯大妞手裡捧著茶盞，恭恭敬敬的放在月牙兒面前的桌子上。

「遠了不知道，但是這幾年，杏花巷的地價一定會往上漲的。」月牙兒提醒道：「妳可別忘了，李知府聯合他們縣衙的幾位大官人，都在杏花巷買了房子，他們才不會眼睜睜的看著這裡的房價跌下去。」

月牙兒看向余宏，問：「余先生怎麼看？」

余宏將今日的所見所聞在心裡過了一遍，微微頷首。「蕭老闆這個局，怕是很早以前就布下了吧。」

他頭一次正兒八經的打量了一遍眼前的少女，完全想不出她這般大的年紀，為何會想出這種賺錢的法子？難道她真是天生的生意子？

月牙兒不置可否，只是問他。「先生以為如何呢？」

「杏花巷的地價，最近一定不會降。」余宏斬釘截鐵道：「我聽說杏花巷前頭還要再建一個道觀，怕這也是早就商量好的，為了吸引更多人來到這裡。」

「是這個意思，余先生是個明白人。」

自打在杏花巷看見燕雲樓的第一眼起，月牙兒心裡這個炒作商業區房價的念頭，像春日的藤蔓一樣不斷的滋生，說起來這也是家傳本領，穿越之前，她爺爺就是做房地產起家的。

想要完成這個計劃，需要很多很多的銀子，月牙兒手頭並沒有這麼多錢，她只能到處去籌集資金，那些日子在外頭到處跑，就是為了這件事。

接納熟人的存款算是一筆來源，說服薛令姜追加一筆巨大的投資是另一樁難事，除此之外，月牙兒還分別向柳見青和唐先生爭取了投資。

籌集了足夠的本錢之後，為了給自己多爭取一份保障，月牙兒還完完整整的，將這個企劃寫成書面形式，呈交給李知府看。

本朝的俸祿並不高，在思慮良久之後，李知府認可了她這個想法，明裡暗裡給了月牙兒諸多支持，這才有了杏花燈會和美食節的浩大聲勢。

房子買下來了，名氣也打出去了，月牙兒便千方百計想要引起人們在杏花巷投資開店的熱情，這個時候，燕雲樓倒成了她的另一個活道具，畢竟燕雲樓的掌櫃也是一個喜歡誇耀的人，張口閉口就是。「我家的廚子是從杏花館出來的，在那裡開店沒多久，我就賺了很多錢……」

月牙兒就根據他的話，小小推波助瀾了一把，把在杏花巷開吃食店能賺錢的消息傳出去，與此同時，她也將那些自發過來的小攤販組織起來，形成一定的規模，又在杏花燈會特意設計集章能夠抽獎的活動，把遊人們蓋章的地點設在那些等待出售的店鋪前。

萬事俱備，只差東風。

眾人對於杏花巷作為美食巷的認同，便是那股東風。

月牙兒又耐心等了一個月，這才放出要出售及出租房屋的消息，很快的，在出售了幾座房子回收資金之後，其餘的便留著等收租。

今天出售的，便是最後一間店面了，連日的辛苦終於階段性的畫下了句號，也算是有了個好結果，借來的錢還清了，月牙兒回到家，只覺一身輕鬆。

別看她在所有人面前信誓旦旦，說杏花巷房價一定會漲起來，其實她自己心裡也沒底。這些天她忙得連覺都睡不太好，更別說親自下廚給自己做吃的了，如今有了空，月牙兒在小廚房裡左翻翻、右翻翻，看看有什麼食材。

她找出來一個小罈子，才揭開蓋，就聞見一股濃郁的臭味。

差點忘了，她之前做了臭豆腐生胚呢。說起這臭豆腐，各地的顏色種類其實都不一樣，像紹興的臭豆腐，就是黃色的，乍一看是油豆腐的顏色；而長沙臭豆腐的顏色卻是黑漆漆的，這是因為滷水上過色的原因。

月牙兒醃製的臭豆腐生胚，就是這種表皮黑色的臭豆腐。

將臭豆腐生胚揀出來，放在清水盆裡泡一泡，洗去多餘的滷水，放在一旁備用。燒熱一鍋油，用長竹筷挾一塊臭豆腐生胚扔進去炸，油鍋裡滋啦啦冒著小泡，豆腐的表皮也隨之變得酥而硬，漸漸膨脹起來，不斷地在油鍋裡打著轉。

炸好的臭豆腐，撈出來濾濾油，盛在碗裡，用筷子戳開一個小洞，裡層還是白白嫩嫩的。舀一勺調好的湯汁，再撒上一些小蔥花、香菜末，只可惜此時辣椒還沒有普及，沒了紅辣椒的陪襯，略微缺少了一分滋味。

月牙兒咬一口炸臭豆腐，還不錯，外酥裡嫩，湯汁也進味了。

她吃的時候，伍嫂和六斤圍在廚房外頭瞧，說不清是被臭味勾來的還是焦香味。

月牙兒給她們一人挾了幾塊，伍嫂有些吃不慣，六斤卻吃得乾乾淨淨，到最後，成了伍嫂看著月牙兒和六斤吃。

她見月牙兒還穿著一身舊布衣裳，笑說：「姑娘如今可掙大錢了，也該買新衣裳了。」

月牙兒想起一事。「是啊，我明天要上街去。」

她的確有一樣東西要急著買，但卻不是衣裳。

一場秋雨一場涼。

吳勉讀過一遍《中庸》，放下手中的毛筆，就聽見窗外雨打在葉子上，滴答滴答作響，黑雲陰沈沈的，壓在天空之中。

他望著這雨，有些出神。這些天以來，他一直在閉門讀書，兩耳不聞窗外事，唯一期盼的就是在每月逢九的時候，月牙兒會帶著好酒好菜來吳家，同他們父子倆一起用飯。

她這些天彷佛格外的忙碌，就是來吃飯，也只是匆匆吃過了就走。

今天正是十九日，可既然下雨，月牙兒今日應該不會來了……心裡雖然這樣想著，可是他卻起了身，走到院子裡，站在簷下往外遠眺。

雨下得很大，連起來像一片珠簾一樣，有些雨珠墜落在地上，激起一片水霧，濺上他的衣裳，微涼。

他就這樣獨自站了一會兒，遠遠的瞧見一柄小紅傘，躍動在這雨霧之間。是月牙兒！吳勉連忙拿起一把傘，推開門出外相迎。

只見她揹著一個長匣子，很大，瞧著很沈的樣子，不知是什麼。

一見到吳勉，月牙兒便抱怨說：「這雨下得可真大。」

她的小紅傘樣子很好看，可是卻稍微有些小，為了不使揹著的東西淋濕，月牙兒只好把傘往後面傾，弄得連衣裳都濕了一小半。他立刻將自己手中的油紙傘和她的交換，不由分說的，接過那東西。

等回到簷下，吳伯也迎了出來。

「這麼大的雨，我還以為妳不來了呢。」他一邊遞上一碗熱茶，一邊和月牙兒說話。

月牙兒笑了笑，抖一抖頭髮上的水滴。「也不是很大的雨，難得有空。」

吳勉從廚房裡端了一盆熱水出來，又拿了一塊乾淨的毛巾，請她洗手。

「不著急，我帶了個好東西給你，算是今年的生辰賀禮。」

吳勉的生辰是十一月，已經很近了，可他們家從來沒有送生日賀禮的習慣，往常過生日的時候，吳伯總會到廚房給他下一碗長壽麵，上面放兩顆雞蛋，拌著長壽麵一起吃，就算是過了生日。

生辰賀禮這種東西，他聽說有些人家會有，可他自己從來沒收過，所以也不曾有過期盼。夏天的時候月牙兒過生辰，他也不知道該送些什麼，想了老半天，最後是老老實實的在廚房做了一碗長壽麵。

這時候到了他的生辰，月牙兒卻說要送他生辰賀禮，還是一看就這麼沈的東西，吳勉一時有些不好意思。

她會送什麼東西給自己呢？

月牙兒鄭重其事的將手裡的東西交到吳勉手上。「你自己打開看看。」

吳勉有些局促的將東西打開。

竟然是一把古琴！

那是一把伏羲式的古琴，塗著黑漆，樣式很簡單。

為什麼要送自己一把古琴呢？吳勉有些想不明白，因為他並不會彈。

他正想將疑問說出口，在一旁的吳伯眼角卻濕潤了。

吳伯走過來，輕輕撫著琴弦，動作很輕柔。

「勉哥兒，這把琴就是我同你說的，你娘當時最喜歡的一把琴。」

昔年，吳勉的娘親自贖其身，嫁與吳伯。為了湊夠贖身錢，她將當時自己幾乎所有的收藏都賣了，無論是珍珠寶釵，還是綾羅綢緞，抑或者是這把她最喜愛的古琴，通通都賣了，只留下一根不怎麼值錢的桃木簪子。

其實那些穿戴的東西她並不是很在意，最心疼的反而是這把古琴，可她還是將古琴賣了。

成親那天，吳伯曾經信誓旦旦的同她說，日後他發達了，一定會將這把古琴再買回來。她笑著說好，可是她直到死，都沒有再見到她的古琴。

思及往事，吳伯差點落下淚來，好歹忍住了，哽咽著問：「月牙兒，妳怎麼知道這把琴的？」

月牙兒見他的神態，不覺有些慌張，怕自己好心辦了錯事，連忙站起來解釋道：「我上回和柳見青閒聊時，無意中說起了吳勉的娘親，她告訴我，當時伯母的琴藝可是一絕，有很多人想要買她手上的那把古琴，我那個時候就記在心裡，最近好不容易得了空，四處問了問，才終於得知那把琴的下落，把琴買回來。」

吳伯聽了，沒有再說什麼，只是匆匆點了點頭，踉踉蹌蹌的，逕自往廚房裡去了。

雨聲忽然急了，吳勉撥動了一下琴弦。他眉眼低垂，不知在想些什麼，好一會兒才抬起頭來，同月牙兒說：「可惜我不會彈琴。」

剛才見著吳伯的神態，月牙兒情知這把古琴可能勾起了一些傷心事，心裡頭也有些忐忑，這會兒見吳勉的情緒似乎還正常，不免鬆一口氣。

「我會一點點，彈得不太好，你想聽嗎？」

月牙兒穿越前還在學時，對什麼都感興趣，琴棋書畫樣樣都學了一些，其中只有畫畫有堅持學久一些，至於古琴，她一開始是覺得很風雅，於是纏著家人請了一位古琴名師，但學沒三個月便丟開了，買回來的那把古琴好好的掛在牆上，再也沒拿下來過。所以說彈琴是會一點點的，至少還記得減字譜怎麼看，可就是半桶水，甚至不到半桶水。

吳勉看了她一眼，從古琴邊讓開，說：「不勝榮幸。」

這裡也沒有正兒八經的琴桌，月牙兒先放在桌上試了試，覺得不順手，於是索性將古琴放在膝上。

月牙兒多年沒有碰過琴，記得的東西委實不太多，除了基本的勾挑抹剔，就只有一本簡化的《梅花三弄》，便磕磕絆絆的彈起來，彈了沒幾個音符，她便斷一下，要想一想、試一試，才記得下一個該按哪一個徽位。

她自己聽著都覺得慘不忍睹，勉強裝鎮定的彈下去，倒是吳勉聽得很認真，彷彿在聆聽什麼大家奏琴。

磕磕絆絆彈了好一會兒，月牙兒終於將一首曲子完整的練了下來，鬆了一口氣。她回過頭，卻發現吳伯不知何時倚在廚房門邊，聽得很入神。

「彈得很好呢。」他鼓勵道。

月牙兒就是再厚臉皮，也不敢說自己彈得好，尷尬的笑一笑。

一起吃過晚飯，吳勉照例送她回去。

雨勢這個時候小了一些，如今的杏花巷，已經不再是漆黑一片，路邊每隔一段路，就立著一盞石燈，燭火雖然比較暗淡，但好歹能照亮前路。一路走過來，就算是這樣的暴雨天氣，往來用餐的人也是絡繹不絕，可見這裡是真的發展起來了。

「這把琴很貴吧。」吳勉輕聲問。
「還行吧，」月牙兒滿不在乎的說：「我現在有錢了，買得起。」
看她這一副小驕傲的樣子，吳勉不由得笑起來。
「好吧，小富婆。」他難得的打趣道：「所以妳到底花了多少錢呢？」
月牙兒正想隨口說個數搪塞過去，卻聽吳勉道：「就算妳不告訴我，我以後問別人也是能問出來的，何苦那麼麻煩？」
他還真是會做這種事的人。
沒法子，月牙兒只好如實的把買琴的錢數說與他聽。
「這麼貴嗎？」吳勉微微皺了皺眉。「算我欠妳的。」
「說什麼欠不欠的，」月牙兒把傘轉著玩，看上面的雨滴飛快的轉起來。「你喜歡就夠了。」
吳勉點了點頭，沒說話，他在心裡暗自記了下來，想著日後一定要加倍的對月牙兒好。
回到杏花館，伍嫂忙迎了出來，對月牙兒說：「柳姑娘來了，還搬了好些東西過來，說是要住在這裡呢。」
月牙兒聽了，回屋一看，果然見堂屋裡堆滿了許多箱子，乍一看跟嫁妝似的。
柳見青正坐在妝檯前對鏡畫眉，見到她回來，說：「我終於湊夠贖身的錢了，但是也沒地方去，就來投奔妳兩天。」

月牙兒看了看堂屋裡的箱子。「妳確定是投奔我兩天？」

「哎呀差不多啦，怎麼說我也是杏花館的股東呀。」她一向是高傲的人，這會兒倒是做小伏低的，看起來頗有些楚楚可憐。「妳瞧伍嫂和六斤她們也住在這裡，我為什麼不能？我也不是白住在這裡的，我給妳唱曲，好不好？」

她拉住月牙兒的衣袖，輕輕搖晃著。

這誰受得了？月牙兒沒法子，只好答應讓柳見青暫且住下來。本來嘛，她的屋裡還有兩間空房，能夠勻出來給柳見青住。

別看柳見青平日裡一副眼高於頂的樣子，真和她住在一起，卻發現她是個很好相處的人。平日喜歡待在自己的屋子裡，也不吵吵鬧鬧的，算是一個很好的室友。

而她倒也不食言，晚膳的時候，會在店裡彈唱三首曲子，每到這個時候，杏花館裡總是站滿了人。

只有一件事不大好，就是每次月牙兒吃東西的時候，她都會可憐兮兮的望著，想吃又不敢吃。

本著關愛朋友的想法，月牙兒乾脆在晚上她睡的時候，偷偷到小廚房裡做吃的，畢竟她一向睡得早。

這天晚上，月牙兒又偷偷摸摸的在小廚房裡做吃的，香味透過木門傳了出去，滿屋子都聞得見。柳見青躺在床上本來已經休息了，但聞見這香味，硬是輾轉反側。

往日裡月牙兒做的東西香是香，但也只是淡淡的香味，而今天的香味卻是一直持續著的，很濃郁。她想著自己就去看一看，不吃也沒關係。

於是她便起身，往小廚房走過去。

「妳又在偷做什麼東西？」

月牙兒回頭，見是柳見青。

「就是烤冷麵。」

「冷麵還能烤著吃？」

柳見青湊過去瞧，只見灶臺上放著一碟麵片，瞧著像是麵筋一類的東西捲起來，烤得焦黃。

這個東西怎麼能這麼香？就吃一小口沒關係吧？柳見青馬上挾了一筷子吃。

炙烤過後的冷麵，格外勁道，口感彈牙，內層刷上雞蛋液，加重了香氣，捲起的裡頭還有烤過的肉片，提前烤至焦香，微微流油。

她吃了一筷子，忍不住又挾了一個。

美食當前，還是先吃再減肥吧！

所謂酒肉朋友，自然是要一起吃過肉，一起喝過酒，才能開啟一段友誼。

月牙兒和柳見青吃完一頓烤冷麵，又沖泡了些奶茶來喝，一頓吃吃喝喝下來，兩人之間的一些疏離感也減少了不少。

深秋的夜裡頗有些涼意，窗外樹葉被風吹得瑟瑟響，兩人圍著灶臺，被柴火的微光照亮，暖暖的。

柳見青感慨道：「我好久沒有這樣吃過東西了，今天吃得可真多。」

「妳這就算吃得多，那我不成飯桶了啊。」月牙兒反駁道。因為她今天晚上實際上只吃了三口烤冷麵，便不吃了，就連奶茶也是匆匆喝了兩口就停下了。

柳見青笑嘻嘻的，伸出一根手指點一點月牙兒的額頭。「是呀，小飯桶。」

「好啊，妳真拿我尋開心。」月牙兒氣得去撓她癢癢。

柳見青怕癢地猛往後躲，格格的笑著，兩個人一陣笑鬧，玩累了，兩人就各自坐在小板凳上烤火。

柳見青一聲嘆息。「這些天我都不知道要做些什麼。從前每天一睜眼，就想著我還要湊夠多少錢才能給自己贖身，可如今真給自己贖了身，卻不知道該做什麼。我看妳每日忙忙碌碌的，有的時候還有些羨慕。」

「我有什麼可羨慕的，」月牙兒笑著說：「妳生得那麼好看，如今又恢復了自由身，而且還有一些小積蓄，多好的事呀。可比我一開始強多了。」

「哪裡好了？」柳見青瞥了她一眼，伸出手去烤火，懶懶地說：「其實也有不少人說過要給我贖身，還說什麼要娶我做正妻，可我不信。我這些年看過這麼多人，迎來送往多了，也識得幾分真心假意。我覺得與其依靠這樣花言巧語的男人過活，還不如像妳這樣，自己自立門戶來得自在。」

她的語氣略微有些傷感，像是回憶起了很久以前的事情。「我五歲的時候就被賣到了二十四橋，那個時候我爹娘都死了，是我大伯把我賣出去的。如果我那個時候，能同妳如今這樣大，隨便幹些什麼，哪怕是做女轎伕呢，也比去那暗無天日的地方待著強。」

月牙兒看她一副黯然神傷的樣子，想了想，同她說：「妳是真的想給自己找些事做嗎？」

「當然想啊，我帶出來的銀子也不能過一輩子呀。」

「我倒有個主意。」

「什麼主意？莫不是要我天天在妳店裡唱歌？」柳見青撇了撇嘴。「其實我不是很喜歡唱曲。」

月牙兒搖搖頭，說：「不是這個。我記得妳肉鬆做得極好，是妳自己想的法子嗎？」

「是呀，本來為了身材苗條也不能吃什麼，一年到頭嚐不得葷腥，也不敢吃，假母也不讓吃。我只能琢磨著，弄出肉鬆來解解饞。」

「這樣子很好呀。」月牙兒認真道：「妳這樣就做出一道肉鬆來，那其他的小吃不也是想一想，就能夠做出來嗎？」

「我，做出其他小吃？」柳見青有些將信將疑。

「試一試嘛。」月牙兒勸道：「既然我的店之後會繼續擴點，妳如果能夠做出一款很好的小吃點心，那麼我可以讓妳去做分店的店長呀。」

「有那麼好的事嗎？」

「怎麼沒有？」月牙兒站起來伸了一個懶腰。「妳自己想一想吧，真想到了什麼，便在小廚房試試，左右這裡材料都是全的。」

「我可忙了好一陣子了。」月牙兒繼續說：「不管了，反正這幾天我要好好休息，同時想一想接下來杏花館該怎麼走。所以最近我大概都會待在家裡，妳有什麼想法，直接同我說便是。」

月牙兒說完，打了個哈欠。「行了，時辰也不早了，我先去睡了。」

忙了這麼多天下來，月牙兒的確很累了。所以接下來這小半個月，她都是窩在家裡吃吃喝喝，頂多只到郊外玩一玩，也算是浮生偷得一日閒。

等到板栗老了，樹葉也落完了的時候，冬天就到了。

杏花巷的美食街，如今也差不多很有些樣子。

從上個月起，陸續有好幾家飯館在杏花巷開張，生意都很不錯。漸漸的，附近的人們已經養成了新的習慣——出門吃東西不知道該吃什麼，都會往杏花巷來。畢竟這條街上什麼吃的都有，高級的，例如杏花館；便宜的，像一般的飯館；若是囊中羞澀，便可在沿街的小攤販上買吃的，這裡的吃食琳琅滿目，總能挑到一款喜歡的。

不到一年的光景，這條原本普普通通的民間小巷，搖身一變倒真成了美食街。原本的舊街坊們瞧著這熱火朝天的場景，也動起了經商的念頭，開始將自己家改做商鋪，譬如那位家裡有大穿衣鏡的夫人，她先前將錢投到杏花館，賺了一大筆利息，如今又大張旗鼓的開了一家飯館，專門賣鴨肉，還特意下帖子，請月牙兒賞光。

月牙兒也去看了，一走進店鋪，迎面先看到一排一排的烤鴨掛在鈎子上，模樣很壯觀。不管誰來了，一見就知道這是一家專門賣燻鴨、鹽水鴨、烤鴨之類的店。

她這店一開，生意立刻火爆起來，畢竟金陵百姓真的很喜歡吃鴨子，生意這樣紅紅火火，月牙兒的租金收入也逐漸多起來。

她粗略算了算，這些天以來，她的收入大概分為四個部分。其中占最多的當然是杏花館的餐飲營業收入；其次，就是之前買的糕點作坊的營業額；還有在雙虹樓老店簷下擺攤的收入，魯大妞也是個能幹的，一發狠，自掏腰包招了兩個人，另外安排在長樂街和人分租一間很小的店面，地方不大，只夠放一個櫃檯，讓自己找的那兩個人在那兒顧店賣糕點，等於是一個小小分號。除此之外，還有一項很大的來源，就是杏花巷幾家飯館的房租。

粗略的算一算，月牙兒如今已經有了七、八百多兩銀子的身家。

有了這麼多錢不能光存著，肯定要想著怎麼繼續擴大經營。可是該如何擴大經營呢？

月牙兒有兩個想法，第一個是繼續開杏花館的分店，就像雙虹樓一樣，尋一個地方，或買或租開分店。這是常規的路子，也很可行，只是前期投入成本比較大。這樣一來，她手中的流動資金就極為有限，若日後有什麼大好的投資機會，只怕會因缺錢而錯過。

另外一個法子，就是魯大妞現在在做的這一種，不開大店，開蒼蠅小店，收入可以確實增加，而且因為投入少，回本也十分快，就如同後世大街小巷遍布的飲料店一樣，做成連鎖的形式。

但這樣一來也有一個問題，食材的運送和品質管控要怎麼保證？畢竟這個時候沒有冷藏箱，物流也不是很發達，從城南到城北，約莫要走一、兩個時辰，一些易於儲存的東西還好說，可一些賞味期短的點心，卻是萬萬不能久放。

除了運輸，製作也是個難題。如今在杏花館做事的人已有二、三十來個，月牙兒不可能個個簽身契，人家也不願意，只能簽有年限規定的入職書契。這樣一來，為了保障杏花館的核心利益——菜譜秘方，月牙兒便採取了分工製作的方式，專人管專事，做料的就只管做料，捏形狀的就只管捏麵點，掌廚的也只管下鍋烹飪的事，彼此之間互相保密。倘若要開多個小店，勢必要重新調整吃食製作的人員分工流程。

總的來說，這兩種方法可謂是各有利弊，令月牙兒考慮了好一陣子。

月牙兒還沒考慮清楚呢，柳見青卻給了她一個驚喜。

這日上午，月牙兒才起床，便聞見一陣肉香從廚房飄出來。她披衣起身，連忙趕過去看。

只見柳見青圍在灶臺邊，正守著一鍋油炸排骨，這香氣便是這炸排骨飄出來的。

見月牙兒過來，柳見青看她一眼，有些驕傲的說：「我想了想，好像大家都喜歡吃肉，所以我就胡亂試了試這炸排骨，聞起來好像也行，就要出鍋了，妳要不要嚐嚐看？」

月牙兒自然是要試一試味的。

等炸排骨炸至深黃色，撈出來，瀝油，而後放在盤子裡。炸好的排骨樣子很誘人，外面有一層酥皮，這是之前用調料醃製過的緣故。選用的排骨都是好排骨，不是小肋排，就是那種帶有軟骨的豬肉，一塊一塊堆在一起。

月牙兒素來喜歡吃有軟骨的肉，所以她挾了一塊軟骨排骨，吹冷了後，送入嘴中。高溫炸過後的排骨散發出肉焦香，入口鬆脆，咬破外層的包酥，感受到在蛋清裡泡過的肉質十分緊嫩，鮮美異常，尤其是嚼到脆骨時，嘎嘎的響，甘美酥脆，滿嘴都是肉香。堪稱驚豔。

柳見青一雙桃花眼緊緊的盯著月牙兒的表情，可月牙兒一直沒說話，一連吃了四、五塊，這才開了口。「很好吃。」

聽了這話，柳見青這才鬆了一口氣，但仍裝作一副滿不在乎的樣子。「還湊合吧，能入口而已。」

「是真的非常好吃。」月牙兒又挾了一筷子炸排骨，邊吃邊說：「就是專門給妳開一家小店，只賣這個，也足夠撐場子了。」

聽了這話，柳見青不自覺的用手緊攥住裙襬，問：「妳覺得能行？」

「怎麼不行？」月牙兒放下筷子，斟酌了一番才說：「不過如果開個小店只賣炸排骨的話，有些浪費，畢竟一天要買這麼多上好的新鮮排骨也不容易，既然都是做炸物生意，那不如再炸些其他的。」

「炸些什麼呢？」

「譬如說雞爪、掌中寶之類的。」

雞爪，柳見青自然是知道的，但也沒見過將雞爪炸著吃的做法，而月牙兒後面說的掌中寶，她則是沒聽過。

「掌中寶是什麼東西，好吃嗎？」

「啊，就是雞身上的脆骨，吃起來脆脆的，很有嚼勁。」月牙兒這才想起自己在此時此地好像真的沒有見過吃掌中寶的，便耐心地和她解釋。

見柳見青只是朦朦朧朧的有個印象，並沒有實際的概念，月牙兒打算做出來給她瞧，左右今日無事，她領著柳見青到大廚房裡去，問他們有沒有新鮮的食材。

「這可沒有，」伍嫂百忙之中跑過來回話。「姑娘說的這種掌中寶，咱們店裡暫時還沒有備貨，畢竟現在也不做這樣的吃食，不然我叫他們到供貨商那邊去買？」

「我親自去看看吧。」月牙兒想了想說：「別人不一定知道我想要什麼。」

杏花館的供貨商，如今也有很多了，伍嫂做事一向妥當，她有一本小冊子，請帳房先生將所有食材的來源人家都編寫在一起，上面寫著姓名、住址以及賣著什麼東西、價錢如何。

月牙兒如今也無大事要處理，便和柳見青一起，對照著小本子上的地址出了門。

月牙兒如今有錢了，終於不用去哪裡都靠一雙腳，花錢雇了一頂小轎子，和柳見青兩人坐在轎子裡，倒有空說說話。

她們打算直接造訪一戶養雞的人家，這戶人家住在城南靠近城郊處，據說養了百來隻雞。還沒挨近他屋子呢，轎簾外便傳來一股家禽的味道，柳見青把眉頭緊皺，以手絹捂著鼻子，甕聲甕氣說：「怎麼臭烘烘的？」

的確是臭。兩人下轎時，需很小心的走，因為地上有許多不明顏色的排泄物。

這戶人家的雞是散養的，所有雞都在平地上，或行或臥，一副悠哉的樣子，見了生人來，有幾隻擺出一副很凶悍的樣子，撲騰撲騰拍打著翅膀，嚇得柳見青直往月牙兒身後躲。

「沒事的。」月牙兒一邊厲聲呵斥著雞們，一面好笑地安慰她說：「這又不是鵝，妳要是去那賣鵝的人家，那才叫遇見霸王了呢。」

她們正說著話，裡邊的人聽著雞叫聲忙跑出來看。

這戶人家的男主人往杏花館送食材時，是見過月牙兒的，如今看見大主顧臨門，他滿臉堆笑的迎她們進屋坐。

他們家養的雞有一大半都是母雞，每日下了雞蛋就送到杏花館去。杏花館做事公道，一月一結帳，從來沒有拖欠過，也不曾惡意刁難，逢年過節還會給他們送些小點心，是以這戶人家對月牙兒的到來是真心歡迎，還有些誠惶誠恐，將家裡最好的茶，和為過年買的米花糖全拿出來招待她們。

等聽月牙兒說完來意後，男主人有些疑惑。「掌中寶？這我還真不知道是什麼。」

月牙兒笑著說：「也是我小時候聽人閒聊說起過。這樣吧，你先宰一隻新鮮的土雞來，我指給你看。」

主人家當即捉了一隻肥肥的土雞來，就地宰殺了。燒了開水，燙過雞毛，又用清水洗了幾遍血水，這才裝在盆裡，端到月牙兒面前請她指一指掌中寶是哪個部位。

所謂掌中寶，其實有兩個意思。最初的涵義，是指在雞腳掌中那一小團圓鼓鼓的脆骨，但這一種掌中寶非常的稀少，一隻雞身上總共也只有兩個，所以賣得很貴，後來人們又發現，原來雞身上關節之間的那一小塊軟骨，取下來做菜，口感和前一種的味道也差不多，成本還更低，於是便更常用這種掌中寶。

經月牙兒指點，主人家俐落地動手，不一會兒便取下了好幾粒掌中寶。

「這東西能好吃嗎？」柳見青疑惑道。

「我個人還是滿喜歡的，看妳吃不吃得慣。」

月牙兒從荷包裡拿錢給主人家，他一個勁兒的推辭。

「就一隻雞的事，怎麼好意思收您的錢呢？就當是孝敬您的。自從有了杏花館的生意，我們一家人日子過得越來越好呢。」

女主人也攬著孩子笑。「是呀，蕭老闆，我們家也沒什麼好東西，倒有好些種的瓜果，我也裝了一袋子，給您帶回去嚐嚐鮮。」

她真提了一籃子的瓜果蔬菜，都是方才從地裡現摘的，硬塞到月牙兒手裡。

盛情難卻，月牙兒只得收下了那一籃子瓜果，走之前將錢塞在了他們家抽屜裡。

掌中寶這一類的食材，原本就不大好入味，因此必須要用重料醃製、猛火油炸才能有滋味。將一小袋掌中寶拎回家，月牙兒取來麵粉，打了一個雞蛋清在裡邊，又加了泉水打成糊狀，她將醃製過的掌中寶，在麵糊裡滾上一滾，然後一個一個放在熱油鍋裡炸，麵粉受熱，立刻膨脹起來，香味也飄了出來。

直到熱油將掌中寶外層炸至金黃色，撈出來瀝油，柳見青吃了一個，眼睛一亮。「這個味道真好。」

指甲蓋大小的一小粒，吃起來嘎脆，香且有滋味。

月牙兒也嚐了嚐，微微蹙了蹙眉尖，這掌中寶味道還行，但她卻覺得還少一分滋味。想來問題應該出在醃料上。

接下來的幾日，她又忙碌起來，買回來十幾種香料、草藥，試驗做醃料，也不知失敗了多少回，終於有一碟掌中寶達到了標準，她嚐了一顆，心想這種味道，倒可以送去給勉哥兒吃了。

月牙兒炸了一斤排骨、金錢爪和掌中寶，獻寶似地給吳勉嚐。

「這是柳姑娘和我新研製的小吃，你嚐嚐，看味道好不好？」

吳勉吃了，讚道：「著實風味極佳。」

吳伯也嚐過了，好奇問：「這麼好的排骨，估計賣的價不便宜吧？」

「排骨還好，硬要說成本，掌中寶的成本可比排骨還要貴上一些。」月牙兒解釋道，畢竟一隻雞身上的脆骨統共也就那麼多。

既然有了新的產品，月牙兒便決定試一試，用小店連鎖的方式，繼續擴大經營。

就開一家小小的店，專門賣油炸排骨、金錢爪、掌中寶等物，而這個系列的品牌，月牙兒起了一個名字，就叫柳氏排骨，專門交給柳見青來經營。

「我們需要一家一家店開下去嗎？」柳見青頭一回做生意，很興奮，等杏花館打烊後，圍著伍嫂問了小半個時辰的問題，又跑來問月牙兒。「可是如果要開那麼多小店，就還要招很多人手，總覺得這樣子要花滿多錢呢。」

月牙兒正在寫一份關於柳氏排骨的企劃書，見柳見青頗有些忐忑，不覺輕笑起來。「其實我倒想試一試一種新的模式——加盟經營。」

「加盟經營？那是什麼意思？」柳見青有些不明白。

「就是說，柳氏排骨這個店，我們先做一個比較典型的直營店出來，然後招商。如果想要跟我們一起做這個店的，可以讓他交錢，買我們的品牌，他自己投資開店。」

月牙兒向她細心解釋，這其實是現代社會很普遍的做法，品牌方提供秘方、食材、各種行銷包裝，而加盟者則要自己投入真金白銀。相比於自己一家一家的開店經營，採用加盟方式的風險較低，可以利用柳氏排骨這個招牌賺取到加盟主的經營費，加盟者若是經營不善，可能會虧損，但品牌商自己幾乎不會損失太多。

但她這個法子放在這個時代，聽起來就有些驚世駭俗了。

柳見青本來就是喜歡新鮮事物的人，聽了後除了興奮，也沒提出什麼質疑，可伍嫂卻不然。

伍嫂私下拿著帳房先生的帳本，特地請教月牙兒。「姑娘，我說話直，請妳多擔待，這……這什麼加盟經營的事，真的靠譜嗎？倘若加盟的那一戶人家看了咱們的東西，他能仿製出來，以後不用再跟咱們買了，直接再賣給別人，那我們可怎麼辦呀？」

月牙兒請她坐下，慢慢的同她解釋。

首先加盟經營這個模式，賺的主要就是加盟費，算得上就是做一次生意，加盟者給錢，杏花館給貨、給品牌、給資源。其次，她既然敢做加盟經營這個模式，自然是因為手裡有秘方。譬如說醃料，像炸排骨、掌中寶這類的東西，要想味道出奇的好，自然不是隨隨便便切下一塊豬肉往油鍋裡一扔就成了的，必須要醃製好。

單就醃料這個方子，可是加了十來種草藥、香料去試驗，這才研製出來的。這才是柳氏排骨的核心。只要掌握住秘方，旁人就算是模仿得了形，也模仿不了神，就如同當初的燕雲樓一樣。

她這麼一解釋，伍嫂也有些明白了。可對於這種從未嘗試過的事，伍嫂仍有些顧慮，真的有人願意花這麼多錢，只為了一個「加盟」？

無論是房租、原料費、還是風險，全由加盟者一力承擔，既然如此，他們直接開一家炸物店不就好了？

趕在臘月的時候，柳氏排骨的兩家直營店已經開起來了，一家在城東，一家在城西。

這一回，月牙兒沒有別出心裁的想些什麼宣傳手段，因為光憑炸排骨那濃郁的香味，就已經是最好的宣傳，來往路人從柳氏排骨小店的門前過，無論是大人還是孩子，都會扭頭往店裡瞧，看一看賣的是什麼東西，竟然這樣香，待瞧清了店鋪門口幌子上的那一朵杏花，有些人就明白了，這是杏花館開的新店。

城東的這一家柳氏排骨店，店面不大，寬約可以走十來步，櫃檯前的縱深卻在十步以內。雖然是賣炸物的店，不過顯得異常乾淨，這或許和櫃檯前蓋著的那一大塊白麻布有關，牆壁也是雪白雪白的，還掛著一幅幅很可愛的畫，不似其他賣炸物的店，滿牆都是烏黑的油膩樣，瞧著讓人直皺眉。

然而最引人矚目的，卻是這家店的管事——是一個身穿紅衫、戴著瓔珞的大美人。

她往店前一站，整條街的人都往這兒看。

這樣令人過目不忘的美人，是很容易就能給人認出來的，當下就有幾個男子認出了她，驚喜的喊道：「這是柳見青。」

「柳見青是誰？」

「是二十四橋的花魁呀。」

「她怎麼來這兒賣炸物了？」

「誰知道呢，聽說她給自己贖身了。」

這樣和風月沾邊的傳言，跑得比風還快，沒過三兩日，就有好些人特意跑到城東來看美人。

他們一開始是為了看美人來的，但聞見這炸肉的奇香之後，紛紛排進了隊伍裡，伸長了脖子看鍋裡在炸什麼東西。

可惜離得遠，看不清，只能看排在前面的人的後腦勺。

好不容易隨著隊伍挪動到店裡頭，這才能看清牆上的價目表以及櫃檯後一鍋金燦燦的炸物。

炸排骨的價格有些小貴，可看在排骨的品質上，也能接受。畢竟，自己買這種小肋排和脆骨回去料理，也是要花上不少錢的。

但是價目表上有一味掌中寶，這價錢就稍稍有些離譜了，竟然要三錢銀子一份，還有備注：每日限量十份。

這是什麼樣的寶貝，還能賣這樣的價錢？要知道買一個豬頭也差不多是這樣的價錢呢！有嘴碎的人就嘰嘰喳喳的議論，說：「這杏花館的價錢越發離譜了，什麼玩意兒，竟然還要三錢銀子一份？還限量？鬼買！」

也有出手闊綽的客人，是在杏花館吃慣了的，不在乎這價錢的多少，只是招來做事的人問：「這掌中寶到底是什麼東西？有什麼特別之處呢？」

店裡做事的人，是月牙兒親自培訓的，還編寫了一套話術教給他們。被問到這個問題，個個都是侃侃而談。

「這位客人，這掌中寶，可謂是雞身上的黃金。一隻雞身上統共也就那麼兩、三粒，所以才賣得貴。況且無論是掌中寶還是炸排骨，抑或者是炸雞爪，我們家店主人都採用了特製的配方醃製，是用十幾種草藥和香料搭配研磨而成的，程序繁複得很，可不是像其他店那樣隨便炸一炸而已。」

聽店員這樣一解釋，客人也覺得很有道理，耗費這樣多工夫做的小吃，就該賣這樣的價格。

雖然罵杏花館發達了之後就提價的人很多，但買的人也不少，開業這十來日，無論晴雨，柳氏排骨店的門前都擠滿了人，這樣的熱鬧小裴是絕對不會錯過的，只可惜這兩日接近年關，裴父忙著衙門的公事，不能帶他來，只好派了一個家僕，跟著小裴一路往城東來。

城東，小裴很少來。家僕原本還打算顯擺顯擺自己認得路，在小主人面前出個風頭，可沒想到，小裴才走到這條街附近，也不用多打聽，只循著那香味就找到了柳氏排骨店。

這香氣不是斷斷續續的，而是一直很濃郁，聞著就讓人特別的餓。

小裴深吸了一口香氣，一直緊皺的眉頭終於放了晴。身邊的家僕見了，也暗自鬆了一口氣，小主人開心就好，畢竟這孩子自打早上起就沒笑過……不，是這一段時間都悶悶不樂，和上回逛杏花燈會有關係——

原來是當時燈會後，裴父本看中了杏花巷的一處店鋪，想要租下來，可是去問價時，另外又有幾人出價，房租便被哄抬提高了小一倍，這樣一來，裴父就覺得有些花不來了。

畢竟家中女眷對於開店這件事，大多是持反對態度，妻子也要他多加考量，說婆婆年紀已經這麼大了，哪裡有讓她出去做事的道理？況且他如今身在衙門，開店從商，恐招人議論……

有這樣多的顧忌，他不免多想了幾日，等猶豫了半天，再去問時，杏花巷已經沒有空鋪子可以租了。裴父很是有些懊惱，也影響了小裴跟著不開心了好些日子，直到這兩天聽說城東有家柳氏排骨店有好吃的，才又嚷嚷著要來玩。

眼看就要排到小裴點單了，僕人掃了一眼價目表，輕聲問他。「是買一份排骨吧？」

「兩份，另外還要一份掌中寶。」小裴瞇了瞇眼，說。

早上小裴出門的時候，裴老夫人就特意叮囑過，要僕人一定順著小裴的意，還特意給了僕人多一些銀錢，僕人也就順著小主人的意思買了兩袋炸排骨、一袋掌中寶。

可偏偏不湊巧，輪到他們的時候，店員略表歉意的說，今日的掌中寶已經賣完了，請明天再來吧。

沒有了？家僕有些著急，連聲問：「這時辰還早啊，怎麼會沒有了？」

「實在抱歉，掌中寶每天是限量的，要不我給您多加幾塊排骨吧？」

家僕心裡暗自叫苦，轉過身去看小裴，果然，小裴小嘴一撇，一副要哭出來的樣子。

可他也沒有法子呀，只得哄著小裴說：「我明日一大早就來買，一定給您買兩份，好不好？」

正說著話，忽然聽見門外有一些騷動聲，回頭去看，原來是蕭老闆和柳見青一起來了。

「今天生意還好吧？」月牙兒微笑著詢問店裡做事的人。

「哪有不好的呢？」柳見青搶先回答道。

她倆走到櫃檯後，正見著在和家僕糾纏的小裴。

月牙兒見著小裴傷心的神情，不禁停下腳步問：「這是怎麼了？」

「這位小公子想要買掌中寶，可是今天的量已經沒有了。」做事的人回答道。

小裴見了月牙兒，一頭往她懷裡鑽，委屈道：「可是我很想吃呀。」

月牙兒望了望後面長長的隊伍，在他耳畔輕聲說：「今天是真沒有了，這樣子吧，你先吃排骨，姊姊讓你試一試別的新菜。」

聽了這話，小裴才樂意，拿著兩袋排骨，顛顛地緊跟著月牙兒。

月牙兒身後還跟著兩個人，其中一個手裡挎著一個籃子，只見他拿出了幾塊醃好的肉排給做事的人放在油鍋裡炸。

等到了火候，起鍋，已然是一片焦酥的炸肉排，外頭有一層呈雪花狀鱗片的粉漿，炸得極為漂亮，燦爛金黃，光看著肚子便咕嚕響。

後頭的主顧開始嚷嚷起來。「這是什麼？我要一個這個。」

「這是還在研發中的新品，暫時還不對外出售呢。」月牙兒笑盈盈的說，轉身吩咐做事的人，要他們等會兒再切成小塊，讓排在前面的人試試味。

而後她又輕聲細語的，同店裡的顧客解釋道：「等一下會切一些讓各位試一點，大家吃了覺得好，請和我說；覺得口味哪裡差一些，也同我說，我看看口味該怎麼調整。」

最先切好的第一塊，月牙兒特別端給小裴吃，還特別同他說：「左邊的是炸豬排，右邊的是炸雞排，你試試。」

小裴迫不及待的一口氣拿了兩種肉排塞到嘴裡，外層的酥皮，既焦且脆，還有一股淡淡的鹹，咬破之後，肉嫩且入味。吃完後還嫌不夠，惹得小裴將手指頭給吮了一遍。

其他吃到的顧客也是一樣的神情，狼吞虎咽，吃完了才反應過來沒有了，紛紛圍著月牙兒說：「味道很好，快快開賣吧。」

月牙兒微笑著讓身邊的人記一下顧客們的意見，末了，同大家說：「其實我還有個想法，大家這樣照顧我們的生意，我們十分感激，為了回饋大家，我也想給大家一個一起發財的機會，只要出一份加盟費，你就可以自己也開一家柳氏排骨店，店裡所需要用的食材，以及炸製的法子、店鋪經營方法，都由我一併教學。不過，這樣的機會很有限，如今只有六個名額。」

她話音方落，左右做事的人也同時貼出一張宣傳海報，就貼在正對店門的牆上，只要一走進來都能瞧見。

海報上簡略地寫了加盟辦法外，最醒目的是用朱筆寫了幾個大字——助君發財！

第十三章

這一次，裴父的動作很快，消息一出，他是直接帶了現錢衝到杏花巷去的。

看在裴父是杏花館老顧客的分上，月牙兒還特意給了優惠，雖然加盟費還是照收，但是允諾第一個月購買原料只取成本價。

多虧了之前杏花館和美食街積攢下的名氣，陸陸續續有好幾個人上門詢問加盟事宜，還沒到臘八，開放的六個名額就滿了。

月牙兒跟六位加盟主都談好也簽訂了契約，對於未來這六家店的安排有初步共識，房租以及店裡夥計的月錢當然是他們自付，而店裡的食材則由柳氏排骨總店負責供應，並且進行一對一的指導。至於這幾家店要開在哪兒，月牙兒也會親自幫他們過目，給一些參考意見。

畢竟這幾家加盟店的店址不能夠挨得太近，以免生意互相干擾。若是加盟店開在很繁華的地方，例如秦淮河邊，那麼所租的店面也要相應小些，這樣才能保證回本。

這可是頭一批加盟商，月牙兒不可謂不重視，幾乎是手把手的教他們該怎樣經營、如何確立銷售方針，並一起討論商定他們開業的時間。

一直忙到離除夕只剩五、六天了，她才得以清閒些。

過年的時候，按照常理，店鋪、飯館都是關門的，一直要過了人日那天，才能開門迎客，是以大家都早早的買了年貨，關起門來準備過年。

月牙兒之前很是鄭重的考慮了一番，杏花館要不要過年期間不關門、辦年夜飯？可這些天她的全副精力都放在了加盟店的事上，再加上問過店裡許多做事的小夥計，都不大情願過年的時候還幹活，她心裡就有些猶豫。

伍嫂也勸。「一年忙到尾，人人都在家裡吃年夜飯的呀，有幾個人會到外頭來吃呢？再說了，我們杏花館說到底不過是個小吃店，一下子想要辦年夜飯，那豈不是還要多進食材，安排很多新菜色，哪裡忙得過來？」

這話也有理。月牙兒算了算手頭的事，發現實在安排不過來，所以今年做年夜飯生意的想法也只有算了。

但是年會這件事，月牙兒覺得還是很有必要辦一辦的。

她擬定了一個草案，定在臘月二十八，也就是杏花館歇業前的最後一日，邀請魯大妞的糕點鋪子、專門做糕點的小作坊，和柳氏排骨店的小夥計一起來杏花館吃席。

想了想，月牙兒也給各家加盟商發了帖子，邀請他們來參加杏花館年會。

街巷裡傳來幾聲鞭炮的聲音，月牙兒暫時忙完加盟商的事，伍嫂過來提醒她。「姑娘，眼瞧著就要過年了，妳什麼行頭都還沒置辦呢，街上的裁縫鋪子託人來說，妳之前訂做的衣裳已經做好了，要不妳親自去取，順便在街上轉轉，看一看有什麼要買的，再過兩日這大街小巷的店，可是都要關門了。」

談到買東西，一旁的柳見青眼睛一亮，笑著推搡著月牙兒說：「走吧，我陪妳一起去，忙了這些天，好久沒到街上去逛了。」

月牙兒看了眼牆上掛曆，今天，勉哥兒在縣學也應該放年假了，取了新衣裳，買些年貨，正好可以去接他下學。

伍嫂便張羅著給她倆雇一頂轎子，如今杏花巷熱鬧了，也有不少轎伕就守在杏花巷門口等客，出行很方便。

今天日光不錯，月牙兒倒是樂意自己走著去，可因為柳見青在，她便同意雇了頂轎子坐。

街上人山人海，十分熱鬧，小轎子走走停停，速度倒是比自己走路還要慢，因為路上車馬實在太多了，好半天，才在錦繡閣前停下。

錦繡閣是一家老店，既賣布料，也有裁縫，他們家最出名的就是做織金的衣裳，許多達官貴人家的女眷都愛來這兒做衣裳。

月牙兒起初是不願意花高價做衣裳的，可是旁人提醒她，說如今別人叫她一聲「蕭老闆」，那在正式場合就得有個老闆樣子，俗話說得好，先敬羅衣後敬人，該有的派頭還是得備著，不然那些加盟商見了，還以為她沒掙著錢呢。

於是她便親自來錦繡閣訂了一套造價最便宜的織金衣裳。

錦繡閣所在的這一條街，又被人叫做紅粉街，因為街上的店鋪大多都是賣女孩子們的東西，像衣裳啦、絹花啦、頭面啦……應有盡有，但價格稍貴，此時臨近年關，有許多富貴人家的女孩子，帶著家僕，坐著小轎，來這裡看新衣裳。

月牙兒和柳見青進店之後，因為人很多，略微等一會兒，才有店小二得空來接待她們。

「原來是蕭老闆來了，久等久等，請先坐著吃茶，我這就去把衣裳給您取過來。」

她倆便在店裡坐下，自有小夥計送上茶和一個攢盒，將攢盒打開來，裡面放著四、五樣果脯糕點。

月牙兒見攢盒的白糖薄脆炸得委實漂亮，便拿了一個吃。這其實是一種白米製成的油炸點心，很薄，捏在手裡像拿了一張綿紙，咬在口裡，嘎脆一聲。

錦繡閣迎接的多是女客，因此特意用屏風將空間劃分開，屏風前各擺著衣架子與櫃檯，將布料展示出來。

柳見青看中了一件披風，上面繡著大團花，很好看，便心血來潮的要給自己買一件新衣服。

「好看是好看。」月牙兒斟酌道：「可若買了，妳最近掙的錢，怕也沒剩多少了吧？」

「之後再掙嘛。」柳見青撫摸著披風，感受著質地。「這兩個月我一件新衣裳都沒買呢，再說了，掙了錢不就是用來花的嗎？」

她既然是這樣想，月牙兒也不好再去勸，只是微笑著幫她參謀參謀，看哪件衣裳或者披風更適合她。

其實柳見青這樣的美人，幾乎穿什麼都好看。

兩人正看著衣裳，忽然聽見屏風之後，有一對貴婦人在說話。

月牙兒本不是愛聽牆角的人，可是偏偏她們說話帶著「薛令姜」三個字，引起了她的注意。

「妳聽說了嗎？最近趙三爺和那薛令姜又鬧了起來，說是趙三爺要把一個外室領回家了。」

「是呀，我聽說他那外室還生了一個孩子，都會走路了。」

「竟然瞞得這樣嚴實？」

「哼，要我說，都是這薛令姜不好。」這個女聲嘲諷道：「她當時嫁來江南的時候，閣老的孫女，多威風呀，眼高於頂慣了，現在？一朝天子一朝臣，薛家如今早就敗落了，看她還是擺出一副大家小姐的樣子，真令人討厭。」

「妳這一說，她是有些目無下塵沒錯，難怪趙三爺不喜歡，據說他和那薛令姜吵了一大架呢，過年都不一定能好。」

「要我說，既然有了孩子，那就領回去做個妾得了，幹什麼吵吵嚷嚷的，弄得自己跟妒婦一樣。」

月牙兒聽著這話，眉頭緊蹙。柳見青瞧見她的神情，也靜了下來，聽著對方說話。

一直等到說話的兩個貴婦人離開店內，柳見青才出聲。「這個薛令姜，就是幫過妳的薛娘子吧？她人很不好嗎？」

「我倒不覺得。」月牙兒輕輕嘆了一口氣。「不過她為人是有些清高自詡，而她身邊人也不是能吃虧的，大約就是因此得罪了一些人吧，若是真的，她這陣子應該不大好過。」

柳見青繼續去挑衣裳花色。「誰又活得容易？她既是大家貴女，那自然有她的活法，妳就別瞎操心了。」

話雖如此，但月牙兒的情緒不免有些低落。畢竟薛令姜是在她困難的時候第一個伸出援手的人，而且她也敬佩她的才氣，像薛令姜那樣的人，不該只是金籠中的黃鶯。

拿了衣裳，柳見青又拉著月牙兒去買頭面。

「我說，人家好歹如今叫妳一聲蕭老闆，妳怎麼頭髮上還簪著一根桃木釵？怎麼著也得是銀簪子吧！」

「我倒是覺得這樣很好。」月牙兒說：「買些絹花戴著就好，不用什麼金釵、玉釵的，而且……我就是喜歡這簪子。」她扶一扶髻上的桃木釵。「這可是勉哥兒送給我的。」

柳見青瞧著她髻邊的桃木釵笑。「好吧，就知道妳愛屋及烏。」

她看著月牙兒，忽然輕聲說：「妳真沒擔心過呀？」

「我擔心什麼？」

「若是他高中了，娶了人家大官家的閨女，妳可怎麼辦呀？」

月牙兒笑起來。「妳這麼說，倒好像我是話本裡的人似的。」

「本來就是嘛。」柳見青挽著她的胳膊往前走。「我在二十四橋，可聽多了這樣的故事，什麼窮書生指天發誓，說自己出人頭地就一定娶誰為妻……可到最後，去娶了富貴人家的女兒。何況妳的勉兒哥長得這麼好看，日後若真金榜題名，說不定人家公主還看上，想要搶他做駙馬呢！」

「妳在想什麼？」月牙兒笑睨她一眼。「雖然以後的事情誰也不知道，但我才不會杞人憂天，只看眼下。」

「萬一呢！妳看趙三爺和薛令姜成了親尚且鬧成這樣，妳同他只是有婚約而已。」

月牙兒沒說話。

如果有一日吳勉當真不喜歡她了，她會怎樣呢？

大概會很難過吧。可難過之後，也就好了，畢竟他也不是她生命的全部。

走了一會兒，月牙兒忽然冒出一句話來。「不管怎麼說，我相信勉哥兒。」

柳見青側首瞧她一會兒，說：「哼，他若是真敢負妳，我就把他的事編成曲子到處唱，把他唱得跟陳世美一樣，讓他遺臭萬年。」

月牙兒被她認真的神情給逗笑了。

冬日的暖陽，懶懶的灑在她倆身上，微暖。

從這條街到縣學其實並不遠，月牙兒原本打算雇個人，將取回的衣裳和新買的東西先送回去，兩人再走到縣學門口去接勉哥兒。

可柳見青卻說：「何必這麼麻煩，左右有他陪著妳，我又何苦眼巴巴的站在一邊惹人嫌，我先帶著東西坐轎子回去吧，妳等會兒自己回來。」

她說完，真帶著東西自顧自回去了，月牙兒只好自己朝縣學走去。

縣學門口有一株大桃樹，不知道是哪一年種的，亭亭如蓋，投下一大片樹蔭，月牙兒便站在這桃樹蔭底下等，閒著無聊，便仰頭數一數，看桃樹上有幾片葉子。

伊人獨立，冬陽相隨。

吳勉一出現在縣衙大門，便見著這樣一幅畫。

在他右邊，一個穿著玫紅色道袍的同窗瞧見他忽然呆住了，只癡癡望著前方，不禁也順著他的目光去看，等瞧清了樹下人，玫衣同窗調侃道：「你今日倒是開了竅，曉得看美人了。」

左邊站著的那一位同窗，是從前和吳勉一起在唐可鏤那裡唸書的舊友。一見是月牙兒，便笑道：「別胡說，那是他未婚妻。」

「就是那個常給你做點心吃的小娘子？」玫衣同窗眼睛一亮，推搡著吳勉，催他過去打招呼。「你快過去啊！她既然來接你，說不定也帶了什麼新的小點心來呢。」

「我看你就是惦記著人家的點心吃。」那個舊友笑說。

吳勉在縣學唸書的時候，月牙兒常託人送來一些小點心，各式各樣，應有盡有。譬如定勝糕、泡芙、也有炸排骨，不拘杏花館賣不賣，只要月牙兒覺得味道好，就叫人給他送去，送得多了，連縣學的門房都記住了，一看有人提著兩個食盒過來，就跑去叫吳勉。

這些點心都是月牙兒親手做的，味道沒話說，有同學聞到香味便湊過來，覥著臉要討一口吃的，人家都湊到跟前了，吳勉不給也說不過去，況且月牙兒送來的點心分量都很足，吳勉甚至一個人吃不完，也會分一些給同窗吃。

就這樣一傳十、十傳百，漸漸地，幾乎小半個縣學的人都知道，杏花館的蕭老闆是吳勉的未婚妻。

一些同齡人看在點心小吃的分上，常喜歡找吳勉玩，這一年的書唸下來，連吳勉自己也沒弄明白，為何他會結識這樣多的同窗？明明以前他在唐可鏤那兒唸書的時候沒幾個朋友。

他們三人在這裡吵吵鬧鬧，身旁的同窗也不知在說什麼，吵吵嚷嚷的，樹下的月牙兒聽見動靜，抬起眼望向縣學大門，大門裡湧出來好些秀才，好多人中，她一眼便望見了吳勉。

他今日穿了一件白色衫，如鶴之姿，望之令人心動。

月牙兒定了定神，朝他走過去。

「下學了。」

「是，勞妳久等。」

玫衣同窗咳嗽了一聲，滿滿的都是暗示。

吳勉向月牙兒介紹道：「這是程嘉志，這一位是……」

「我知道。」月牙兒說：「是雷慶，那日揭曉時，來杏花館一起吃過飯的。」

雷慶笑起來。「我想蕭姑娘也忘不了，那回我把土撒到唐先生身上了，他追打我追了兩圈呢！」

寒暄過後，程嘉志和雷慶不說話，也不動，只滿眼期待的望著月牙兒。

吳勉咳嗽一聲。「那個……妳今日沒帶點心吧？」

月牙兒像是空著手過來的，沒提著食盒。

「你要相信，無論什麼時候，我都會帶著吃的。」月牙兒抖一抖她的琵琶袖，從裡邊依次掏出一包米花糖、一包蜜餞、一包白糖薄脆。

要說這琵琶袖是真的很實用，袖子大，袖口窄，裡面能塞好多東西。月牙兒新做的衣裳，幾乎全都是琵琶袖，今日出門前她甚至想塞一個小水壺進去，幸虧被柳見青制止了。

三個少年眼睜睜的看著月牙兒一個小姑娘從琵琶袖裡掏出這麼多吃食，目瞪口呆。

「這……琵琶袖還能這麼用啊？」程嘉志喃喃道。

吳勉卻揚了揚嘴角，一樣一樣接過油紙包。「她一向很聰慧。」

程嘉志和雷慶彼此交換了一個眼神，這小子沒救了。

這幾樣點心裡，最先被吃完的就是米花糖。

已定形的米花糖，大團的米白色裡帶著細碎焦糖色，是炸透後獨有的色澤，很酥、很脆，可以毫不費力的掰下一小塊吃。咀嚼之時，爽口化渣，很香甜，吃完了，猶有一種餘味，那是稻米獨有的清香。

一包米花糖，吳勉只吃了一塊，其餘的全給程嘉志和雷慶搶去吃了，等吃完了，這兩人才反應過來，都有些不好意思。

「下次一定請你們去我家吃席。」程嘉志摸了摸頭，笑著說。

「我也要去。」雷慶連忙道：「他自己說的啊，咱們都去。勉哥兒，你記得我跟你說過吧？他們家有一條船，咱們可以在船上釣了魚直接煮著吃，聽說味道特別好。」

程嘉志笑著拍一下他的肩膀。「我請他們吃，你又跑來占便宜。」

幾人說笑一陣，互相拜一個早年，各自尋自家僕人去了。

吳勉這才有時間和月牙兒靜靜地待一會兒，他從衣袖裡摸出一個黑漆螺鈿小盒，遞給月牙兒。「妳塗著玩吧。」

是一盒鴨蛋粉，細膩潔白，帶著一股淡淡的茉莉花香。程兒有家人從揚州歸來，提前來了書信，問需要帶些什麼東西，吳勉聽說後，特意請他帶一盒鴨蛋粉來。

之前同窗閒聊時，吳勉聽說揚州的胭脂水粉十分好，連宮裡的娘娘也喜歡用，那時他便留了心，只是不知道，她喜不喜歡？

月牙兒用指腹沾了一點粉，抹開在手背上，只見這脂粉極其細膩，抹在肌膚上，不見蹤跡，只顯出一種柔霧籠罩的質感，更襯得她膚色白皙些。

「多謝，我很喜歡。」月牙兒欣喜的抬起眼眸望著他。

吳勉一直懸著的那顆心終於落定，輕描淡寫道：「妳我之間，何必言謝。」

兩人漫步於街上，靜觀繁華，偶爾聽見兩聲爆竹響，妝點著人聲鼎沸。

行至杏花巷，月牙兒同他說：「對了，明日我們杏花館會辦年會，你和吳伯伯也一起來吧。」

雖然不知年會是什麼，但她總有無窮無盡的奇思妙想，他習慣了，也不多問，只是含笑頷首。「我一定來。」

隔日，杏花館只有上午營業，下午則專門用來開年會。

裴父也收到帖子，左右他也得了清閒，便帶著小裴一起往杏花巷來，還沒到呢，遠遠的就看見杏花巷前那一座小橋上，紮了一個很大的竹牌坊，妝點著大紅紙張，還高高懸著燈籠，滿滿的年味。

「爹，這上面還有花呢！」小裴驚喜的叫起來。

還真是，只見那斗拱門兩側綁著好些紙花和彩勝，五顏六色的，乍看上去跟鮮花似的，像開在春天裡。

他們走過牌坊，就有杏花館的人手托一盤子小絹花迎上前來，核驗過請帖後，便請他們一人挑一朵絹花，別在衣襟上。

才走進杏花館，就聞到一陣梅花香氣，原來是庭前的那株臘梅花開了。梅樹下人影竄動，看來收到請帖的人還真不少。

裴父一眼望去，便瞧見了幾個同他一樣的加盟商，彼此寒暄一番後，便按照夥計的指引，一起坐在同一桌。

他們來得還算早，因此坐的位置也格外的靠近中心，只見滿月門前的廚臺上，小山一樣堆著什麼東西，用一塊紅布遮著，瞧不真切。

這蕭老闆還真喜歡搞這種揭曉的事，裴父在心裡嘀咕，可他也承認，自己此時也不禁心癢癢起來。

這紅布遮住的東西會是什麼呢？是新的吃食嗎？

等到來客坐定，月牙兒也一身盛裝走了出來。

她倒也不廢話，只是簡短的感謝了一下在場人士對杏花館的幫助，而後直接叫夥計上菜。

今日的上菜方法有些特別，並不是一碟一碟上，而是用滾輪小推車分層裝好菜，一桌一桌送，當每桌的小吃點心、生肉蔬菜擺好後，夥計們又捧出來一口口黃銅鍋，裡面盛著高湯。

等一起準備齊全，夥計們也在簾外落坐，裴父這才明白了，原來他們也是要一起吃的，氣氛因此更加熱鬧。

月牙兒站在廚臺前，笑盈盈的說：「我之前就承諾過，諸位在杏花館做事，我是會給分紅的。如今已經到了年底，該是履行承諾的時候了。」

她靜一靜，視線掃過在場眾人，而後手一抬，迅速將神秘小山上的紅布掀起，靠近前面的來賓見了，不由得低低抽了口氣。

那竟然是一座用小銀錠壘起來的銀山！

在座之人無不將身子往前傾了傾，一邊的帳房先生呈上來一冊燙金描紅紙，伍嫂手托著一盤紅包紙候在一旁，月牙兒唸一個名字，就發一次錢，論功行賞，乾脆明瞭。

在場眾人看得眼睛都熱了，恨不得在杏花館開張的時候就在這兒做事，這樣如今也能領銀子。

犒賞完魯大妞、柳見青等人小銀錠後，月牙兒命伍嫂去發放紅包，每個人都可拿一個。裴父拿了一個，打開來看，是兩粒銀瓜子。

坐在他身旁的加盟商湊過來看。「嘿，你手氣真好。」

原來其他人的紅包裡，大多是銅錢。

雖然說是區區兩粒銀瓜子，裴父也不放在眼裡，但這一場年會參加完，他之前對於加盟的顧慮卻完全打消了。

跟著蕭老闆做事，一準能發財！

除夕的規矩，是守歲不寢。

去年月牙兒一個人住的時候，倒沒遵循這麼多規矩，只是今年伍嫂、六斤和柳見青都在，便依著她們的意思行迎歲禮，也叫接年。

月牙兒還坐在圈椅上打瞌睡，柳見青已換了一身全新的衣裳，從屋裡走出來，把她推醒。「都已經到子時初了，怎麼還坐著？要知道，接年需早。」

伍嫂也端了一盆發糕過來，後頭跟著六斤。

「姑娘，咱們就在中堂祭祀天地嗎？」

月牙兒打了個呵欠。「就在這兒吧。」

以發糕為供品，在堂屋裡祭祀完畢，六斤又拿了一疊紙馬，放在炭盆裡焚燒，這個時候，街巷裡的爆竹聲響起，噼哩啪啦的，一陣接著一陣，真真喜氣。

天才濛濛亮呢，就有人前來敲門，一看，是在杏花巷開店的老闆們。

「除夕一夜元旦好天！恭喜恭喜。」

這是給月牙兒拜年來了。

這倒是猝不及防，月牙兒還懵著呢，柳見青便在她胳膊上擰了一把，低聲道：「妳看妳，還沒梳妝打扮呢！人家已經上門拜年了。」

「這，我也沒想到會有人來給我拜年呀。」月牙兒扭過頭，悄聲同她說。

好不容易招呼了幾個來拜年的老闆，送客之後，月牙兒便立刻奔回房裡去梳洗一番，開始裝扮自己。

「妳這綁的什麼頭髮、畫的是什麼妝？讓我來幫妳。」

柳見青看不過去，從月牙兒手上取下了妝奩，替她裝扮起來。

在裝扮這事上，柳見青是很有天分的，寥寥數筆，便讓熬了一夜的月牙兒氣色好很多。

「嘖嘖，看妳平常素面朝天的，還以為妳不大喜歡胭脂水粉呢，沒想到妳竟然有揚州鴨蛋粉。」柳見青收拾著妝奩，同月牙兒閒聊。「看這螺鈿漆盒的樣式，是從揚州直接帶過來的吧？那一小盒價格也不便宜，難為妳捨得。」

「不便宜？」月牙兒有些驚訝。

勉哥兒沒說什麼呀！真是的，幹麼花這冤枉錢。

月牙兒拿過粉盒，緊緊攥在手裡，心裡埋怨著這個人不會說話，可嘴角卻不自覺的揚了起來。

元旦這一日，月牙兒幾乎就忙著拜年這件事了，不是別人給她拜年，就是她給別人拜年。

招待過最早一批登門的拜年客之後，月牙兒囑咐柳見青幫她照看家裡，自己則帶著禮物，懷揣名刺去給其他人拜年。

小轎子是老早就叫好的，就停在門口，女轎伕還特地鋪了紅氈，換了大紅轎衣，以映襯新年的喜氣。

拜年拜了一圈，月牙兒終於到了趙府門前。

這個時候來趙府拜年的人也是絡繹不絕，月牙兒在門房坐了好一會兒才有人過來接待。

行在後院裡，總是隨處可聞笑鬧聲，遇見許多來拜年的娘子、夫人，然而當她走到薛令姜的院裡，卻忽然一靜。

庭外寒風，輕輕吹動暖簾，見月牙兒過來，絮因忙喊小丫鬟去捧茶和茶盒過來。

兩人正寒暄著，小丫鬟捧過來一個茶盒。

絮因見了，生氣道：「不是這個，同妳說了，是那個紫漆盒的。」

「那個茶盒不在，說是其他娘子那邊來了客，三爺叫人拿了過去。」小丫鬟怯生生的說。

聽了這話，絮因立刻板起一張臉。「什麼娘子？就是一個妾罷了！如今隨便什麼阿貓、阿狗的，都能把我們院裡的分例拿過去了？」

被她這一凶，小丫鬟幾乎要哭出來，卻顧忌著今日是元旦，硬是忍住了，眼淚在眼眶裡打轉。

「好了。」薛令姜將手中的筆往書案上一按。「元旦乃一歲之首，一開始就給我在這吵吵嚷嚷的，是嫌我這一年運氣不夠好嗎？」

她說這話時，拿眼睛看著絮因。

「我……我也是為娘子生氣呀！」

絮因眉頭緊皺，很委屈，接過小丫鬟手中的茶盒往桌上一放，自顧自的走了出去。

薛令姜扶了扶額，從書案後轉過來，在月牙兒跟前的圈椅上坐下。

「讓妳見笑了。」

月牙兒兩手接過茶盞，訕訕說：「絮因姑娘，是有些小性子。」

「我也沒法子，她是我乳娘的女兒，也算是我的奶姊妹，從前和我一起長大的。那時候，我要遠嫁到江南，家裡幾個大丫鬟都不樂意陪我過來，寧願跟著我那不成器的哥哥，也就她，願意不管不顧的跟著我。」

薛令姜說完，一雙眼怔怔盯著几案上的香爐，好一會兒才嘆了一口氣。

月牙兒瞧她竟是比上一次相見時還要消瘦些，想起聽到的傳聞，心下也有些不忍。

「家家有本難唸的經，娘子不如放寬心些，就是關起門來，過自己的小日子也行，好歹讓自己舒坦些。」

薛令姜苦笑著搖了搖頭，她鬢上珠釵也跟著一晃。

「我倒想關起門來過自己的日子，可妳剛才也瞧見了，他們哪裡會讓我有清靜日子可過？就這樣湊合著過吧，左右我這一生，也就是這樣了。」

月牙兒淺呷一口茶，原本不想多言的，可見她言語這樣哀愁，她還是把心裡的話說出了口。「娘子恕罪，我倒想多嘴一句，人生在世不過須臾百年，妳如今不過是桃李之年，若將人生比作四季，那現在還是盛夏呢，怎麼就說這樣的喪氣話？我從前爹爹死了，娘又改嫁，誰看了都要嘆息一句可憐，可如今我這日子不也越過越好了嗎？」

她認真的望著薛令姜。「人生在世，總會遇到一道坎的，跨過去就好了。」

薛令姜蹙著眉，沈默了好一會兒，才說：「妳和我終究是不一樣的。」她既然這樣說，月牙兒也不好再勸，畢竟，有些事旁人就是說出一朵花來也無濟於事，最後還是要看當事人自己心裡如何想。

日子，是得自己過的。

元旦既過，緊接著就是立春。一年春之始，自當迎新春，立春之日，倒比前幾天還要更熱鬧些。

前一夜的時候，伍嫂便取了一些小銅錢塞在紅包裡，月牙兒奇怪問：「這是做什麼？如今不用去拜年了，還準備紅包作甚？」

「這也是老規矩了，」伍嫂邊摺著紅包邊說：「立春的時候，鄉下的農人會進城，沿著各個大商戶討錢，叫做打春。」

還有這樣的事？月牙兒挑了挑眉，見她包的銅錢並不多，只有六個錢，便也沒管。

等到第二天，果然有幾個鄉下人敲著小銅鐙，嘻皮笑臉的來要「打春錢」。這些人也聰明，小店小鋪的不入，專往有些名氣的店子鑽，譬如杏花館。

吳嫂捨了他們幾個紅包，鄉下人便用粗獷的嗓子唱了一首歌以作謝禮，祝他們財源廣進，歌聲雖然不怎麼動聽，但卻別有一番淳樸的趣味，還有街坊抱了孩子圍到杏花館門前來聽，聽得津津有味。

而後也有皂吏送來紙製的五色小牛，說是來「送春」的；除了送春的，還來了一些登門「拜春」的人，總之圍繞著「春」這一個字，玩出了諸多的花樣，月牙兒之前從沒見過這樣的事，很新鮮。

臨近黃昏，吳勉帶著一碟「春餅」登門。吃春餅，也是立春的一項必修課，薄薄的一層烙餅，裹著茼蒿等新鮮蔬菜，這期間吃春餅就叫作「咬春」。

儘管知道杏花館就是做小吃的，一定不缺這些春餅，但吳勉還是親自做了送過來。

果然，他才踏進杏花館，便見伍嫂她們在烙春餅。

見他來，月牙兒很開心。「你來得正好，我正想試一試一種新的春餅吃法，你來嚐一嚐。」

只見廚案上擺著一塊軟軟的麥芽糖，月牙兒反覆揉搓之後，用手拉著麥芽糖兩端，往長裡抻，拉成一個「八」字。

這麥芽糖的延展性極好，在反覆拉扯之後，逐漸成了絲狀，真如銀絲一般，纖細潔白。

銀絲糖做好之後，鬆鬆堆在碟裡，月牙兒將吳勉帶來的春餅拿出來，用手撿了銀絲糖，裹在春餅裡頭。

「你試試，我覺得這樣味道還行。」

吳勉接過，咬了一口。柔軟的春餅皮，包裹著柔如雲朵一般的銀絲糖，咬在嘴裡，千絲萬縷的甜同春餅的香氣交織在一起，酥、鬆、綿、甜，別有一番風味。

吳勉從來沒有吃過甜的春捲，吃之前還有些疑惑，但真吃了，就察覺這春捲的好吃了。

「妳這糖做得極好。」

「是吧？」月牙笑得眉眼彎彎，扭頭問一邊的柳見青。「柳姊姊，妳說好不好吃？」

柳見青拿著一個銀絲糖春捲咬了三口，才慢條斯理的說：「還行吧。」

月牙兒心裡清楚，她口裡的還行，就是很好的意思。

伍嫂和六斤也一人嚐了一個，伍嫂讚了一聲好。「這樣的銀絲糖，倒真是很少見，姑娘打算讓作坊的人做嗎？」

「未嘗不可呀。」月牙兒說：「再等兩天就開工了，可以讓他們試做看看。」

這銀絲糖的原料並不複雜，幾日後，月牙兒親自到作坊裡教他們。

原本以為就是一樣普通的點心，可令月牙兒沒想到的是，這銀絲糖卻意外賣得很好，剛做好才開賣的銀絲糖，幾乎只要一、兩個時辰就會被搶光了。

正月十五，杏花燈會又開始了，這一回，倒不用月牙兒怎麼費力宣傳，便有許多人自發的往杏花巷來——都是空著肚子來的。

杏花巷大大小小的店鋪才開張，立刻賓客盈門，不可不謂是一個吉年的好開頭。

二月，春風吹柳綠，幾家柳氏排骨加盟店也陸續掛上了大紅橫幅準備開張。

裴家的店開張前，裴父特意去店裡看了，只見柳氏排骨總店的夥計正在教導他家的新店員，如何炸、如何攬客、如何秤重……方方面面，說得都很詳盡。

等他教導完，裴父迎上前去，笑說：「辛苦辛苦，都這樣晚了，你還沒回家去？」

裴父從袖裡掏出幾個錢，塞給那夥計。

夥計忙擺手，不接，他說：「裴官人別那麼客氣。我在這兒指導算加班，蕭老闆自會給我補貼錢的。」

「蕭老闆給的是蕭老闆給的，這是我的一點心意。」

「真的不行，我要是收了，要是讓其他人知道了去舉報，蕭老闆會罰我的。」

「還有這樣的規矩？」裴父有些好奇，等他聽過夥計解釋後，感慨道：「你們蕭老闆做事，果真是別具一格呀。」

「那是。」夥計笑道：「要不然，咱們蕭老闆怎麼在這短短的時間裡，就建立了一份家業呢？」

裴父回身看著店裡的裝飾，一時有些感慨。「慚愧，我之前一直是靠家裡的地收租，除了微薄的俸祿外，也沒有正經做過生意，這算是頭一回開店吧，倒不知道情況會是如何。」

「您就只管放寬心了，」夥計說：「前幾家柳氏排骨店，我都去看過，他們老闆開張前也是跟您一樣，很是擔心了一陣子，結果呢，才開張門口就排長隊了。早就和您說了，咱們這加盟店啊，講究的就是一個舒舒服服賺錢，其他的事情都幫您準備好了，還能出什麼差錯不成？」

裴父不是不知道這個道理，前幾日旁的柳氏排骨店開張，他還偷偷摸摸去看了，可輪到自己，他到底心裡還是有些虛。

此番聽了夥計這一番好話，即使知道他說的不過是客套話，但心裡還是很受用，畢竟，誰不喜歡聽好話呢？

忐忑了一整夜，第二日清早，當裴父乘坐轎子從家裡去衙門上職時，特意要轎伕從他家店門前經過。

離店越近，他心裡越忐忑，不住的默唸著。「升官發財，升官發財。」

等真到了店前，他掀開轎簾一瞧——

呵，生意真好！

只見他家的排骨店門前，竟然也排出來了一小條隊伍。

門口的顧客不時好奇地往裡頭張望，還有人連價目表都不看，直接熟稔地問：「還有掌中寶嗎？」

裴父有些激動，下轎的時候絆了一下，差點沒滾出來。

他扶正帽子，拉住一個顧客問：「這是在賣什麼呢？」

「排骨呀！」那個人排隊無聊，便同他攀談起來。「之前早吃過柳氏排骨，炸得極好吃，可惜城東的店離咱們這兒太遠了，幸虧這邊又開了一家。」

裴父聽了，壓抑住心中的喜悅。「可我怎麼聽說這東西有些貴啊？」

「還行啊，」那人掰著手指跟他算帳。「你自家去買一斤這樣的排骨，不也要這麼多錢嗎？何況料理還辛苦，炸還費油呢！還不一定有人家做的好吃，倒不如直接買現成的，何況我也不是日日買，隔四、五天買一回還成。」

後頭有人插嘴道：「你不知道，我家裡的小人最喜歡吃排骨了，每天都纏著我說要吃排骨，我哪兒給他弄排骨去？這下子倒是方便了。」

這還真行！果然加盟柳氏排骨這個決定沒有做錯。裴父喜孜孜的想。

不僅裴父是這麼想的，其他分店的老闆也都是這樣想的。

如果說一開始他們對蕭老闆還有些疑慮，覺得她年紀小，不一定能當大事，擔心她騙錢，那麼到如今真見了店裡的紅火場面，以及手裡收回的真金白銀，這些人提起蕭老闆，那叫一個讚不絕口，之前給出的那一大筆加盟費，好像也不那麼冤枉了。

幾家排骨店開業的時間很相近，接二連三的開，家家都火熱，這實在是引起了人們的興趣。

路人從排骨店前過，既然見了隊伍，總是忍不住去排一排，生怕錯過什麼好東西。等排了隊，買回了排骨，一嚐，味道還真不錯，再一看，人家幌子上還有一朵杏花。

有人就好奇。「他們一家賣排骨的店，幹麼畫一朵杏花呀？」

「這你就不知道了，這是人家杏花館的標誌。這柳氏排骨店，也是杏花館開的呢。」

就這樣，伴隨著柳氏排骨加盟店的開張熱潮，杏花館的名聲又給好好刷了一刷，連帶著來杏花巷光顧的客人也多了不少，倒算是意外之喜。

而柳氏排骨店中生意最好的，莫過於最早開始的總店，城東柳氏排骨店。

畢竟是由柳見青親自坐鎮的，就衝著她的名號，也有許多人心甘情願跨了十幾條街來買排骨，順便想著能不能見一見美人，是以城東柳氏排骨店前總是排著長隊。

這日，在城東柳氏排骨店前，一個身穿布衣的人往他的手冊上記了什麼。

記完之後，他聞著炸排骨的香味咽了口唾沫，瞧瞧天色還早，便也加入了排隊的人群，買了一袋排骨吃完，轉身回去。

他將這本冊子呈交給鎮守太監鄭次愈的府上，自有書筆吏將其整理謄抄一次，呈交給鄭次愈。

這也是老慣例了，每月十五，小旗官就會將之前收集的一月之內涉及百姓民生的事，例如米價、糧價、肉價、地價以及百姓熱議的話題，記錄成冊，再呈給鄭次愈。

說起來，這最早是東廠的規矩，鄭次愈和東廠提督算是好友，自然知道這件事，原來在京裡時，他便覺得這法子很有效，於是此次出鎮江南，也將這個習慣帶了出來。

鄭次愈翻開小冊子，一行一行的看，看得很仔細，一本冊子翻完，八、九頁紙，倒有一張的小半頁提到了柳氏排骨、杏花巷、杏花燈會。

他將小冊子合上，閉著眼，捏一捏鼻梁解乏。「李知府到了？」

「早到了，在偏廳等著呢。」

鄭次愈起身，伸了個懶腰。

「晾了這麼久，也夠了，叫他進來。」

「是。」

一會兒後，江寧知府李之遙被請進書廳。

他臉上帶著一貫的笑，溫和地給鄭次愈道了個萬福。

鄭次愈用眼神瞟了瞟右手側的圈椅，說：「坐。」

李知府坐下，心裡有些打鼓。

他之前雖然起過討好這位大太監的念頭，但鄭次愈一直對他態度淡淡。他出鎮江南這些日，也沒聽說和誰相談甚歡，怎地今日忽然要自己上門？

李之遙在心裡把他到任以來，江寧發生的大小事過了一遍，心裡有了個底。

自有小廝捧上茶來，請兩人吃。

李知府接過茶，揭開蓋，正輕輕吹著，忽然聽見鄭次愈將茶盞往桌上重重一放。

伴隨著這聲響，李知府的心也隨之跳了一跳。

「李大人，我可聽說，你和你的同僚最近發了一筆大財。」鄭次愈似笑非笑地說。

果然是這事！

李知府不覺起了一身冷汗，下意識打出一張官場字牌——裝糊塗。

「有這事？下官回去一定好好查一查。」

鄭次愈也是見慣了這些官場老油條們，瞇了瞇眼，口中吐出三個字。「杏花巷。」

見他已經說到了這分上，李知府立刻告罪，起身彎腰。「鄭公恕罪，此事原是迫不得已。您老人家來金陵這些時日，也知道金陵地價有多貴，而知府衙門卻偏偏靠近寸土寸金的秦淮河，我和府衙的同僚自打來任此地，官署幾乎都住滿了，雖說府衙有幾百兩公銀，可那也買不起秦淮河邊一座院啊！

「下官戰戰兢兢，這些年也從未抱怨過，身居陋室也無甚關係。可如今，我衙內的主簿都已年過半百，他家妻兒來投奔，官署連個住的地方都沒有，一家人連帶奴僕硬是擠在兩間屋裡，這也實在太過分了，是以，下官這才動了心思。何況建言做這件事的人，也仔細同我分析過，說此事既不違規，也不勞民傷財，下官只是想為屬下圖個地方住而已。」

他說到最後幾乎要哭出來。「請鄭公體諒。」

鄭次愈聽了，拿起茶盞又喝了一口，而後才慢悠悠問：「你說有建言之人，是誰？」

李知府上下嘴皮子一掀，立刻和盤托出。「杏花館的蕭老闆——蕭月。」

花事正濃，杏花館裡，無論是前院，抑或者是後頭家住小樓裡，盡瀰漫著清雅的花香。前邊的杏花館生意興隆，難免有些嘈雜，月牙兒將房門一關，又放下簾子，聲音終於小了些，嗡嗡地響，宛若背景音。

小廚房的灶臺上擺著一堆玫瑰花，大紅色的玫瑰花瓣，綠葉之中的花苞才剛剛綻放，猶帶晨露，很新鮮。

眼見幾家加盟的排骨店生意都走上了正軌，月牙兒終於得了空，可以研製新的點心。

金陵人愛花，每到春日，無論是富戶還是貧家，總會買些花，或擺放在屋中，或製成香囊掛在身上，清風吹來，熏人欲醉。

月牙兒前兩日閒著，聽柳見青的話去花市買花。

她到了一家花市，尋到了柳見青所說的楊老太太。

這楊老太太乃是本地最大的花商，和月牙兒談了兩句，彼此都是豪爽人，引之為忘年交。楊老太太便邀月牙兒去她家花田親自選花。

她家的花田裡，有一畝全種的是玫瑰花。月牙兒瞧見那麼多花，便憶起曾經吃過的鮮花餅，便買了好些花回來，打算研製鮮花餅。

要想做好鮮花餅，得從兩個方面下工夫，一是酥皮，二是玫瑰內餡。

好的酥皮，筋絡分明，烤至餅心微微有些淡黃色，一咬一口渣。而玫瑰花餡，則講究一個甜而不膩，糖不可過多，否則將會蓋過花本身的香氣，實在不美。

食用玫瑰，古已有之，但多是用來做玫瑰醬、玫瑰露。月牙兒在這樣專門做玫瑰醬的玫瑰花田裡仔細挑了挑，抱回來好些含苞嬌嫩的花枝，這樣的玫瑰不是大紅色，顏色較淡，但適於食用。

從製餡、揉餅，烘烤……每一步，月牙兒都不敢掉以輕心，親力親為，正守著玫瑰花餅出爐呢，忽然伍嫂過來，慌慌張張說：「姑娘，有幾個皂吏過來，說是要請妳到鄭公府上。」

聞言，月牙兒不禁把眉頭蹙起。鄭次愈這樣一個大忙人，怎麼忽然想起她了？怕是有蹊蹺。月牙兒洗淨雙手，拍一拍身上的麵粉，快步走到杏花館裡。果然有兩個穿青衣的皂吏，守在庭前等著。

他們說話倒也客氣。「鄭公想念蕭老闆做的點心，特地叫我們來請蕭老闆到府裡去做些小點心。」

「難為他老人家還記得，我真是三生有幸。」月牙兒笑道：「我換身衣裳，就跟你們走。」

「這是自然，也請蕭老闆動作快些，別讓我們為難。」

月牙兒回房換衣裳的時候，瞟了一眼門外。

只見杏花館的前門有人守著，而她家自己進出的小門亦有人守著。

月牙兒略一駐足，若無其事的推開房門進屋，一顆心卻漸漸跳得快了。

瞧這架勢，當真只是請她過去做點心嗎？

她一把抓起筆，落筆極快，寫了幾行字，悄悄交給伍嫂。

急急忙忙換好衣裳後，月牙兒信步走出去。

來人倒也沒有委屈她，特地雇了一頂小轎子，就停在橋頭。

事情緊急，月牙兒難免有些心慌。「每臨大事有靜氣」，她在心裡默唸了好幾遍這句座右銘，這才靜下心來。

她將最近做過的事在腦海裡過了一遍，都是些小打小鬧的事，到底哪一項能夠驚動鄭次愈？堂堂江南道鎮守太監，沒道理無緣無故尋一個商戶女的麻煩，多半還有其他的考慮。

思來想去，月牙兒覺得唯一的可能，就是之前操控杏花巷地價之事。此事雖說起源於她，但參與之人並不只有她，重頭戲還是江寧知府李之遙等一眾官人。他們家底厚實，出手可比她大多了，如今連官署都熱熱鬧鬧往大裡修。

這樣大的動靜，鄭次愈是皇帝派來督察江南官場的，不可能不知道這件事。

倘若沒有李知府等人，自己絕沒有重要到足以入鄭次愈的眼。

想明白緣故，她心下稍定。

第十四章

下轎的時候，月牙兒舉止從容，落落大方。

引她進門的書吏見了，也有些意外，原以為小姑娘會被這陣仗給嚇壞，沒想到竟是這樣一副姿態。

他笑說：「早聽聞蕭老闆有林下風氣，今日一見，果然如此。這邊請。」

這書吏卻沒有直接領她去見鄭次愈，而是帶她到了廚房，請她做一、兩樣點心。

「好說，倒是不知，鄭公歡喜什麼樣的點心？」

「妳看有些什麼時令點心，做來便是。鄭公崇尚自然，不喜歡違時之物。」

他這樣一說，月牙兒就明白了。

其實這個時候，人們已經學會用暖棚栽種瓜果蔬菜，因此市面上能瞧見一些反季節的食物。可有許多人覺得，這樣子做有違天時，所以不肯食用。原來鄭公竟然也是抱此想法的人。

既然要做時令小點，如今這節氣，第一個浮現在月牙兒腦海裡的，就是以艾草製成的青團。

月牙兒來之前，以防萬一，特意將杏花館最出色的食材、配料收拾在一個小籃裡，提了過來，這裡面就有她家的肉鬆。她問了問廚房的幫廚，又張望了一番，只見廚房裡食材很多，鹹蛋黃也有，還是產自高郵的鹹鴨蛋，風味尤佳。

盤點完食材，月牙兒心裡有了數，既然是這樣，那索性就做肉鬆鹹蛋黃青團。

艾草易得，這時節，野地上隨手可以薅一把。

月牙兒吩咐下去，沒多久就有人摘來了一大筐鮮嫩的艾草。

將艾草加山泉水搗出綠汁，用紗布過濾兩、三遍，直至沒有雜質之後，再一點點添在糯米糰中，邊加艾草汁邊揉，等到糯米為艾草汁所上色，呈現出一種碧綠色，便將糯米糰團好，放在一旁備用。

揉好的糯米糰通體碧綠，樣子很好看。此時她再來調製餡心，原料都是現成的，因此做起來很快，肉鬆是自製的，鬆而不散、鮮而不鹹，而鹹蛋黃更是上等品，揉捏成餡之後，月牙兒一個個包好、滾圓，上鍋蒸熟，等灶上升騰起裊裊水煙，艾草的清香也飄出來了。

青團做熟練了，比起其他複雜的點心不費什麼工夫，沒多久便製成。

通傳的人沒想到月牙兒竟然手腳如此麻利，說是去通傳，倒把月牙兒晾在廚房好一會兒，才回來替她引路。

沿著小石子雕花的路一直往前走，直到見著一簇簇綠竹，將一座小樓圍住，這便是鄭公的書房了。

月牙兒在偏廳等候的時候，瞧見廳前掛著一副佛像，佛像前擺著香案，還供奉著各色瓜果。

看來這鄭次愈還是一個信佛之人。

坐了一會兒，有人將月牙兒引過去。

鄭次愈正坐在椅上，手持書卷，湊得很近，看書時微微瞇著眼。他穿著一身家常衣裳，乍看上去，倒真像個普通江南士大夫。

屋裡這樣安靜，可以聽見簷外飛鳥嘰喳，月牙兒不好打擾了這清靜，只沈默地站在珠簾後，屈膝行了個萬福禮，然後垂著手，悄無聲息地等候。

偶爾聽聞紙頁翻動之聲。

月牙兒手裡提著食盒，有些累，卻維持著不動。

聽見兩、三次翻書聲後，鄭次愈這才抬起頭來看了她一眼。「哦，妳來了。」

月牙兒笑了笑，又給他深深道了一個萬福。

鄭次愈將書頁合上，懶懶道：「蕭老闆，準備了什麼點心？」

「可當不起您老人家這一聲『老闆』，還是叫我小蕭吧。」月牙兒提著食盒，穩步上前，笑說：「難為您還記得，我實在受寵若驚。只是匆匆忙忙過來，也沒準備些什麼，如今這時節正是艾草興盛之時，我特意做了一些時令小點，請鄭公嚐嚐鮮。」

月牙兒將食盒揭開蓋，拿出一個青團放在一個描金小碟上，輕輕擱在鄭次愈案邊。那描金小碟還鋪著一層深綠色葉子，倒有幾分野趣。

鄭次愈瞥了一眼。

青團這個東西，他不是沒吃過，只是很久沒吃了，因為京中不興吃這個。算起來，他能記著的青團滋味，還是小時候家裡人給他做的。

似乎是甜的。

看起來，眼前這青團和記憶中的，彷彿也是一個模樣。本來嘛，這樣簡單的點心，也不會有什麼差別。

鄭次愈拿起箸，挾起青團咬了一口。

和著艾草汁的糯米皮滿帶清香——那是春日獨有的氣息，柔軟，卻又有嚼勁。可當鄭次愈嚐到內餡的時候，眉頭一皺，這青團的滋味竟然不是甜的！鹹口的青團，乍一吃進去，味道有些奇怪，可真當他細細品嚐之後，卻覺出滋味來。

鹹與鮮本是相輔相成，餡心裡的肉鬆綿而不散，絲絲縷縷，滋味濃郁。當肉鬆和沙粉的鹹蛋黃拌在一處，兩者之間卻是奇妙的和諧，這一點鹹味，將鮮味完美的激發了出來，再配上糯米皮的柔軟與回甘，倒真是出人意外的美味。

鄭次愈一口氣吃了一整個，這才臉上帶了點笑意。他向月牙兒說：「妳的手藝是沒話說的，只是——沒想到小蕭賺錢也是一把好手。」

月牙兒很誠懇的說：「月牙兒不過是賺一些養家餬口的小錢而已，我一介孤女，如今能夠衣食無憂，是託了李知府和其他貴人們的福。如今的日子，已是大幸，再不敢想些其他。」

鄭次愈的指節輕輕敲在案上，好一會兒，才說：「蕭氏，妳這膽子不小，竟然哄騙李知府，哄抬杏花巷地價。」

他的聲調並不高，卻字字千鈞，雷一般平地響起。

月牙兒呼吸一滯，面不改色道：「我一個小小女子，哪裡有本事哄騙李知府？像李知府這樣英明的大人物，又如何會為我所哄騙？」

因為緊張，她一開始語速有些快，慢慢地又成了平時說話的模樣。「至於哄抬杏花巷地價，敢問鄭公，何為『哄抬』？從杏花館、燕雲樓，以及後來各色店鋪開業起，杏花巷由民巷成鬧市，又何以是我能掌控的？鄭公明鑒，自然不會隨意冤枉人。」

靜了好一會兒。

鄭次愈重新拿起箸，挾了一個青團，吃完了才說：「妳這個女子，倒有幾分膽氣。」

月牙兒深吸一口氣，做出了一個大膽的決定。「小女不才，願為鄭公效犬馬之勞。」

「哦，妳一個商戶女，何以為我效勞？」

「茶肆飯館，最是消息流通之地。鄭公深受皇恩，自當體察民情，以達天聽。小女雖只是個商戶女，卻也願為鄭公效螢燭之光。」

鄭次愈放下箸，瞇著眼打量她。

他忽然一笑。「有點意思。」

他端起案上的茶盞淺呷一口。
這是端茶送客的意思。
月牙兒見了，便立刻告辭。
鄭次愈允了，輕描淡寫說：「對了，妳上回獻的金箔蛋糕，宮裡照著做了一回，貴妃娘娘很喜歡，給了些賞賜，等會兒叫人送到妳家去。」
暮春初夏之際，已經有些熱，坐在轎子裡，則更加的氣悶。
等小轎子回到杏花巷，月牙兒下轎的時候，瞥見天際紅通通的火燒雲，將整條巷子都描畫成了紅金色。
吳勉就站在這紅金色圖畫的中間，一身白衫被光染紅，不知等了多久。
一見月牙兒，他立刻迎上前來。
礙著旁人，吳勉不好多言，只是他的神情明顯很緊張，直到將月牙兒上下打量一番，見她周身無恙，這才展顏。
「回來了？」
「嗯。」月牙兒從袖裡拿出幾個錢塞給轎伕，神態平靜。
一進杏花館，伍嫂、六斤也圍了過來，但現下杏花館還在營業，這樣多人圍著不大好，月牙兒笑一笑，說：「沒什麼事，就是請我去做了些點心而已，妳們去幹活吧。」

伍嫂見她神色如常，也鬆了口氣，便拉著女兒去忙店裡的事了。

月牙兒同杏花館裡一些熟客打了招呼，樣子很鎮定，半點也瞧不出慌亂，任誰見了，都覺得她無甚大事，除了吳勉。

他盯著她握成一團的右手，就知道一定有事。或許連月牙兒自己都沒察覺，每當她緊張的時候，就會把右手握緊，大拇指搭在食指指節上，像受到刺激團成一團的刺蝟。

他默默跟在她身後，隔了兩、三步遠，也不出聲，像影子一樣。

直到月牙兒安撫完眾人，穿過杏花館走回家，到了沒有外人的地方，她這才長吁了一口氣，手扶著椅子坐下，說：「今日把你嚇到了吧？」

她臨走之前，在紙條上寫著，倘若日落之前她還沒有回來，就請吳勉幫忙去尋人。

「回來就好。」吳勉瞧見她順手拿起畫冊搧風，知道她熱，只猶豫了一剎那，還是給她倒了一杯冷泡茶。他其實是不贊成月牙兒吃冷泡茶，一是從未聽過這種吃法，二是覺得這樣傷胃，怕她受涼，但是她偏愛這樣喝。

月牙兒手觸到茶盞，笑起來。「倒是因禍得福了，你個小古板也會給我倒冷泡茶吃。」

她連喝幾大口冷泡茶，心裡的那股躁意才終於被壓了下去。

「到底是怎麼回事？」

月牙兒素來有個毛病，對親近的人報喜不報憂，唯恐他們擔心。這會兒吳勉發問，她沒直接答，只是扯住吳勉的袖口，輕輕地晃。「我餓了。」

吳勉蹙著眉，把臉撇過去。「我去給妳煮碗麵。」

「要冷麵。」

「不行，今日已經吃了冷茶了。」他冷冷道，卻不想把衣袖拂開。

「哼，你都沒給我做過冷麵。」月牙兒小聲嘀咕著，鬆開手，又去吃冷茶。

吳勉偷偷看她一眼，嘴角向下，徑直往廚房去了。

最後還是捧出來兩大碗滷麵、兩碟切成薄片的滷豬肉、一碟放了香菜蔥花的醬汁、一碟切成兩半的鹹鴨蛋、兩碟燙好的青菜、兩支調羹、兩雙筷子，把一張方桌擺得滿滿當當。

愛吃香菜的，只有月牙兒。她將那碟醬汁拿過來，澆在自己那碗滷麵裡，和著滷豬肉一起攪拌。原本滷麵裡就放了滷汁與豬油，攪拌之後，每一根麵條都染了色，耀著油光，很香。

吳勉也拿起筷子，將鹹鴨蛋的蛋黃全挑出來撥進月牙兒碗裡，自己吃鹹蛋白。

「你別把鹹蛋黃都給我呀，一人一半就好，這鹹蛋黃很好吃。」

「我喜歡吃鹹蛋白。」

月牙兒咬了一大口麵，聞言，笑了。

穿堂風自洞開的門窗而入，送來些許涼爽，瓷碗捧在手上，碗中的滷麵也是過了涼水的，吃起來很舒服。

一大碗滷麵下肚，之前在鄭公府裡的緊張情緒，也如這空空的瓷碟，都消散了。

月牙兒癱在椅子上不動彈，看著吳勉挽起衣袖收拾碗筷，忽然笑起來。

「怎麼了？」吳勉莫名其妙，以為自己衣袖上沾了東西，低頭察看。

「沒事，」月牙兒眉眼彎彎。「就是覺得，此情此景有些眼熟，我爸媽……我爹娘以前就是這樣的。」

聽了這話，吳勉悄悄紅了耳尖，也不說話，只將桌面收拾好，送到廚房裡去。

月牙兒追著他。

「今天真沒什麼大事，那鄭公叫我去，是讓我給他做一道青團吃，然後又問了問李知府是否在杏花巷買地，這也不是什麼秘密，我回了他之後，就沒了……對了，他還說我之前進獻的金箔蛋糕做法，宮裡做給貴妃娘娘嚐了，貴妃娘娘喜歡，還說有賞賜呢。」

碗碟在水盆洗滌，時而碰在一處，輕輕響動，吳勉聽她如常地嘰嘰喳喳，微微放心，但還是有些許疑惑，不知她起初為何有些緊張。

一開始當伍嫂拿著那紙條來尋他時，他的心幾乎都要停跳了，當即放下了手頭的所有事情，向縣學告假，直奔杏花館。

等月牙兒歸來的那段時光，是無比的漫長，杏花巷口的行人來來去去，偶爾有人奇怪的向吳勉投來目光，不知道他為何站在這裡。吳勉對這些人全然視而不見，只目視遠方，搜尋著月牙兒的身影。

吳勉獨自冷冷清清立在杏花巷口的小橋之上，瞧著自己的影子，從小小的一塊日漸被拉長，一顆心也如同西沈之日，一點點沈下去。

要是她真出了什麼事，他能做什麼？

他再次痛恨起自己的無能為力，好像回到了才學會走路的幼年的自己，被爹爹揹著，去給娘上墳。

清明雨急，爹爹拖著一條殘腿，搖搖晃晃，走幾步就是一個趔趄，他趴在爹爹的背上，嗅見帶著泥土腥味的雨的氣味，雨幕像一張大網一樣，將天地萬物籠罩在其中，越織越密，直到這張大網中出現了娘親的墓碑，他看到她的墳塋上生了許多不知名的雜草與荊棘。

一代傾城，終成一抔黃土。

那時小小的他不明白，到底是為什麼，人間時時有風雨？

「勉哥兒？」

一聲輕喚，將他從低落的情緒拉了回來。側眸去看，月牙兒背對著落日餘暉，有些擔憂的望著他。「怎麼了？」

還好，還好……她安然無恙的回來了。

吳勉輕嘆了一口氣。「沒事，我只是覺得，怎麼鄉試還沒到呢？」

「人家讀書郎都盼著永不考試才好，偏你覺得慢。」月牙兒說著，拿著火鐮點燃一盞燈。

「對了，我之前收到一張帖子，是你那個同窗程嘉志送來的，請我去吃魚宴。」

「是有這麼回事，」吳勉將碗碟放回櫥櫃裡，解釋說：「他也給我下了帖子，雷慶也有，算是他的生辰宴。」他聲音忽然一輕。「一起去？」

「當然一起去。」

就這樣說定了。

送別吳勉之後，月牙兒哼著小曲在書案前坐下，攤開一張紙，研墨、提筆，構思起下一步的計劃。

今日同鄭次愈說的話，並不是心血來潮。從說服李知府那時候起，她便明白了一個道理，在這樣的朝代，士農工商，士為首，商為末。即使本朝貿易的繁榮使得商人地位提高，可到底比不過士人官吏，就連兩淮最富庶的鹽商，仍要費盡心思打點政商關係，不然鄭次愈的接風宴，他們也不可能出那麼多力。

換句話說，倘若沒有靠山，想要做到如同兩淮鹽商那樣的位置，是決計不可能的。雖說兩者相交不過是勾結利用，但那也得有被利用的本錢，以她之前的能耐，連上棋盤當一枚棋子的資格都不夠。所謂大樹底下好乘涼，她既然想將生意做大，必得找一棵大樹才行。

原以為李知府就足以做她的靠山，哪曉得這人外表看著好，內裡卻是不靠譜的，既然如此，倒不如換一棵樹。

此時最大的一棵樹，莫過於皇家，而鄭次愈，便是連接皇家的那一道橋。能夠上達天聽的機會可不是人人都有的，像他這樣的大太監，隨便一句話，一個籍籍無名的人就可能會在皇爺心裡留下一個印象。

紅樓夢裡的薛家，以商家之身，竟位列金陵四大家族，不正是因為，他家是皇商嗎？月牙兒一向敢想敢做，本朝如今雖然沒有什麼皇商，可什麼事情都不是一開始就有的。這樣的事，說出來嚇人，可若連想都不敢想，那就不是月牙兒了。

她總不能白白的穿越一場，連個名都不留下吧？

描繪自己的藍圖，是一件很暢快的事，她想著想著，連柳見青是什麼時候回來的都沒有察覺。

柳見青瞧見她房裡燈還亮著，在門外喊。「月牙兒，妳是成仙了不成？這個時候還沒睡？」

月牙兒終於回過神來，望著自己的藍圖，意猶未盡。

她含著笑，從容地將一大張紙疊好，鎖進小木匣裡，又將小木匣鎖進樟木箱，這才起身推開門，去招呼柳見青。

今天實在是熱，柳見青已沐浴換了身紗衣，身形窈窕。

月牙兒見了玩心大起，同她開玩笑道：「哇！妳是什麼精怪化作的美人？小生一心讀書，還請速速離去。」

柳見青也陪著她鬧。「奴家仰慕公子，特意來自薦枕席。」說完她還嬌滴滴的向月牙兒拋了一個媚眼。

月牙兒噗哧一聲笑出來，兩人正鬧著玩呢，忽聽見外頭有人叩門。

都這個時候了，還有誰來？

住在外間的伍嫂匆匆起身，披了件衣裳去看，沒多久，院子裡響起了伍嫂的聲音。「姑娘，說是鄭公派來的人，給妳來送賞賜的。」

柳見青聽了，便先回房避一避。

月牙兒逕自到院子看情況，只見兩人抬著一個秀氣的小箱籠進院子，而後在她的指示下客客氣氣地將東西抬進她的屋子。

臨走前，那個管事模樣的人說：「鄭公說了，一諾千金的道理，蕭老闆應當懂。」

等人都走了，月牙兒將房門緊閉，打開箱籠。

那是一箱雪花銀。

月牙兒將那一小箱銀子收好，推開門，在屋裡走來走去，這樣還不夠，她索性搬了把藤椅，坐在庭前的樹下看星星。這時候的人間燈火稀疏，因此星星也格外亮些，又是個晴夜，星星爬滿夜空，一眼望去數不盡。

得了賞銀，她是開心的，然而最令她開心的，卻是這一小箱銀子後頭的寓意。

鄭次愈的意思，想來是接納了她的投靠。

晚風裡忽然夾雜上一絲甜甜的香，是柳見青出來了。

她也搬了把小木椅出來，就坐在月牙兒身旁。

「要說這鄭公也夠奇怪的，怎麼偏偏晚上使人送賞錢來？」

「或許是有什麼事耽擱了吧。」

其實不是，月牙兒心裡明白，鄭次愈是不想大張旗鼓的驚動旁人，也是存了一分試探的心思。倘若她一出鄭府，扭頭就去李知府那裡，將今日的談話和盤托出，那可能就是另一個結果了。

不過這話她不好直接和柳見青說，柳見青也識趣，懂得什麼該問，什麼不該問。

兩人坐在樹下納涼，一邊看星星，偶爾閒談兩句。

「妳這幾日都忙著做鮮花餅，可做出來了？味道怎麼樣？」

她這一問，月牙兒立刻坐直了。這一忙，她竟然把鮮花餅這事給忘了！

月牙兒忙往廚房裡去，不多時，手捧著一碟四個鮮花餅出來。

「若不是妳提醒，我都差點忘了，幸虧這東西放涼了吃也成。」

鮮花餅不大，剛好可以置於手掌心，餅當中還印著一個小小的「蕭」字。

柳見青拿起一個鮮花餅，想了想，又說：「不然我倆分食一個吧。」

「行。」月牙兒爽快道。

將鮮花餅一分為二掰開，細細碎碎掉下來好些酥渣，玫瑰色餡心顯露出來，散發出一股淡淡的花香，酥皮分明，一層又一層，柳見青吃的時候，需用一隻手托著，怕酥皮掉下來沾染衣裳。

處理之後的玫瑰花瓣，雖柔卻韌，很有嚼勁。花餡的甜，包裹在薄薄的酥皮下，一點一點透出來，由淺漸深，酥酥軟軟，花味濃郁。一口咬下去，滿嘴都是玫瑰的清香。

「玫瑰花還能這樣吃？」柳見青吃了半個，眼光不住地往碟裡瞟。「不然……我們再分食一個？」

月牙兒徑直拿了一整個鮮花餅塞到她手裡。

「花期短暫，妳趁著有得吃便多吃一個吧。錯過花季，這一年都吃不到了。」

這話可不假，玫瑰花至多開至五月，而能做鮮花餅的玫瑰花更是賞味期極其短暫，因此當杏花館以及名下糕點店推出鮮花餅時，打的就是「時令限定」的招牌。

鮮花餅將上市前，魯大妞經營的小小糕點鋪分號因為生意極好，月牙兒便撥了些錢給她，要她再開一家新店。

「好是好，可咱們家的糕點鋪子怎麼連個名字都沒有？都是姑娘的產業，怎麼還偏心呢？」魯大妞過來合帳時，向月牙兒抱怨道。

「倒真是我疏忽了。」月牙兒想了想，特意給糕點鋪子新取了名字，就叫「杏花記」，仍舊在幌子上畫上一朵杏花，以顯示這是杏花館的產業。

挑了一個黃道吉日，杏花記掛牌開張，這次月牙兒還是舉行了剪綵儀式，紅帶子一剪斷，顧客們便急急地湧進去排隊。

如今杏花館的名聲是徹底的在城裡傳開了，誰叫她家總是有那麼多新鮮事和好吃的點心呢？

這一次新的杏花記糕點鋪一開業，住在附近的居民，只要是閒著的，都跑過來瞧熱鬧，一來就見著鋪子門前豎著一塊齊人高的大招牌，上面畫著一個美人捧著一碟點心，碟中的點心是完整的，而美人手裡拿的點心卻是掰開一半的，露出裡面的玫瑰花餡來，這作為招牌的畫上，還用斗大的字寫著：「時令限定——鮮花餅」。

鮮花餅是什麼東西？在一些人還懵懵懂懂，圍著那立畫左看右看的時候。杏花館的老主顧頭也不回的擠進了隊伍裡。一看到時令限定這幾個字，他們便懂了，這一定是每日限量出售的，不拘是什麼點心，先排隊總沒錯。說起來杏花館開業這麼久，所賣的點心除了價錢稍貴，就沒有讓人覺得不滿意的。

杏花記糕點鋪開業這日，整整一個上午，袁舉人都魂不守舍的一直望著他家門口。

一大清早就使家僕出去排隊了，怎麼這個時候還沒回呢？

自從有一回他去杏花館，蕭月這小丫頭當著他的面唸了一首《憐月瓶》裡面的詩之後，袁舉人就再也不敢去杏花館了。

雖然蕭月是開玩笑，還同他再三保證絕不外傳，且當真沒有往外說一個字，可顧及自己這張老臉，袁舉人只能忍痛不再親自去杏花館買吃的，而是改派家僕去把點心買回來。

正在他坐立不安的時候，家僕終於回來了，滿頭的汗，手裡拎著兩包點心，向袁舉人說：「這人實在是太多了，就跟不要錢似的，一群人圍在那兒，我好不容易才買到了最後一份限定的鮮花餅。」

袁舉人全副心思都放在他手中的兩包點心上，連忙接過，打開來看。這包不是，這包才是鮮花餅！

袁舉人不滿道：「怎麼才四個？」

「有四個就不錯了。」家僕訴苦道：「就這四個，我還是加了錢才從人家手裡買過來的呢。」

「這群人是沒吃過點心嗎？一大早就蹲在那兒，長在人家門前是不是？」袁舉人聽了大罵，罵完了一通，他拿起一個鮮花餅，正打算咬下去，卻逢他的長孫女過來請安，袁舉人不得不把鮮花餅放下，先去招呼孫女。

請過安後，孫女瞧見他桌上的鮮花餅，好奇道：「爺爺在吃什麼？怎麼這樣香？」

「是鮮花餅，杏花記新推出的招牌點心。」

袁舉人一向疼愛他的孫女，便想分一個給她吃。

「要不要嚐嚐味道，好像很好吃喲！」

孫女笑起來，點點頭，接過一個鮮花餅吃。

「嗯！真的很好吃。」她三下五除二吃完了一整個，仰著臉，用祈求的目光瞧著袁舉人。「我能再吃一個嗎？」

袁舉人沈默了一下，忍痛又拿了一個。

要送出去時，他又將手縮回來，將那個鮮花餅掰成兩半，遞了一半給孫女。「妳正換牙呢，別吃太多甜的東西。」

「不是很甜呀。」孫女將那半個鮮花餅吃完，抱著他的手撒嬌。「爺爺最疼我了，是不是？」

真叫人頭痛。袁舉人無奈，只好將另一半也遞給她。「妳拿回去吃吧，真的沒有了。」

「謝謝爺爺，爺爺對我真好！」

孫女拿著那半個，道完謝，一溜煙往外跑，奶娘趕緊跟在她後頭。

終於可以安安靜靜的吃點心了。袁舉人望著僅剩的兩個鮮花餅，忽然有點捨不得吃，於是將一個掰作兩個，慢慢的咬，細細品嚐。

他才吃了一個，忽然孫子又跑過來，委委屈屈道：「姊姊有吃的，我為什麼沒有？爺爺偏心。」

還有完沒完呢！

袁舉人恨不得踢他孫子一腳，但到底還是掰了四分之一的鮮花餅給他。「一邊吃去。」說完，硬是將他的孫子推出門外，自己將書房的門拴上，唯恐夜長夢多，一口氣將剩下的那一點鮮花餅全吃了。

吃完了之後，仍戀戀不捨，怎麼這樣快就吃完了呢？袁舉人有些委屈。

書案上的鎮紙壓著潔白的宣紙，自從寫完上本閒書後，他就沒怎麼動筆了，也不知道該寫些什麼，然而這個時候，他卻來了靈感。

索性將這些美食記錄成冊吧！

這一提筆就停不下來了，等他終於將靈感完完整整的寫下來，再抬頭時，只見窗外雨打芭蕉，這雨聲還真不小呢。

同一時間——

一道閃電劈開沈寂的夜，屋裡也為之一亮，將書案上的藍圖照得分明，月牙兒起身，走到簷下去看閃電。說來奇怪，不知道為什麼，她莫名地喜歡劃破夜空的那一道驚天動地的閃電。

鄭次愈給的那筆賞錢，她完完整整記在帳上，算作他給的投資款。一時間多了這麼多現錢，月牙兒自然花了很大的工夫籌劃一番，看如何擴大經營才好，也要想想如何幫鄭次愈記錄輿論消息，後來又有鄭次愈的人過來同她詳細商量，月牙兒聽得仔細。

實際上鄭次愈想要了解的，不外乎是些民生輿情，這些信息並沒有那般神秘，只是很瑣碎，之前的人要花很大的工夫，走街串巷到處閒聊才能搜集完整。

而月牙兒能夠幫得上忙的，就是好好利用自己開在各處的小店，使得那些人收集輿情時能夠輕省些，不是什麼很過分的事，只是要好好謀劃一番。

雷響了兩三聲，天地間又重回寂靜，雨勢瀟瀟。

不曉得柳見青帶了傘沒有，月牙兒心想，她一向在幾家柳氏排骨店裡輪換著監督，總要天黑時分才坐小轎回來。

雨聲裡，聽見一陣急促的拍門聲，月牙兒連忙拿起牆角邊的油紙傘，一邊撐開一邊往院子門那裡走。「可算回來了，我還擔心妳沒帶傘呢。」

她推開門，卻是一愣。

門外站著兩個女子，衣裳、妝容皆被雨濕透，裙襬還有泥點，很狼狽。

那個用披風遮在頭頂的女子微微抬眸，是薛令姜。

她右邊的臉頰高高腫起，有一個鮮紅的巴掌印。

「我實在沒處可去。」

月牙兒回過神，將手裡的傘往前一傾，替她遮住風雨。

「快進來吧。」

雨打在傘下，答答響。

柳見青付給轎伕錢，提著裙襬快步行至家門前，手拍門板。「我回來啦。」

木門落栓，開門的卻是六斤。

柳見青有些奇怪。「怎麼是妳？」

往常給她開門的，不是伍嫂，就是月牙兒，很少是六斤這個小姑娘獨自來開門。

「薛娘子同她的丫鬟來了，姑娘正陪著，我娘在廚房燒熱水呢。」

六斤將傘柄夾在頸側，一面同柳見青解釋，一面關緊門。

柳見青秀眉微蹙。這樣的雨夜，薛娘子和她的丫鬟過來作甚？

推開門一看，只見堂屋裡多燃了幾盞燈，月牙兒背對著窗，正同薛令姜主僕說話。

薛令姜縮在圈椅上，裹著一條薄毯，瞧花色樣式，是月牙兒的毯子，她手裡還捧著一盞薑茶紅糖水，熱氣騰騰的，鬢邊濕髮落下來，遮住半邊臉，楚楚可憐。

「是薛娘子？」柳見青收了傘，抖了一抖放在門邊，走到月牙兒身邊。

月牙兒回頭見是她，點點頭道：「是，這就是我常同妳說的薛娘子。這位是絮因姑娘。」

柳見青笑一笑，手搭在月牙兒的椅背上。

絮因繼續抱怨。「那天殺的小蹄子，一肚子壞水，非說是我們娘子害得她兒子摔到水裡，放屁！一見旁人來了，就又哭又嚎，還裝暈！姑爺也不識好歹，不分青紅皂白就跟三娘子吵，我們娘子分辯兩句，他竟然動手！

「這一巴掌下去，他自己也懵了，拂袖離去。

「我們娘子哭著同我說，這裡待不下去了，可我們又能去哪裡呢？沒法子，只能來投奔妳。也是幸虧趙府上下都圍著那個奴才秧子下的崽轉，一通亂，不然我們還出不來呢。

「可憐三娘子一雙小腳，外頭又下著雨，坐在轎上還好，一下轎，怎麼走得動？我只好揹著她過來，磕磕絆絆，摔了好幾跤。

「要是我們薛家的老主人還活著，就是借他們十個膽子，也不敢動咱們娘子一根手指頭。」

絮因平日裡那樣掐尖好強的人，此時說到哽咽。「這算什麼事啊！」

一旁的薛令姜握著茶盞的手緊了緊，也紅了眼眶。

月牙兒起身給她倆的茶盞添了水，嘆了口氣。「哪有這樣霸道的？」

絮因抹了把淚，咬牙切齒。「別以為我不知道他們趙家在想什麼。早年訂親的時候，就是巴結著我們家老主人，那個時候說的比唱的好聽呢！現在又是什麼樣子？趙太太身邊的婆子滿府裡到處說咱們閒話，說什麼原本趙老爺能升遷的，就是因為和薛家結親，被連累了，倒還降了一職！我呸！」

這個時候，六斤怯生生道：「水燒好了，可以洗澡了。」

月牙兒起身道：「先去洗個澡，換身衣裳，別傷了身子。」

絮因忙扶住薛令姜，兩人依偎著跟著六斤過去。

見兩人走遠了，柳見青拉住月牙兒的衣袖，牽著她到房間裡，合上房門說：「她可憐，我知道，可這大半夜的從趙府跑到我們這兒算怎麼一回事？趙府家大業大，真同他們扯上干係，我們難道就好過了？」

月牙兒無奈道：「可她著實沒有地方可去了。」

「我可提醒妳，」柳見青在椅子上坐下。「她也沒同人和離，這換作鄉下人家，叫逃妻，抓回去是要跪祠堂的。」

「哪裡就那麼嚴重呢？他們趙府做事做到這麼絕，真捅出去了，未必就臉上有光。」月牙兒想了想，說：「這麼晚了，就先讓她們主僕倆好好的睡一覺，就算趙府的人這下子沒反應過來，最遲明天早上也會追到這裡，到時候再好好與他們掰扯掰扯道理。」

她既然這樣說，柳見青也不好再繼續反對，只能依著她這樣行事。

等到薛令姜她們洗完澡出來，伍嫂和六斤已經將那一間剩餘的客房打掃好了，換上了新被褥，還熏了香。

「這些被子都是天晴的時候新曬過的，很乾淨。」伍嫂看著薛令姜，目光很柔和。雖說兩人身分懸殊，歲數也差了不少，可她到底對薛令姜有一種感同身受之意。

「只是可惜沒有其他的床榻了，只好委屈絮因姑娘今夜打個地鋪。」

「我沒關係，我一向守夜守慣了的。」絮因忙說：「這樣已經很好了，倒是真的很麻煩妳們。」

伍嫂笑著說：「來者是客，自然要好好招待的，有什麼事，只管到前邊去找我就好。」寒暄了兩句，伍嫂便領著女兒回去睡覺了。

主僕兩個安頓好，月牙兒過來了，手裡托著一個木盤，上面擺著一大碗美齡粥和一籠烤鴨包，另有兩副碗筷。

月牙兒一邊將食盤放在房中的小方桌上，一邊說：「本來睡前不應該吃東西的，可妳們兩個人淋了雨，又匆匆忙忙的跑過來，想來一定餓了，我弄了一些好消化的點心小吃，好歹吃兩口吧，胃暖了，身子也就暖了。」

絮因向她道了謝，說：「這樣好，我娘子今天晚上都沒吃什麼東西呢。」她舀了一小碗美齡粥，捧到薛令姜身邊，勸說道：「娘子吃一口吧。」

乳白色的一碗粥，是混合精米、糯米在豆漿裡熬至細稠易化，再配上山藥、百合散在粥裡，加幾粒冰糖一起熬煮才製成的，散發出清新的米香。

聞見這香味，薛令姜眉心微動，這才察覺到自己真有些餓了，便吃了幾勺粥。

絮因見她願意吃東西，也放心下來，又將那一籠四個的烤鴨包捧過來，勸她吃一個。

薛令姜本來不喜歡有些油膩的東西，不大想吃，可這是人家月牙兒做的，如果不吃，豈不是拂了她的面子？她便勉強挾了一個。

這烤鴨包的皮十分透，也薄，真真如蟬翼一般，依稀可以瞧見皮中肉餡。將薄皮咬開一個小口，裡面的汁水便爭先恐後的溢出來，隨之而來的，是鴨油的香氣與烤鴨的鮮香，勾得人唇齒大動，輕輕咬一口，便嚐到酥皮底下的烤鴨肉很嫩，饒是薛令姜這種不大愛吃肉的人，也能吃得下去。

一碗素粥，一籠包子，倒真使她的胃暖和起來，連心中那種鬱鬱不平之氣也一併沖散了些。

薛令姜倚在枕上，對月牙兒淺淺一笑。「多謝。」

她微微側首，望見冷雨敲窗，一聲嘆息。「我好像把什麼都搞砸了。」

月牙兒握一握她的手，柔聲說：「這有什麼，誰沒個難過的日子？好好睡一覺，明早起來，又是新的一天。」

一夜安睡。

第二日，薛令姜醒來時，一夜的風雨已停，隱隱約約聽見前院的人聲、炒菜聲、笑聲，像隔著屏風看花，朦朦朧朧的煙火氣。

說來也奇怪，平日裡有一點聲音，薛令姜都很容易驚醒，今日她卻一覺睡到天光。

她推開窗，原以為會見著陰沈沈的天和滿庭落花，誰知窗才開一條小縫，陽光便努力地從這一線之間擠進來，投在青石磚上，畫出一道金黃色的光。

倒是個好天氣。

她倚在窗邊站了一會兒，忽然聽見一個聲音。

「妳睡得倒好。」

循聲一看，是柳見青。

她應是精心梳妝過，立在庭前，像是要出門。

薛令姜問：「絮因呢？」

柳見青微揚著下巴。「妳的丫鬟和月牙兒一同去趙府，給妳拿換洗衣裳去了。」她嘀咕道：「那喜歡多管閒事的傻丫頭，遲早得吃虧。」

這話聽在薛令姜耳朵裡，使她蹙了蹙眉。

等到晌午，月牙兒和絮因才回來。絮因手捧著一個大包袱，一進門就眉飛色舞同薛令姜說：「蕭老闆可神氣了，把那些人辯駁得無話可說，還沒帶髒字的把趙三爺說了一頓。哈哈，娘子您是沒見著，三爺的臉色跟開了染坊鋪子一樣，紅一陣、青一陣。」

絮因忙著將帶回來的衣裳放好，一面摺衣，一面回頭說：「我只帶了一些東西來，幸虧之前蕭老闆勸我們將投資杏花館的分紅存在外頭錢莊裡，不然還不知道要糾纏多久呢。」

薛令姜有些擔憂的望向月牙兒。「妳又何苦去得罪他們？」

「談不上得罪，」月牙兒給自己倒了杯冷茶，一飲而盡。「趙老太太算是個講理的，答應妳在這兒小住七日。」

其實這話並不全真，她上門的時候，趙府眾人的態度很不好，頗有些以勢壓人的感覺，一直到月牙兒臉色沈下來，放話說她敢直接出去將貴府寵妾滅妻、捧高踩低的事宣揚出去，看趙三爺的前程還要不要時，對方才終於肯好好坐下來談。

喝完茶，月牙兒同薛令姜說：「妳先安心在這裡住幾日，想清楚了，再回趙府同他們談。」

薛令姜苦笑起來。「談什麼呢？」

「隨心吧，左右還有幾日，妳慢慢想。」

月牙兒看了眼天色，已經快到午飯時辰，便連忙往外走。「我今日和人有約，不在屋裡吃午飯，薛娘子只管把這裡當成妳家就是，想要什麼、想吃什麼，同伍嫂說就好。」

她提著裙奔出去，果然瞧見小橋旁，楊柳下立著的吳勉。

他也不知等了多久，手裡拿著一卷書，看得入神。

「抱歉，我來遲了。」

聽見月牙兒的聲音，吳勉合起書頁，抬眸看向她。「不急，事情處理好了？」

「算是好了吧，其他的就要看薛娘子自己了。」月牙兒輕輕躍上小河邊停著的烏篷船，船板隨之晃起來，很好玩。

真是小小的烏篷船，對著面並排坐，膝蓋能碰著膝蓋。

吳勉有些不自在的撇過頭去，只望著船外的風景。

第十五章

正是雨水充沛的時節，前幾日的雨，使河裡的水位也高了些。但水流卻很平緩，畢竟這是在內河道。

一轉出古清溪，烏篷船便駛入一個極開闊的水域，喚作桃葉渡。春綠色的江水上，浮著許許多多船，大大小小，形狀不一。而那些體積較大的船隻，多半是些貨船，因為沿著桃葉渡，一氣出了城，循著水道往北走，船隻便可轉入大運河。

桃葉渡住著許多船家，這些船上住的人家，一生有大半輩子漂在水面上，或是幫人運貨，或是載人渡河。也許是在水上待慣了，真等他們偶爾下船想去辦些什麼事時，只覺得腳下軟綿綿的，很不習慣，像是第一次坐船的人那樣會有些暈，不過走幾步就漸漸好了。

今日要前往程家赴宴，此刻月牙兒坐在烏篷船上，忍不住好奇的往外張望，只見桃葉渡的河道中間還散落著許多艘小小的烏篷船，和那些運貨的大船一比，倒顯得像個玩鬧的小孩子。

「那些小小的船隻也是載人的嗎？」月牙兒好奇地問艄公。

「有些是的，有些不是，妳瞧，那邊那船就是賣吃的。」

艄公的嗓子像給煙燻過一樣，略微有些沙啞。他便用這把嗓子，不緊不慢的解釋起來。

原來有許多船家並不是本地人，他們有些是專門為了載貨、卸貨才來金陵的。既然是給人跑貨，時間便格外的緊要，不能多耽擱，因為還需要回程同老闆交差，既然如此，他們便沒有多少時間到岸上休整。

那倘若想要買一些土特產、買一些米糧，該如何是好呢？

有機靈的人，便搖著自家的小烏篷船，載一些貨品賣給那些大船上的人。

正說著話，他們的烏篷船邊就正好漂過來一隻烏篷船，慢悠悠的，旁的船一喊，就能立刻停下。

船娘的膚色為日頭所曬，像一杯清茶一樣。她頭上戴著一個頭巾，將頭髮緊緊別著，不會為江風所吹散，船頭還設了一支小小的旗桿，旗面上寫了三個字——「鮮魚羹」。

哦，原來是賣鮮魚羹的烏篷船。

要不是急著去赴宴，月牙兒一定要喊住她買一碗來嚐嚐。就在這江上現釣的魚、現烹著吃，想想都是鮮極了的。

他們要去的程家已經在金陵近郊，離大運河不遠了，這一帶，多是富貴人家的別墅，上回請月牙兒去做點心的金谷園，也離這裡不大遠，雖說不上萬頭攢動的熱鬧，卻別有一番風流繁華。

程家的花園很大，行過待客用的廳堂，便是一個湖，湖上有幾個很小的小島，上頭各有一座亭子，乍一看上去，好像他們家是圍著這個湖修的一樣。

在湖的西南角停了一隻石舫，兩層樓高，便是今天宴會的所在地了。

雷慶早就到了，一見著吳勉便笑，迎了上來說：「就你來得遲，等會兒可要罰你多喝一杯酒。」

程嘉志聽見通傳，也迎了出來，寒暄一會兒，向月牙兒說：「蕭姑娘，往常老是沾了勉哥兒的福吃妳做的點心，今天就請妳來試一試我們家的特色菜，看看味道怎麼樣。」

「哦，還有一事。」他仔細解釋道：「我們家規矩大，男女宴飲向來是分席的，今天雖然來的都是朋友小輩，可既然是在家裡，那也只能遵家裡的規矩，還請蕭姑娘海涵。」

「客隨主便，應當的。」

程嘉志喊來一個丫鬟，向她吩咐說：「請蕭姑娘上二樓去，可仔細些，這可是貴客。」

說完，他又同月牙兒說：「我家裡的姊姊、妹妹都是極其好相處的，蕭姑娘不要拘束才好。我特意叮囑了我那不成器的妹妹，妳有什麼事，儘管同她說。」

月牙兒笑了笑，跟著那丫鬟走了。

原來這石坊雖有兩層，出入口卻分作兩個，上下並不相通，一層直接由湖邊便可進去，可是這二層樓，卻是要繞到後園的一道門，爬上一道用錦屏圍著的風雨廊，才能夠進去。

月牙兒到了門口，那丫鬟便請她在簾外等一等，自己先進去叫人。

不一會兒，湘簾一打，走出個戴瓔珞的女孩來，瓜子臉，很秀氣，便是程嘉志的妹妹。

「才說姊姊怎麼還沒來呢，我哥可是提前幾天就跟我叮囑了好幾次，快請進來，就要開宴了。」

程小妹是個自來熟的性子，引著月牙兒落坐。

「說曹操，曹操就到，咱們的蕭老闆過來了。」

一屋子坐著的都是年輕的女孩子，程小妹一一向月牙兒介紹。「這是我大姊姊、這是慶珠嫂子、這是我二堂姊姊……」

各種名目的親戚名稱，簡直讓人頭昏腦脹的，月牙兒微笑著一一見禮。她記人一向很有一套，多半是看這個人身上的特質，譬如圓臉、眼下有一顆淚痣的就是慶珠嫂子。起先幾個還能記住，可是到後來也有些糊塗了，只是隨著程小妹姊姊、妹妹的叫。

最後一個介紹的，是坐在這一桌上席的一個姑娘，生得很美，像一朵初開的蓮，帶著些傲氣。

「這是秦姑娘，秦媛，是我們家老太太娘家姪孫女。」

「秦姑娘好。」月牙兒笑著問候。

她抬起眼，打量了月牙兒一會兒，面無表情道：「蕭姑娘好。」

這個人……是生性有些冷清？

月牙兒笑了笑，轉身落坐。

坐下不多時，便聞見一股香味，很快簾子被打起，走進來許多丫鬟，將手中端著的菜餚一一放在桌上。

因為沒有長輩在場，一屋子的女孩子也比尋常略肆意一些，妳一句、我一句的說著笑，程小妹也和月牙兒談笑起來。

「妳透過窗戶往那邊看，睡蓮已經開了，只可惜還沒到下午，不然的話還能瞧見好多漂亮的花兒，妳知道嗎？我們家的船宴，這個時節吃最舒暢了，往日如果不是這時節，在屋子裡宴請，人多，都坐在一處，又沒有幾扇窗子，又熱又悶的，哪裡比得上坐在這不動舟上，風一吹，又涼快、又舒服。」

「確實如此。」月牙兒笑說，她轉頭去看風景，餘光卻瞥見秦姑娘。

不知怎的，她好似一直在打量自己，見月牙兒回眸，便飛快地轉移了視線。

月牙兒心生疑惑，她明明不認識這小姑娘呀，做什麼一直用目光打量自己？

既然是吃船宴，自然少不了魚。

程小妹同月牙兒炫耀說：「我們家廚子做的松鼠桂魚是最好吃的。」

那一碟松鼠桂魚，委實不錯。魚肉經刀雕琢，散而不亂，被油一炸，像開花一樣，再澆上一勺醬汁，魚肉嫩而鮮，入口酸甜，著實開胃。

吃完席，一眾姊妹又玩耍了一會兒，眼看天色漸漸暗了，便紛紛起身告辭。

程小妹一直將月牙兒送到了隔開前後院的小門前。「蕭姊姊，妳跟著丫鬟往前面走，我哥哥他們應該也吃完了。」

「今日多謝妳照顧。」

月牙兒笑說，同她道了別，便跟著丫鬟往前走了。

眼見她的身影消失在花木之中，程小妹嘆了口氣，回身卻見著秦媛。她立在一叢竹子後頭，蹙著眉。

程小妹走向她。

「怎麼樣？今日人也見著了，妳該死心了吧。」

「就算她不是形容粗鄙，她一個商戶女，整日在外頭拋頭露面，又如何比得上我？」秦媛咬唇道。

程小妹看了看，見四下無人，小聲說：「不是，妳別管她是什麼人，那人家吳公子都已經說了，就非她不娶，妳有什麼法子呢？」

她不提倒好，提起來，秦媛便生氣。

大約一月前，秦大人回府，同妻子商量女兒秦媛的婚事。「我那日去縣學視事，倒見著一個天資極高的學生，叫吳勉，人生得好，品性也好，如今十七歲不到就考了案首。我特意尋出他的卷子瞧了，真真寫的一手好文章，最難得的是有一股浩然之氣，我觀此子乃是將帥之才，想將媛兒許配予他。」

「他這門第有些低了。」

「婦人之見。所謂英雄不問出處，他自己本就勤勉，若成了咱們的女婿，我在後頭再幫著推一把，何愁沒有前程？只說今年的秋闈，若無意外，他必定能中的，一個少年舉人，配咱們媛兒，也是夠了的。」
秦母便同秦媛說了這件事。「妳爹的眼光一向好，不會有錯的。」
「可萬一，他怎麼也考不上舉人該怎麼辦？我才不要嫁一個寒酸秀才。」
「怎麼會考不中呢？」秦母輕聲道：「別說他本身學識就好，就算考得不大好，差那麼一點兒的，今年的判卷官是妳爹的世交，總能運作的。」
其實秦大人平日很少誇人，既然將這個吳勉說得天花亂墜，那麼他這個人一定是不錯的，只是門第委實低了些，但也無妨。
秦媛想了良久，終於鬆了口。「那——我也得瞧瞧他是什麼模樣。」
於是沒幾日，秦大人便尋了個由頭將吳勉叫到府裡來。
秦府堂屋裡豎著一道屏風，秦大人見吳勉的時候，秦媛就偷偷躲在屏風後面瞧。
她原以為這樣小門小戶出來的男子，必定周身帶著一股酸儒氣。可真見了人，秦媛臉上一燙。
當真是個芝蘭玉樹的美少年。
這樣好的人，做自己的夫婿也夠格了。
女兒家的心思才起，便聽見吳勉婉言謝絕。「承蒙大人厚愛，只是晚輩已有婚約，怕是沒有這個福氣了。」
秦大人勸說道：「我也聽說過，但那只是一個婚約而已，既然沒有過門，也不算什麼大事。」他暗示道：「你的前途還在後面呢，何苦把正妻之位給一個商家女？說得不好聽一些，日後在官場上，她能幫得上你什麼忙？」

原本以為說到這分上，有腦子的人都曉得該選哪一個，可這吳勉卻仍是那副說辭。「承蒙大人厚愛，晚輩實在高攀不上。」

屏風後的秦媛聽了生氣，娶自己難道就這般為難？

她一急，徑直從屏風後走了出來，質問道：「意思是你寧願娶一個商家女，也不願與秦家結親？」

聽了這話，吳勉抿緊薄唇。「商家女又如何？憑自己的本事過活，不丟人，小生曾經還走街串巷的賣果子呢。小姐是瑤臺中人，自有貴公子相配，小生高攀不起。」

他告辭欲走，秦媛卻心有不甘，攔住他問：「是我哪裡不好嗎？」

吳勉冷冷道：「小姐千好萬好，可惜小生眼瞎，只能瞧見她的好。」

說完，竟拂袖離去。

秦媛從小被嬌養著長大，哪裡受過這等委屈？這回聽說程家要辦船宴，她便執意要來，想見一見那商家女。

如今見了，這蕭月果然比不上自己，手指上還有繭子呢，哪裡比得上自己一雙柔荑。

她心裡這樣想，眼淚卻很快的落下來了。

乍暖還寒的天氣，像一個不懂事的孩子，很是煩人。昨日穿了紗衣，今日又需加一層比甲，雷雨過後，風一吹，滿院都是涼的。

月牙兒回來時，就瞧見薛令姜坐在窗下，手拿針線，正繡著花。

「回來了？」薛令姜輕聲道：「過來瞧瞧，我替妳補了一朵梅花。」

她手裡拿著的是月牙兒的一件白色比甲，昨日點蠟燭的時候，不小心給火星燒了一下，破了一個小洞，薛令姜左右閒著無聊，便提出要替她補一補衣裳。

其實這幾天她來到杏花館，當真沒什麼事做，多年的習性使然，薛令姜也不願到前頭杏花館去見外人，只是每日守在屋中，偶爾在庭前坐坐，除了畫畫便是繡花，柳見青私下裡和月牙兒說：「倒真是座玉觀音，就是供在家裡的，動也不動。」

柳見青說話一向有些刻薄，倒也沒什麼壞心，只是自覺有些合不來，因此雖然是住在同一個屋簷下，除了寒暄打招呼，也沒太多來往。

女孩子的友誼，總是有些微妙。柳見青心裡其實是有些害怕，怕薛娘子在這裡，月牙兒便只理她，不理自己了，因此有些不喜。

月牙兒起先沒察覺到，過了一、兩日看柳見青總是有些彆扭，想了想這才明白，朝著她笑說：「就是薛娘子在這裡，我同妳還是好朋友。」

「誰同妳是朋友啊？」柳見青撇撇嘴說，可她拽緊帕子的手終於鬆了些。

這也就是柳見青還在店裡忙，沒回來，不然看見月牙兒同薛令姜獨自說話，一定會走過來，尋個什麼話頭和月牙兒聊天。

「真是勞累薛娘子啦。」

月牙兒湊到窗邊去瞧，好漂亮的一朵梅花，針腳縝密。

「薛娘子這繡花的手藝，倒是一絕。」月牙兒讚道。

絮因正端著兩盞茶過來，聞言笑說：「那是自然，我們娘子畫畫畫得好，繡花也繡得好，待字閨中時，滿京城的姑娘都曉得我的娘子繡藝出眾，常常上門央求娘子給她們畫花樣呢。」

薛令姜抿唇，笑得靦覥。「哪有那麼好呢！不過是胡亂繡一繡罷了。畢竟，畫繡本有相似之處，我只是多少懂些。」說到這兒，她感嘆道：「像我這樣從小長在後宅的，閒著的時候，除了畫畫、繡花還能做什麼？旁的都不會了。」

「這已經很了不起啦。」月牙兒安慰她說：「這樣的一雙巧手，多少人求都求不來，怎麼說沒用呢？」

正說著話，柳見青回來了，見到她們圍在一起，她快步擠到月牙兒身邊問：「說什麼呢？這樣熱鬧。」

月牙兒指一指比甲上那朵小梅花。「妳瞧，薛娘子繡得多好看呀。」

柳見青看了一眼，說：「確實還行。」但她話鋒一轉，似是忽然想起一事，說：「幸虧月牙兒這衣裳是昨天燙的洞，不然明天薛娘子回趙府去了，誰來給她繡呢？」

「回趙府」這三個字一出，薛令姜的身子驀然一僵。

絮因察覺到了，立刻皺起眉頭，向柳見青道：「我們家娘子回不回去，關妳什麼事？」

「不關我的事，關她的事。」柳見青一指月牙兒。「她一向重承諾，妳們若是出爾反爾，叫別人怎麼看她？」

眼看又要吵起來，薛令姜皺著眉頭說：「好了，柳姑娘說一句，妳便要還一句是不是？」

一時靜默。

六斤剛好從廚房探出頭來喊。「可以吃飯了。」見這幾人都沈默著不說話，她覺得有些奇怪，問月牙兒。「是在屋裡擺飯呢？還是在院子裡擺飯呢？」

月牙兒無奈地回。「在院子裡吃吧。」

吃過飯，絮因扶著薛令姜回房歇息。

月牙兒見她們主僕兩人走了，拉住柳見青，低聲問：「妳又怎麼了？明知絮因姑娘是這個脾氣，妳老是想挑事。」

「我也是這般脾氣，妳怎麼不叫她別挑事呢？」柳見青冷哼一聲，彆扭道：「要不是為了妳，我才不做這惡人呢。她們愛待多久就待多久，左右是給妳找麻煩，不關我的事。本來嘛，她若不想在趙府過日子，就和離呀，要不然就回去自己關起門來過日子，這樣子拖著，跟個縮頭烏龜似的，像什麼樣子？」

「個人有個人的脾氣，」月牙兒勸道：「薛娘子的性子，本就不是果斷的人。」

好不容易勸完柳見青，月牙兒走進屋內，打算去勸薛令姜。

一間小屋子，至少點了四、五根蠟燭，照得燈火通明。

薛令姜倚在榻上，手裡拿著一個竹繡綳正在繡花。

一見著月牙兒，一旁的絮因就抱怨道：「這個柳見青也太不知好歹了吧？她什麼身分，咱們娘子什麼身分，也好意思說咱們娘子。」

「她是我的朋友，薛娘子也是我的朋友。」

絮因張口還想說什麼，卻被薛令姜喊停。「行了，妳出去幫我買繡線回來。」

聽她這樣吩咐，絮因只好不情不願的出去買繡線。

薛令姜拍一拍身邊的坐墩。「請坐吧。」

月牙兒依言坐下，一時有些躊躇。

倒是薛令姜先開了口。「其實柳姑娘說的也沒錯，我這性子，是太過優柔寡斷了。」

她無意識的用手指纏繞著繡線，一圈又一圈。

「我給娘家那邊去了信，可少說要月餘才能收到回信，從小到大，就是在什麼場合穿什麼衣裳，都有人給我做主，如今這樣大的事，我自己也沒主意。我那庶出哥哥，在娘家時同我關係就不好，如今是他當家，怕也懶得管我。論理，我該等娘家來人，可我真不想回趙府去……」說至最後，薛令姜的音色已經微微有些顫，她抬眸望向月牙兒，目光懇切。「蕭姑娘，妳說我該怎麼辦？」

月牙兒靜靜聽她說完，柔聲道：「旁人幫妳做主，自然好，可好不過妳自己做主，畢竟除了妳自己，沒人知道妳想過什麼樣的日子，妳得自立，我只有一句話，無論妳怎樣決定，作為朋友，我都支持妳。沒事，還有一晚上呢，想一想，再好好睡一覺，明天早上，我陪妳去趙府。」

青燈照壁。燈影裡，薛令姜低垂著眼眸，微微頷首。

一夜無話。

等到第二日清晨，月牙兒醒來，去敲薛令姜的門，卻無人回應。

「別敲了，一大早就帶著她那煩人的丫鬟走了，叫妳別擔心。」隔壁的房門一開，柳見青邊說邊打了個哈欠。

月牙兒推開門，果然室中無人，被褥、桌椅收拾得很乾淨，窗前的繡架上，新買回來的繡線整整齊齊碼在一處。

這繡線，能等回來它的主人嗎？

月牙兒今日無心過問新店籌備的事，何況外頭開新店的事大部分已經安排好了，她便在庭前擺了把小竹椅，坐在樹蔭底下乘涼。

杏花館還沒到開門的點，院裡院外都很安靜，門外，伍嫂抱著一大包東西進來，是摺扇、芭蕉扇等物。

「怎麼有這麼多扇子？」月牙兒不解。

「不是姑娘在新年計劃會上吩咐的，說立夏時日要店裡擺上扇子嗎？」

月牙兒恍然大悟，原來今日是立夏，那得熬立夏粥吃，熬立夏粥的食料伍嫂已經提前訂好了，月牙兒只管動手做。

想要熬一鍋好粥，倒是挺費工夫的，尤其是現在只能用柴火，就更需要注重火候。

月牙兒在廚房守了一上午，終於將兩大鍋立夏粥熬出來。

紅豆、綠豆、小米和新脫殼的稻香米成比例混合，小火慢慢熬，加上雞蛋花、用糯米搓成的小圓粒，再撒些切得極細的脆骨、新鮮精瘦肉，一起熬至濃稠，舀起來微微黏黏，便可以出鍋了。

今日來杏花館用餐的客人，都能獲贈一碗。

有喜歡立夏粥的，特意叫夥計來問能不能多買一碗，月牙兒一邊分粥，一邊答話。「一人就一碗，沒多的了。」

「那我也要一碗。」

這聲音聽起來很溫婉。

月牙兒回眸一看，笑了。

是薛令姜和絮因站在廚房門口。

一人捧了一碗立夏粥，坐在簷下吃。

月牙兒問：「事情都解決了？」

「算是吧。」薛令姜細嚼慢咽完，才說：「趙府裡的嫁妝，我答應不要了，他們才肯的。」

月牙兒轉頭看她。

「別這麼看我，其實剩下的也沒多少。」薛令姜笑起來。「銀子大半都投資妳了，現在存在錢莊裡。」

她只輕描淡寫的說了幾句，其實要和離，免不了得和趙府、甚至她的娘家糾纏很久，可真當「和離」兩字說出口，薛令姜只覺無比的暢快，暢快到就算明知後頭有一大堆煩心事，也義無反顧。

月牙兒笑著說：「既然是這麼著，妳閒著也是閒著，我倒有一個不情之請。」

「妳只管說，我能幫的一定幫。」

「我的新店要開張了，原本就想在店裡掛上一幅刺繡畫，可一直沒找到合適的，倘若薛娘子有空，不知可不可以幫我繡一幅畫？」

「這有什麼問題？妳把畫稿拿來，我自然給妳繡。」

薛令姜說著，卻見柳見青回來了，見了她，不自覺一愣。

薛令姜起身，朝她行了一個平禮。「柳姑娘，我已經教訓過絮因了，她日後再不會對柳姑娘那般無禮，還請柳姑娘多多包涵。」

柳見青扯了扯嘴角。「倒算一件喜事。」

她走到兩人身邊，問：「吃什麼呢？可不許少了我。」

「我的姑奶奶，就是少了誰的，也不敢少妳一口吃的呀。不然，我可跟孫猴子似的，非要被唐僧唸死不可。」月牙兒開玩笑說。

柳見青氣到伸出手要去撓她的癢癢，月牙兒連忙躲在薛令姜後頭，老鷹捉小雞一樣。

「妳出來，躲在人背後算什麼？」

「有薛姊姊護著我，怎麼樣？」

薛令姜一把將月牙兒推出來。「我可不護著妳，柳姑娘，妳好好教訓她。」

「妳放心，我非好好整治她不可。」

「這日子過不下去了，妳們兩個竟然聯合起來對付我。」月牙兒邊跑邊笑。

三人鬧著玩起來，滿院子都是如鈴般的笑聲。

天氣一天一天熱起來，杏花館的時令菜單上已然增添了冰涼的點心。

送冰的小哥每天清晨送來一車冰，每一次來都瞧見杏花館的裝潢都有些變動。他是個粗人，說不出這樣的變化到底哪裡好，只是覺得格外雅致一些。今日更見連小門門口都擺上了好幾盆花兒，不由得有些稀奇的問伍嫂。「怎麼一天天的花越來越多了。」

伍嫂正招呼店裡跑堂的夥計將冰搬回廚房去，聽他這樣問，笑著說：「這都是薛娘子新近購置的。」

自打薛令姜搬到這裡，家中的器皿用具漸漸的變得精美起來，就連門窗上的簾子也要半個月就換一次，有時是碧綠色的紗，有時是造型古樸的湘妃竹竹簾，她一向喜歡花兒，時不時的就叫丫鬟買些花回來放在家中，例如茉莉、蘭花……只要是花市上買得著的花，她幾乎都要買回來一盆最好的，起先是放在自己屋子裡，屋子裡放不下了，就放在堂廳；堂廳放不下了，就放在小花園；小花園放不下了，就往杏花館放；杏花館也放不下了，只好委屈的將一些蘭花栽在門邊。

每天月牙兒從門邊過，不管是什麼時候，總能聞到一種花的香氣。

月牙兒在外頭辦事，同柳見青閒話，不知怎的說起了家裡大大小小的鮮花。「屋裡屋後現在全是花，我那一日回來，還當我走錯地方了呢。」

「妳以為誰都像妳這樣，活得這樣粗糙。」柳見青說：「大姊喜歡花，有什麼不好的？我也喜歡。」

她們三人前幾日對月為誓，義結金蘭。薛令姜歲數最長，所以是大姊姊；柳見青歲數次之，是二姊姊；而月牙兒因為年紀小，只能當三妹妹。

月牙兒手拿絹扇，笑說：「人前怎麼沒聽妳跟她說好話，人後妳倒誇起她來了。」

「我向來就是這個性子，有什麼、說什麼。」

兩人正說著笑，忽然聽見簾外傳來一聲。「蕭老闆，桃葉渡到了。」

才掀起轎簾，一股江風迎面而來，清清爽爽，連六月的燥熱都被這江風壓下去了些。

此地是金陵最大的渡口，桃葉渡。所謂滄海桑田，這時候的秦淮水系和月牙兒印象當中的有所不同，出了內城水道，只見江水滔滔，水勢浩大，聽人說是因為離揚子江並不遠。

站在桃葉渡遠眺，一面是蜿蜒出去的水道，直至大運河；另一面，水面寬而長，似一面瘦湖，有許多蘆葦蕩漾在水邊，沿著這瘦湖往上，就是皇家禁地玄武湖。

兩人才下轎，候在渡口邊船行的錢老闆就迎上前來。錢老闆做事一向心細，除開夥計，他還帶了兩個丫鬟，一人手裡拿把傘，爭著跑過來為月牙兒和柳見青遮陽。

「這樣大熱的天，難為您親自過來，船就停在前邊。」

月牙兒微笑著和他寒暄了幾句，一行人往渡口邊走，只見三條畫舫停靠在碼頭邊，新裝飾過的畫舫，被烈日一曬，散發出淡淡的桐油味。

柳見青附在月牙兒耳旁，問：「怎麼有三條畫舫？妳原先不是說買兩條的嗎？」

「原本打算買兩條，一條做廚房，一條做宴席之所，可大姊聽說後，自己掏錢叫我再多買一條，說是一條畫舫專門接待男賓，另一條畫舫專門接待女客。」月牙兒向她解釋道：「本來我也想買三條畫舫的，可就是怕手裡的現銀不夠，所以才打算買兩條，幸虧大姊幫忙，手頭才寬裕些。」

聽了這話，柳見青瞧著月牙兒笑。「我才不信妳手頭的錢買不起三條畫舫呢。妳那日吩咐魯伯往京城去，還給了他一大包銀子，別以為我沒瞧見，這個時候使人進京去，妳怕是為了吳勉的春闈提前做準備吧？」

「也不全是。」月牙兒駐足，仔細叮囑她。「這話妳可千萬不能和吳勉說。」

「為什麼不同他說？」

「本來考功名這東西，就沒個準數，他如今連秋闈都還沒考呢，就先說這個，沒得給他添負擔，再說了，我也有其他事要辦，並不只為了這個。」

柳見青看她是真急了，便笑著說：「好啦好啦，我才不會做這長舌婦呢！」

兩人說了一會兒話，就走到了畫舫停靠的岸邊，錢老闆滿臉堆笑地請兩人登上畫舫去瞧。

買畫舫是為了辦船宴，說起來，也是之前前往程家赴宴的經歷給了月牙兒開新店的靈感。船宴之妙，在於既可飽覽湖光水色，又可品嚐美味佳餚，同時吃船宴比起在屋裡吃酒席，要格外舒爽些，畢竟老式的建築難免有些不通風，日色一不好或者遇上酷暑天，就很容易使人煩躁。即使是杏花館，入夏之後，主顧最想預訂的還是庭院裡的座席，而船宴卻沒有這個問題，船行水上，清風自來，景色自怡。

除此之外，船宴這一種用餐的形式，簡直是專門為達官貴人量身訂做的，一是私密性極好，不比坐在大酒樓裡，偶爾能聽見堂客的嘈雜聲，就是規矩嚴密的女眷，也不用擔心被外人所衝撞；二是極為風雅，古時典籍裡，總能瞧見王孫公子宴飲於船上，飲酒作樂之時留下許多傳世名篇。

這也很符合月牙兒對自己產業的定位——賺富人的錢。

她素來是有什麼想法就要去驗證的，正在做市場調查呢，湊巧聽說有人願意轉手船隻，月牙兒便親自去看，這船大小形制正合她意，適合在河上通行，雖然有些地方不大適合做船宴，但也能改。看過之後，月牙兒便交了定金，之後又委託船行的人按照她的要求將畫舫重新修整一遍。

登船遍覽，月牙兒從袖裡掏出原先所畫的圖紙，自己拿了一份，給了柳見青一份，一樣一樣去對照，偶爾有幾處不符合規劃的，月牙兒便用筆圈出來，交給船行的錢老闆，要他返工照改。

柳見青將手遮在眉上，往船外看。「妳這船宴打算在哪裡辦？秦淮河嗎？我當初也吃過船娘做的菜，但人家的船可比我們這兩條小。」

「要是和尋常船家差不多，我也不用做了。」月牙兒笑指右邊的瘦湖。「應該是在這裡。」

「可這地方，沒秦淮景致好看。」

「妳放心，就是現在沒什麼特別的，等到船宴開了，我必定使這裡有好看的地方。」

這話換旁人說，柳見青可能不信，可既然是月牙兒說的，她便無異議了。

看罷畫舫，兩人照舊坐轎回去。

如今杏花館的主廚是小黃師傅。自從金谷宴黃師傅給月牙兒推薦自己的姪兒之後，他便來杏花館做事了，起先是幫廚，專門給月牙兒和伍嫂打下手，小夥子嘴甜，做事也機靈，學了幾個月已經能夠獨當一面了。

見月牙兒和柳見青回來，他立刻過來問好，笑容可掬地問要吃些什麼。

「涼皮還有嗎？」

「有，如今這大熱天，涼皮賣得很好，有麵筋做的，也有豌豆的，要哪一種？」

月牙兒想一想，說：「我要豌豆涼皮，清爽些。」

「給我做份麵筋的。」柳見青說完，匆匆走到簷下去，她最討厭這樣的烈日，因為會曬黑。

屋裡今日換了碧藍的簾子，日色從簾過，倒顯得不那麼燥熱。

薛令姜正坐在堂廳裡繡花，絮因在一邊給她打扇，邊上還擱了一盆碎冰，散發著絲絲涼意。

見兩人一前一後走進來，薛令姜抬眸。「回來了？絮因，妳去端些冰鎮綠豆湯來。」

絮因應了一聲，掀簾子出去。

柳見青挨著那盆碎冰坐，捏了一塊在手裡，抱怨道：「這樣熱的天，妳瞧我臉上的妝都花了，妳可吃過了？」

「我自然吃過了。」薛令姜給她遞過去一個粉盒。「怎麼樣？那幾條畫舫好不好？」

月牙兒一手拿了一塊冰，剛想貼在臉上降溫，卻被薛令姜瞪了一眼，只能打消這個念頭。「還行，就是船上的裝飾，要請大姊多用些心了。」
薛令姜頷首。「差不多，如果按妳想的七月開張，我手裡的刺繡也剛好繡完。」
正說著話，絮因捧來兩盞冰鎮綠豆湯，綠豆都熬到開花了，吃起來口感沙沙的，很清爽。
才喝完綠豆湯，豌豆涼粉也送過來了，粉皮晶瑩剔透，佐菜是黃瓜絲，切得很細，配上各色醬汁佐料一拌，又滑又嫩，清涼爽口。
薛令姜素來遵循食不言、寢不語的規矩，等月牙兒和柳見青吃完，才同她們商量。
「三妹妹，妳之前說要我來管那條招待女客的畫舫，我想了許久，覺得還是不妥當。」
「哪裡不妥當了？」月牙兒用帕子擦了擦嘴，說：「可不許說——『我做不來』。」
薛令姜正想說這話，卻被她搶了先，一時竟然不知道該說什麼。
柳見青見她那欲言又止的模樣，笑了。「沒那麼難的，大姊，妳瞧，我一個從沒學過管家的人，不也把柳氏排骨店經營得像模像樣嗎？在管事上，妳肯定比我強。」
「哪有。」薛令姜嘆了口氣。「我那時新嫁到趙府，也想管事來著，不知怎麼的，就把人給得罪了。」
月牙兒安慰她。「那不一樣，趙老太太那時存心不想讓妳管家，如今又沒有誰壓在妳頭上讓妳難做，就是有一、兩件事拿不定主意的，只管來問我和二姊姊。」
薛令姜點點頭，心裡還是有些慌。

畢竟是月牙兒親自經營招待男賓的那條船，幾條船一起開業，自己做得好不好，簡直一目了然，自己可千萬不能給月牙兒扯後腿，她心裡暗自立誓。

到六月底，杏花館要開新店的消息已經在老主顧裡傳開了。

聽說新店主打的是吃船宴，這樣的新鮮事引得不少人提前預約，一問才知道，這船宴一天只開兩桌，中午一桌，晚上一桌，至少要提前三天預定，於是乎，新店還沒正式開業呢，半個月以內的席次都已經被搶先預定了。

託哥哥的福，程小妹好不容易訂到了七月的晚宴，旁的閨秀知道了，都跑來找她玩，明裡暗裡想要一份帖子。

「聽說杏花館的船裝潢得很好看，能坐下十來個人。」

「那是，七月的船宴都搶得差不多了，幸虧我哥哥和那杏花館蕭老闆的未婚夫是同窗，這才給我訂到了。」程小妹被人眾星捧月一般奉承，哪有不開心的，當即散了許多帖子出去，請她們去吃船宴。

其實也有些貴女在乎的不是宴席，而是光明正大出去玩的機會。要知道，平日裡她們除了年初陪祖母、娘親上香之外，再沒什麼出門的機會，而杏花館的船宴是男女分船而席，不會有見外男的機會，家裡人多半就不會阻止。

到了七夕這一日，程小妹穿戴一新，在丫鬟、婆子的看顧下坐上轎子往桃葉渡去。

轎子裡煩熱不可耐，好不容易到了地方，丫鬟才打起簾子，迎面吹來一陣江風，帶來一陣清爽，程小妹靨上兩個酒窩隨著笑意顯現出來。

哼，她那倒楣哥哥終於有了一回用處。

畫舫停靠的地方並不是桃葉渡，而是在瘦湖的蘆葦蕩裡新闢的一處小渡口，立了「杏花船宴」的指示牌，旁人只要沿著青石板一路往前，一準不會認錯，落轎之處一直到水邊，都用紗屏遮擋住，從外頭看，朦朦朧朧唯見佳人倩影，聽聞笑語，卻不識是誰。

而那紗屏之內，擺放著各色花架，紫藤、鈴蘭、月季……花種各不相同，很可愛。

在這花路的盡頭，有些閨中姊妹已經到了，見了程小妹便迎上來，一起說笑。

程小妹瞥見了一個女孩子，手折蘆葦，臨水而立，她躡手躡腳上前，忽然用手拍那女孩子的肩膀。「我還當妳不來呢。」

那女孩子嚇了一跳，回過頭來，原來是秦媛。她嗔怪道：「做什麼？妳哪裡有點閨秀樣子？」

程小妹挽起她的胳膊。「誰和妳比起來都不像閨秀。在看什麼？」

秦媛微抬下頷，示意道：「妳瞧這兩條畫舫的名字。」

已近黃昏，日光也不那麼耀眼了，程小妹瞇著眼張望，瞧清了離她們最近的一條畫舫的名字。「『湘夫人號』，哈哈，有意思，我們竟然來湘夫人家吃席了！那另一條畫舫定是叫『湘君號』。」

說著，她望一望湖之右，那邊停著的一條畫舫，正是名為『湘君號』。望著流水潺湲，秦媛輕輕嘆息一聲。「『沅有芷兮澧有蘭，思公子兮未敢言。』這蕭月，竟然是唸過書的。」

程小妹知道她是有些觸景傷懷了，搖一搖她的衣袖。「好啦，今日不許說這個，只許高高興興地吃船宴。」

就在這時，笛聲一響，女樂奏起樂聲，悠揚且雅致。

白鷺低飛，從水面掠過，留下一段光影，臨岸邊的水域栽了好些藕花，在夕照之下，別樣風情，此情此景，真如置身畫中。

一個雍容華貴的女子被丫鬟扶著，款款走下船舷，站定，清淺一笑。「請諸位淑女入席。」

程小妹輕聲對秦媛說：「真真奇了，這薛娘子離了趙家倒更顯美貌。」

伴著江南絲竹，眾姝提裙登畫舫。

才入畫舫，先聞見一陣濃郁的茉莉花香，香得醉人。入簾之後，有江風與冰盆相伴，只覺異常涼爽，渾然不似酷暑天。

這畫舫與尋常畫舫略微有些不同，船制稍寬，少說可以載半百之數的人，如今只有她們十來個女孩子，愈發顯得寬敞。統共有兩層，一層做宴艙，擺著彩漆桌椅，牆角憑欄邊各裝飾著時令花卉，其中最引人注目的，屬宴艙東壁的一幅刺繡，繡像裡的是一個美人，背對岸芷汀蘭，獨立斜陽，極為傳神。

程小妹不是沒見過名家刺繡，可從未見過這般的繡法，跑過去仔細看。

「這是出自誰人之手？我也想買一幅回去。」她轉身問船上侍兒。

船上侍兒都是一樣的打扮，梳著雙髻，衣裙是魏晉時候的樣式，像是從畫上走下來的人。

「這是我們蕭老闆畫的花樣，薛娘子親手繡的，外頭只怕是沒處買。」

眾人看了一陣，各自落坐，侍兒為每人送上一塊香帕，說是「餐帕」，可這香帕都是上好的料子，上頭還繡著不同的花樣，弄得在座的閨秀有許多捨不得拿來當餐帕用。

程小妹自然是坐在上席，一個紫衣侍兒呈上一串銀鈴給她，解釋說：「若要傳菜，您輕輕一晃，我們就知道。」

那銀鈴上還繪了一朵杏花，樣子很好看。程小妹拿起，好奇的晃一晃，鈴聲清脆，逗得她笑起來，又使勁晃了兩、三下。

銀鈴一響，奏樂便換了一種曲調，格外歡快。

餐點菜色是預定的時候就定下來了，因此上菜上得很快，一碟一碟的，依次擺上桌子的大理石圓盤。見侍兒轉動那圓盤，餐點也隨著轉動，程小妹這才知道為何要在桌上放這麼一塊大理石，沒了它，這麼多人挾菜還真不方便。

每上一道菜，紫衣侍兒都會介紹是何菜品，翡翠蟹鬥、和合二鮮、油爆蝦尾……而放在大理石轉盤中心的，是一盆酸菜魚，片好的魚肉白而嫩，泡在茶色的湯裡，底下墊著酸菜，上頭撒著各色佐料，再澆上一勺熱油，魚香四溢，實在勾人饞蟲。

程小妹吃飯，最不耐煩敬酒，何況今天又是她作東，更是不想講究那些虛禮，她徑直抄起筷子挾了一大半魚肉，送入口中，魚肉嫩而滑，帶著一股淡淡的酸味，使得其口感更加有層次。吃一口魚，喝一口湯，只覺酸鮮爽口，連夏日的暑氣都為之消散了不少。

一道又一道餐點送上，就是連口味最刁鑽的秦媛也不得不承認，這杏花館的餐點是真的好吃。眾姝也沒心思說話了，全副心思都在碗筷間，等她們吃飽了，看一看天色，才發現離開餐沒過去多久。

紫衣侍兒笑道：「我們家主人特意為諸位備了禮，請諸位移步，上樓一觀，等玩盡興了，再下來用些茶點。」

等上了二樓，眾姝不由得眼睛一亮。

正是日暮時分，斜陽緩緩，在水面點燃最後的光輝，天際盡染，映照一江橙紅，畫舫上的彩燈盡數點燃，五光十色，照著二樓長案之上各種料理乾淨的食材。

薛令姜從另一側的臺階上來，同眾人解釋說：「這些食材都是我們杏花館自用的，如今贈與各位貴客，咱們女兒家，誰沒個拿手好菜？所謂獨樂樂不如眾樂樂，諸位不若自己動手，互相品鑒一番自己的手藝。」

她柔聲細語道：「若有大家一致覺得好，就連我們杏花館都覺得不錯的，一定有好禮相贈。」

程小妹笑說：「挺好玩的，媛兒，妳就做那道點心嘛！一定會很出眾的。」

「妳自己做。」秦媛拂了衣袖，憑欄看景。

其他閨秀紛紛湊過來，妳一言、我一語玩鬧起來，其樂融融。

走下樓梯，薛令姜這才鬆了一口氣，同絮因說：「我方才沒說錯什麼吧？」

「沒有，就是蕭姑娘親自在這裡，也不會更好了。」絮因攙扶她坐下，遞上一杯茶。

薛令姜喝了一口，又站起來。「我去看看點心送來了沒有。」

「不急，娘子仔細腳疼。」

「沒事。」

主僕兩人緩緩走到船尾，只見一條小烏篷船正緩緩靠近，這是專門從餐船送餐來畫舫的。

月牙兒從船篷裡探出頭，跨到畫舫上，笑說：「可累壞了吧？」

「我只是怕誤了妳的事。」

「才不會呢。」月牙兒交代其他侍兒將食盒送到備餐間，她轉身，認真的望著薛令姜。

「妳做得很好，就是我自己親自來管理，也不會更好了。」

聽她這樣說，薛令姜心裡高興，卻又有些不好意思，低垂著頭笑了。

月牙兒原本還有些擔心，見如今「湘夫人」運行有條不紊，也就安心了。她原本就打算，若薛令姜做得不錯，便將杏花船宴交給她經營。

薛令姜親手給她捧了盞茶。「客人還在二樓呢，等會兒三妹妹要上去招呼一下嗎？」

「不了不了，」月牙兒接過茶盞，往後一仰，坐在椅上。「難得浮生半日閒，好歹讓我鬆快鬆快吧。」

她揭開盞蓋，忽然想起一事。「那件事妳同客人說了沒？」

「還沒呢，」薛令姜往上看了看。「她們還在做點心呢，我想著，等真的有特別出眾的，私下裡同人說會比較好。」

「依妳的意思來吧。」

清風徐來，水波不興。為了使畫舫保持平穩，行舟的速度放得很慢，月牙兒坐在椅上，有一種睡在搖籃裡一般的安全感。

她坐著瞇一會兒，聽薛令姜有條不紊的安排各項事宜，等送來的點心一一核對過了，她才問薛令姜。「妳可曾用了晚飯？」

「吃了一些。」

「哪有。」後頭的絮因探出半個身子，說：「不過就吃了兩口粥而已。」

月牙兒起身，拿過來一個食盒。「那正好，我這兒有些新師傅做的土家醬香餅，如今還有些溫熱，不然就一起吃了吧。」

為了籌備杏花船宴，月牙兒近來又新招了幾個大廚，為了試他們的廚藝，她特意出了一道難題，便是叫他們做土家醬香餅。

食盒一打開，一股異香便飄了出來，只見一張薄薄的大餅被烙成金黃色，再切分成菱形的小塊，上頭抹了豆瓣醬、蔥花，還有白芝麻。

薛令姜好奇道：「這烙餅的樣子倒新鮮，我都沒瞧過。」

在月牙兒的催促下，她挾了一小塊，用碟子托著。這醬香餅瞧著很薄，誰知湊近了看，竟然有幾層，一口咬下去，餅皮酥脆，內裡卻柔軟，很有嚼勁。在秘製醬料的作用下，麵粉的香氣尤為濃厚，在鹹香之中帶著微微的甜，與尋常的烙餅口感完全不同。

薛令姜吃完一小塊，用帕子擦了擦唇，說：「這醬香餅的做法雖然獨特，但我覺得，最突出的風味實際是在於它的醬汁上。」

月牙兒笑起來，向絮因道：「妳看，大姊如今倒是練出一雙火眼金睛了，食物好不好吃，好在什麼地方上，她心裡全清楚。」

「哪有這事，不過在妳身邊久了，學了一些而已。」

坐了一會兒，一個侍兒過來傳話。「客人們似乎玩得很盡興了。」

「知道了，這就去。」薛令姜起身，望向月牙兒。「要不妳也去瞧瞧？」

「我去了妳反倒不自在，妳只管上去招待客人，我自己在這裡坐一會兒就好。」

才上臺階，便漸聞笑語。

只見長案之上，果然已經擺出一些點心了。

見了薛令姜，程小妹過來牽著她的手去瞧，語氣很驕傲。「妳沒來時，我們自己看了一圈，這點心做最好的還是我們媛兒。」

她做的是一道玉帶糕，小小巧巧，麵皮瑩白透亮。這是以糯米為原料的點心，一層糯米、一層黑芝麻白糖夾心，切開來看，內外層的顏色分明，很好看。

薛令姜吃了一口，軟糯適宜，甜味得當，果然不錯。

她笑著說：「這玉帶糕的確很好。絜因，將獎品拿過來。」

絜因應了一聲，拿過來一個小托盤，上頭蓋著一張錦帕。拿開錦帕，竟然是一個刺繡的小手提包，以瓔珞為原型，做了個鏈子，方便拿。

「不是什麼名貴東西，但勝在好看實用，便贈予姑娘。」

「多謝。」秦媛頷首示意。

倒是程小妹很好奇，將那個繡花手提包拿過來反覆瞧，又反覆看了看。「這裡外層布料的顏色，同繡花的樣式是不同的，挺好看的。」

其他閨秀也湊過來去看那個小小的繡花手提包，這個時候，侍兒們抬著一、兩張低矮的圓桌過來，上邊放著各色茶點。

眾閨秀們看著種類繁多的各色點心，剛才吃飽的肚子彷彿又有餘地了。

等到月至中天的時候，幾乎每個人都吃得小肚子圓鼓鼓的下船去。

程小妹玩得最是盡興，方才和人行酒令，吃了好幾杯酒，臉頰紅撲撲的，秦媛怕她醉，便過來看著她喝了兩杯茶。

兩人正要下船，薛令姜卻過來請她們留步片刻，說了一件事。

「不知道秦姑娘的玉帶糕，願不願意在我們糕點店裡販售呢？」她柔聲細語的解釋著來龍去脈。「是這樣的，我原來也是在富貴人家長大的，知道後宅的姑娘、娘子們都各有各的拿手點心，外頭店裡賣的吃食是不能比的，奈何咱們女兒家生來養在深閨，就是有拿手好菜，知道的人也不過是自己的家人、夫婿而已，倒真有幾分明珠暗投的意思了。

「若姑娘願意，可以將這糕點的做法教給我們，讓這玉帶糕在杏花記販售，所有盈利，五五對分，且糕點可以冠上姑娘的姓名，如同牡丹花名種一般，世人皆知『姚黃』是姓姚的人培育出來的，『魏紫』是姓魏的人培育出來的。若有機緣，姑娘的名號也能同這『姚黃』、『魏紫』一般流傳於後世，不知姑娘意下如何？」

程小妹眼睛一亮，稱讚道：「這個好！只可恨我的手藝不夠出眾，沒有什麼很出色的點心，我回去一定要好好研究。」

「自然可以，無論什麼時候來『湘夫人家』吃飯，我今日說的話依舊作數的。」薛令姜望向秦媛。「不知姑娘意下如何？」

秦媛眉間若蹙，好一會兒，才說：「此事還需與家人商量之後才能答覆。」

「應當的。」薛令姜點點頭，送她二人下船。

第十六章

整個夏日，世家貴女的圈子裡有一個流行的話題——「妳去過『湘夫人家』吃飯了嗎？」

起先以此作為話題的都是一些年輕的姑娘們，等她們從「湘夫人家」吃過飯回來，便纏著自家的娘親、奶奶，想帶著她們一道去「湘夫人家」吃席。

「那『湘夫人家』可漂亮了，地方寬敞又清爽，夏月乘涼，再沒有比那兒更好的地方了。」

「在那兒吃席，若能帶過去一些拿手點心，還能有好禮相贈呢。奶奶的手藝可算是沒話說，一定能叫她們折服。」

「她們家的菜餚，實在是樣式又多又好吃，鮮得我舌頭差點沒掉下來。」

「聽說秦姑娘的那道玉帶糕後來在杏花記寄賣，賣了好多錢，現在全城的人家都知道秦家的姑娘廚藝極好，她日後一定能尋到個好夫婿。」

第一次聽說這話，那些深宅大院的太太們還沒當回事，後來女兒說了幾回，便叫人去打聽，這一問才知道，就吃一回杏花船宴，竟然有那麼多名堂，先是價格，一頓船席吃下來最少也得要十兩銀子，擱在同樣以貴出名的樓外樓，足足可以吃兩、三餐山珍海味了，若不是大富大貴之家，尋常人家還真真吃不起。

就是家裡不在乎這一點錢，想要吃杏花船宴還有一關要過——席次得提前預定，如今杏花船宴正火紅，席次更是一位難求了，而一旦去吃了，又是老客帶新客的循環。

總之經過這些人的口耳相傳，現在想要訂到杏花船宴的席位，少說要提前一個月。

不管怎麼說，杏花船宴的口碑，已經在富貴人家之間樹立起來了，如今月牙兒也不再需要每日巡查畫舫營業情形，很放心地全交給薛令姜安排，透過薛令姜固定的週報，月牙兒仍舊對於杏花船宴的情況瞭若指掌。

帳房先生核對過數目之後，同月牙兒稟報。「兩條畫舫都很賺錢，不過說起來，『湘君家』比『湘夫人家』的盈利要多些。」

月牙兒手托一盞奶蓋茶，如雪花一般的奶油飄浮在紅茶之上，很香。她低頭飲了一口，笑道：「怎麼如今都叫湘君『家』、湘夫人『家』了？」倒挺接地氣的。她接過帳本看了一會兒。「倒也不意外，畢竟男子的酒水費比女子要多。」

帳房先生提醒道：「雖然從數目上看，盈利額是有差距，但是如果再算上杏花記那邊的進項，兩者實際上是相差無幾，甚至『湘夫人家』還隱隱有反超『湘君家』的趨勢。」

聽他這樣說，月牙兒拿過杏花記的帳本仔細看。這個讓名門閨秀寄賣拿手點心的念頭，原本是受了薛令姜的啟發，她定下五五分成的盈利規矩，主要考慮的倒不是賺錢，而是增加杏花記糕點鋪的品項，也拓展知名度。她還存了一分私心，想給這些養在深閨的女孩子打造一個展示手藝的平臺。

原本以為至多有些薄利罷了，畢竟原料費、人工費全是杏花館一力承擔，五五分成賺不了什麼，可沒想到扣去成本之後，還真有些賺頭。

送走帳房先生，杏花館也打烊了，月牙兒坐在簷下乘涼，手拿蒲扇趕蚊子，仰頭望見牽牛織女星，不知怎的想起了勉哥兒。

這個時候，他在做什麼呢？

前一陣子忙著杏花船宴，月牙兒連去吳家吃飯的工夫都沒有，只是偶爾託人給他送去一些時令點心和她忙裡偷閒時寫的信箋。

如今閒下來，因為吳勉鄉試在即，月牙兒怕他分心，也不敢去尋他。

明明住得不遠，卻要以信傳情，真真是「盈盈一水間，脈脈不得語」。

夜色涼如水。

寫完一篇八股文，吳勉推開房門，只見滿天星辰。

他不看星星，愛看月亮，可望了許久，只尋著一抹淡月痕，這時才想起已是月末，只能瞧見下弦月。

閉門讀書這些日，他幾乎忘了時節，也是有趣。

他步入庭中，獨自望了一會兒夜空，身後有衣料窸窣，是吳伯，手裡拿著一盞油燈，披著外衣。「書唸完了，餓不餓？」

吳勉還沒來得及說話，吳伯便自顧自的說：「月牙兒白天使人送了新點心來，我給你拿來。」

父子兩人搬來兩把竹椅、一個小燭臺，就在簷下坐。秋天的夜，很涼爽，吳伯趁兒子搬桌子的時候，拿來一件披風要他披上。

「馬上就要進貢院了，這緊要關頭可千萬不能生病。」

吳勉只好又加了一件衣裳，這才把食盒抱過來。

打開一開，裡面放著兩層小缽缽，上下倒扣，拿下一看，原來是一種外皮清澈透明的點心，還能看清楚裡面的果子。

「說是叫缽仔糕，杏花記即將開賣的新品，看著挺新鮮。」吳伯解釋道，抽了一根短竹籤往缽中一戳，拿起一個橙子味的缽仔糕遞給吳勉。「你嚐嚐。」

吳勉握著竹籤，轉一轉，臉上有了笑意。「她總是這樣，有無窮無盡的新點子。」

這缽仔糕的口感很特別，一咬下去，很有韌勁，口感彈牙，非要多咀嚼幾下，才能品嚐出滋味來，配合上缽仔糕內裡的餡心，吃起來很好玩，應當會很受小孩子們的歡迎。

吳伯自己也吃了一個，邊吃邊說：「月牙兒真是個能幹的姑娘，還親自送來了一大籮筐你上考場要用的東西，好在有她，不然我還不知道得備門氈、號頂這些東西，差點誤了你的事，幸虧她放在心上。勉哥兒，你日後一定要好好待她。」

他說著說著，望著庭前的樹出了神，好一會兒才說：「你娘若泉下有知，也必定欣喜，你能遇上月牙兒這樣的姑娘。」

吳勉抬起眼望父親。

油燈昏暗，照出吳伯鬢邊的幾縷白髮，吳勉心弦微動，他的父親，曾經也算得上一個意氣風發的男子，可如今竟然也老態初顯。

吳伯唇角微揚。「和你娘初成婚的那段時日，是我平生最暢快的日子，可惜爹沒本事，也沒福氣，連累得你娘早早去了。可你不一樣，勉哥兒，你比爹強千倍萬倍，爹知道你想要做的事，一定能做成。」他把手在吳勉肩上拍了一拍。「你且放寬心，好好努力就是。」

吳勉微一頷首。「我會的。」

鄉試這日，微微有雨落，貢院前街擠著無數把油紙傘，緩緩往前挪。

雨滴打在傘面上，沿著傘骨墜落，像斷了線的珠泅入月牙兒的繡花鞋面，留下一塊暗色印記。

她執傘而立，向吳勉叮囑道：「寫累了就睡一會兒，時間足夠的，但凡號舍有什麼不好的，譬如漏雨，譬如臨近號舍的考生打呼嚕，一定要和監考官說。」

月牙兒絮絮叨叨，說了好些話，吳勉安靜的聽著，不時點點頭，示意自己聽明白了。

說著說著，連月牙兒都意識到自己有些反常，訕訕道：「我是不是太囉嗦了？」

「沒有。」吳勉輕笑起來。「我聽不夠。」

正在這時，只聞一聲鼓響，龍門已開。不知多少把傘面緩緩往前，爭先恐後的進入貢院。

吳勉望一望龍門的方向，向月牙兒說：「那我進去了。」

月牙兒點了點頭。

他轉身正要走，卻被月牙兒拉住衣袖。

她忽然兩靨飛霞，小聲說：「之前說你考中了我就嫁給你，其實就算這次沒考好，我也是願意的。所以，你——不要有負擔呀。」

她飛快地說完這句話，然後舉著傘跑開了。

鄉試總共有三場，持續幾日。

月牙兒雖然心裡牽掛著吳勉，但面上卻是不顯，仍然有條不紊的處理著杏花館的各項事宜。

等到這場秋雨停歇時，她心心念念的人終於可以出考場。

這日一大早，月牙兒特意雇了一輛馬車，就守在貢院前街等著，不時往前探一探，看龍門開了不曾。

不知等了多久，龍門終於開了，待瞧清了那個熟悉的身影，月牙兒提著裙襬往前奔去，吳勉亦快步走向她。

兩兩相望，吳勉清瘦了不少，令月牙兒有些心疼。

「累壞了吧，你一定沒怎麼好好吃東西，人都瘦了。」

「還好，也沒有那麼辛苦。」

月牙兒引他到馬車邊，拿出一個大食盒，用命令的口吻說：「你非把這個吃完不可。」打開食盒，月牙兒將裡頭的東西一樣一樣拿出來，一碗大骨湯，上頭浮著厚厚一層雞油，將湯的溫度鎖住，還有一碗燙好的米線、一小碟薄肉片、一小碟青菜，和一小碟蔥碎佐料，這是她特意準備的過橋米線，算準了時辰，差人送過來。

吳勉吃了一口米線，奇道：「竟然還是熱的。」

「當然是熱的，你才出號舍，不能再吃冷的了。」

「我在號舍也沒吃冷的，妳還給我準備了個紅泥小火爐呢。」

「有吃的你就吃，哪裡那麼多話。」月牙兒凶巴巴地說。

等待放榜的某日，月牙兒特意留了「湘君家」的席位，請吳勉和其師友一同赴宴，吳勉是頭一回去吃杏花船宴，見著這樣的吃法，亦覺得新奇。

夜裡的船宴，一直吃到皓月高懸，依然未收尾，趁著眾人吃酒、行酒令的空檔，吳勉因不勝酒力，到宴艙外憑欄吹風。

後來，月牙兒也偷偷溜出來，吳勉側眸望她。「他們還在行酒令？」

「是呀，不知道要玩到幾時了。」月牙兒忽然朝他勾一勾手。「你跟我來。」

吳勉跟在她後頭，一路行至畫舫後，只見有一艘烏篷船正沿著畫舫慢慢走。

月牙兒一躍而上烏篷船，回身笑道：「你會划船嗎？」

「不會。」

「我會的，我載你。」

烏篷船裡有船槳，月牙兒撐著船槳，緩緩地划。

笙歌漸遠，只聞流水潺潺，一輪江月很輕柔地朦朧住船影，將江水照得瀲灩，好似天地間只剩他們兩個人。

吳勉看了一會兒，道：「我來划槳吧。」

他接手過去，看著像模像樣的，然而卻弄錯了方向把烏篷船往後滑，逗得月牙兒直笑。

「不是這樣的，方向錯了。」

她上前握住船槳，手心覆蓋在他的手背上，離得很近。

她嗅見一股酒香，心想，他方才一定喝了很多酒。

月牙兒仰起臉看他，只見吳勉怔怔地望著她，目光灼灼，眼裡只有一個她。月牙兒心弦一動，不知為何閉上了眼。

意亂情迷。

他俯身，溫柔地親了親她的眼睛，像雲纏繞住月亮，烏篷船隨風輕晃，沒有人去管它。

月牙兒聽見心跳聲越來越響，卻不知是她的心跳，還是吳勉的心跳。

忽然，她眼上的溫熱戛然而止，睜眼一瞧，吳勉竟然轉過身背對著她。

他的音色微微有些沙啞。「天色晚了，我們該回去了。」
烏篷船調轉方向，緩緩向畫舫靠去。
這次划槳的是吳勉，他在船尾，月牙兒坐在靠船頭的位置，經過一叢蘆葦，眼看就要接近畫舫的時候，月牙兒忽然出聲。「我請人算了日子，九月初一是個好日子。」
「什麼？」
她的聲音有些小，聽不大清。
月牙兒大聲地說：「我說——九月初一是個好日子。」
「什麼好日子？」
「宜成婚的好日子。」
吳勉手中的船槳一停，聲音帶上笑意。「知道了。」
月牙兒氣鼓鼓地回身看他。「你知道什麼呀！」
「九月初一，會是我們成婚的日子。」
月牙兒不說話了，沈默好一會兒才嚷嚷道：「我還沒答應呢，你都沒有向我求婚。」
吳勉很認真地問：「什麼是求婚？」
「就是，你要準備一個戒指，單膝跪下，問我願不願做你的新娘子，我說『好』的時候，你要把戒指戴在我的無名指上。」
這烏篷船上，哪裡有戒指呢？

吳勉低頭想了想，說：「請妳等一等。」

他把烏篷船往蘆葦蕩邊划，正是蘆花開放的時節，一眼望去，倒真有些「蒹葭蒼蒼，白露為霜」的意思。

船入蘆花深處，四面皆是月光，月色如霜，落滿兩人衣襟，吳勉立在船尾，身子往前探，在蘆花裡挑來挑去。

月牙兒見了，生怕他跌下去。「我說著玩的，不用那麼麻煩，你快過來，仔細落水。」

「沒事，就是真落下水，我也心甘情願。」他回眸朝她清淺一笑，繼續在蘆花叢裡挑選著。

真是的，平日裡這麼守禮的人，怎麼這個時候又這樣孩子氣？月牙兒心裡抱怨道，眉眼彎彎。

尋尋覓覓好一會兒，吳勉才折下一枝蘆花，扭成一個戒指的模樣。

他拿著那蘆花戒指跳到船艙裡，在月牙兒面前駐足。

依著月牙兒的話，在她面前單膝跪下，語氣鄭重。「蕭月，妳可願意做我的新娘子？」

月牙兒抿嘴偷笑。「看在你誠心誠意的分上，我就勉為其難的答應吧。」

她說得好像不情不願，卻飛快的伸出手，讓吳勉替她戴上蘆花戒指。

蘆花弄影江中，瑟瑟如雪，有鷗鷺臥眠其中，酣然好夢。

一江秋水，明月白。

婚期一定，最緊要的就是婚房。

買房置地是大事，需要仔細看，月牙兒早在一、兩個月前就已經開始留意合適的地產了。

如今她掙了錢，可以不必親自去問、去看，而是雇了一個專經營房產的牙婆，說清楚了需求，請她代為相看。

牙婆是很有經驗的，看房、找房很有一套，也帶了幾處房屋圖紙來給月牙兒瞧，雖然這幾處房屋都很周正，但月牙兒卻不是很喜歡，她私心裡想買一座小園林，可以小些，但最好要有花木、有流水、有假山。

除此之外，她還不想和她結拜的姊妹住太遠。和吳勉成親的吉日定下來之後，她特意去問了柳見青和薛令姜，看她們願不願意也一道購置房產，這樣姊妹們可以買在附近，彼此往來都方便。

柳見青自然是願意的，她原就有意購置房產，如果能和月牙兒做鄰居，那是再好不過的。而薛令姜對於這個想法更是再同意不過了。她生性好靜，雖然如今大多時候都在操辦杏花船宴的事，但偶爾閒在家裡時，杏花巷的嘈雜聲還是會打擾到她，畢竟如今杏花巷已經是很有名氣的美食街了，早不似從前的清靜。

既然姊妹們都願意，月牙兒就把牙婆叫來，又給她加了一些要求，佣金另付。

雖然佣金不少，但要完成這些要求著實有些難度，為此牙婆很是傷了一番腦筋。

這日，牙婆終於上門來回話，說是尋到一處宅子，應該符合月牙兒的要求。

她將帶來的房屋圖紙往桌上一放，月牙兒看了看，發現有些眼熟，這不是傅老爺的老宅嗎？

「這傅老爺我知道，他從前還是我的房東呀，當初他們家興旺時，小半條杏花巷都是他們家的，怎麼如今竟然要將老宅給賣了？」

牙婆嘆息一聲。「今時不同往日，他老了，子孫又不爭氣，『崽賣爺田不心疼』，便想把老宅賣了，回去鄉下住。因為急著賣，所以價格也好說，但比起蕭老闆的預算，還是多了些。」

她對照著圖紙同月牙兒細細解釋，原來這傅園本就有東院、北院、西小院之分，園子的南角則是大門，入門可見湖與假山，左右各有小道，買下之後只須多建幾道粉牆，開兩道小門，就能夠各自獨立卻不疏遠，高興時將小門打開，互相在湖邊的羨魚閣吃茶談天，想靜一靜的時候，就將小門關起，便自有一番天地。

聽著這話，月牙兒想起她上回去傅園的經歷，想來那時所見的正堂就是東院了。

「看著不錯，我去問問大姊姊和二姊姊。」

月牙兒拿著圖紙，推門興沖沖地去找薛令姜與柳見青，瞧了圖紙，三人都很滿意。

這廂議定，月牙兒又拿著傅園的圖紙準備去吳家。

薛令姜喚住她。「妳別自己去，依著規矩，新婚前是不好相見的。」

「還有這樣的規矩？」

「寧可信其有，不可信其無。」

沒法子，月牙兒只好託伍嫂專程去吳家，好好說這件事。

伍嫂笑著回來，說：「勉哥兒說了，一切依著妳的意思來。」

一番商議之後，這件事便定了，幾家合力買下傅園，更名為「杏園」，西小院歸柳見青，薛令姜則住北院，最大的東院則姓了蕭。

婚事一張羅起來著實累人，事無鉅細，月牙兒總要問清楚，譬如賃什麼樣的花轎、穿什麼樣的婚服、辦什麼樣的婚宴。

她找到薛令姜商量。「大姊，喜糖要做什麼樣的盒子才好？」

「喜糖？」薛令姜奇道：「我倒沒聽過這說法。」

進來回事的伍嫂聽到這一句，笑著說：「我倒聽說過，鄉下有些殷實人家成婚，會買幾斤麻糖發給親友。」

這一問才知道，像後世那種小紙盒包裝的喜糖，這時候還沒有呢。月牙兒思索片刻，立刻將帳房先生和魯大妞叫來。

她囑咐帳房先生道：「你從帳上撥一筆錢出來，研究一下買製糖的作坊和賣糖的鋪子，新鋪子就叫做『杏糖齋』。」

余帳房應了一聲，往他的日帳上記了一筆。

聽見這話，魯大妞眼睛一亮。「東家終於決定開糖坊、開糖鋪了？這下好，咱們杏花記用的糖都能從自家買，不會便宜外人了。」

「妳怎麼忽然叫起我東家來了？」月牙兒有些不習慣。

魯大妞笑起來。「原來叫蕭姑娘，可現在東家都要成親了，再那樣叫就不合適了。」

從她這一聲「東家」起，沒幾天工夫，杏花館的眾人都改口稱呼月牙兒為「東家」。

起初月牙兒聽別人這樣叫還有些彆扭，後來就適應了。

將婚禮的大致輪廓定下來後，月牙兒便研究起喜宴和喜糖來。她一共做了兩種喜糖：粽子糖和龍鬚糖。後者杏花館的幾位師傅見識過，因為月牙兒之前拿龍鬚糖做過銀絲糖春捲，可粽子糖他們倒真的從沒聽說過。

等月牙兒將樣品做出來，魯大妞搶先拿了一粒，只見小小一顆三角糖，色若琥珀，晶瑩剔透，可瞧見裡邊的松子仁。難怪叫粽子糖呢，這糖的形狀活脫脫就是粽子縮小了許多倍，異常可愛，含一粒粽子糖在口裡，飴糖的甜蜜伴隨著玫瑰花的香氣縈繞在舌尖上。

這裡面還有玫瑰花？魯大妞又拿起一粒粽子糖，對著日光仔細瞧，果然裡面有細碎的乾玫瑰花。

她嘖嘖稱奇道：「這樣子的糖，作為鎮店招牌，是絕對可以的啊。」

「這糖還沒做好呢。」

「哪裡沒做好？這不挺好的嗎？」

「包裝還沒設計好。」

月牙兒在喜糖的包裝上下了很大的工夫，甚至親自去聯絡紙坊，約了薛令姜一起研製出喜糖包裝的紅色彩帶，最後的成品，是巴掌大的一盒喜糖，藍色的硬紙盒上以金色描繪杏花，而正中心貼了一張淡黃色的名牌，上面寫著「蕭」與「吳」兩字，意為兩家新婚。

喜糖成品一好，糖坊便開工了，月牙兒放下手頭的事，親自去盯著糖坊的生產線。

又要忙生意，又要籌備婚禮，這些時日，月牙兒跟陀螺一樣連軸轉，氣色都變差了。

最後連薛令姜都看不下去，押著她回房休息。「妳給我好好歇一歇，要是等到新婚那日，妳還是頂著一副黑眼圈出去，那成了多大的笑話？」

「可是我婚服、頭面、婚鞋，都還沒有定好呢。」月牙兒心虛的分辯道。

薛令姜將她按下去，沈著一張臉說：「有我們呢，妳急什麼？」

柳見青也端來熱好的牛乳，看著月牙兒喝下，嚇唬她說：「我警告妳，妳要是這樣醜醜的去當新娘，我才不認妳這個姊妹。」

還沒等月牙兒開口說話，薛令姜就拿出大姊的派頭來，一錘定音。「妳給我好好休息，離婚禮還有幾日，我和二妹保准將妳的婚事辦得漂漂亮亮的。」

她們兩人倒真說到做到，恨不得將月牙兒鎖在房裡，讓她好生休養。薛令姜甚至把絮因給推了出來，讓她寸步不離的守著月牙兒，絮因從來都是奉她的話為聖旨一般，當真寸步不離的看著月牙兒，算著時辰提醒月牙兒吃飯、睡覺。

月牙兒被逼得無奈，只好安靜下來。

人一旦靜下來，總有萬般思緒浮在心頭，當鴻雁飛過天際，月牙兒望著南歸之雁，難免會想起自己的親人，繼而想起馬氏。

她派人給馬氏送去請帖，心裡頭不免有些期盼，希望她可以來一趟。

自從馬氏另嫁他人，月牙兒和她的關係就一直淡若靜水一般。雖然說母女親情尚在，但是兩人的往來也僅僅局限於逢年過節時的問候和禮物，月牙兒不想讓馬氏在夫家為難，馬氏也很默契的，不來打擾她的生活。

自從杏花館的生意走向正軌之後，月牙兒便將從馬氏那裡借來的錢盡數還了回去，並且每月會給她送去一些分紅。可她自己卻再也沒有登門探望過馬氏，只是聽去送東西的人回來稟告，說一些馬氏的近況。

其實知道她過得不錯，月牙兒便心安了，就是偶爾看見別人家小孩吃炒米時，還是會思念起曾吃過的炒米……

送出請帖後就沒了下文，令她不由得輕嘆一口氣，什麼道理都是懂的，可偏偏心仍是期待著。

婚禮的前一日，是個陰雨天，狂風驟雨，啪啦砸在屋簷，一片響。

伴著雨聲，月牙兒漫無目的地在紙上寫寫畫畫，自己也不知道自己在畫些什麼，等她回過神來，才發現紙上很朦朧的勾勒出從前蕭家的那株梧桐樹。
她靜默一會兒，往樹下添上了一男一女和一個小女孩。
就在她望著那畫出神的時候，聽見外頭有人敲門，守在門口的絮因推開門，是伍嫂。
伍嫂臉上帶著笑意。「東家，妳看是誰來了？」
月牙兒猛一下站了起來，不小心磕到尖尖桌角，疼得她差點落淚。
立在簷下收傘的，是馬氏。

相逢不語，一樹海棠聽秋雨。
馬氏身旁的秋海棠花開正妍，同她的衣裳是一個顏色。
月牙兒迎出門外，心中千言萬語，到頭來只說了一句話。「來了。」
馬氏見了她也有些局促，腳步一停，立在屋簷下。「我……給妳帶了些東西。」
小丫鬟葉子將懷抱的木盒輕輕擱在桌上，終於鬆了一口氣，因為這木盒著實有些分量。
聽見動靜，薛令姜與柳見青也推門出來，和馬氏互相見禮。
月牙兒引薦道：「這是我結拜的姊妹，這是大姊姊薛令姜，這是二姊姊柳見青，她們都很照顧我。」
馬氏低垂著眼眸，不斷說「好」。
伍嫂捧著托盤來，將杏仁露、茉莉花茶等茶湯放在桌上，六斤也抱了兩個梅花盒過來，一個裡邊裝著各色蜜餞、甜點、小食，另一個則是時鮮瓜果，幾人圍坐，屋裡一時很熱鬧。

馬氏雙手放在膝上，向薛令姜和柳見青說：「實在謝謝妳們，能夠照看著月牙兒。」

「快別這麼說，互相照顧罷了。」薛令姜將杏仁露推至馬氏面前。「這麼大的雨，吃些熱茶，暖暖身子吧。」

馬氏應了一聲，吃了口茶，側眸望著月牙兒。「我——給妳打了套頭面。」

她起身揭開盒蓋，金頂簪、牡丹挑心、銀蟲草……足足有十八件首飾，皆是時下流行的樣式。

「還能看吧？」馬氏語氣忐忑。

柳見青拿起那牡丹挑心往月牙兒身上比劃，笑說：「何止能看，簡直不能更好了。快，月牙兒，妳回屋換婚服去，正好試一試大姊給妳做的大紅通繡織金雲肩喜袍，還有我給妳做的繡花婚鞋。」

薛令姜也說：「也該試一試，我們看看哪裡不好，再幫妳改一改。」

伍嫂和六斤臉帶笑意，跟月牙兒回房替她梳妝打扮。

直到房門關上，馬氏才收回目光，轉過身來。

她向薛令姜與柳見青道：「我……著實虧欠了這個孩子不少，所幸有妳們在，如今月牙兒也要成婚了，總算不孤單了。」

馬氏低垂著眼眸，用手在眼上抹了抹。

薛令姜握一握她的手。「大喜的日子，不說這些。」

「就是，以後的日子會越來越好的。」柳見青也勸道：「月牙兒可有本事了，妳只管放寬了心。」

三人閒話家常，雨聲漸小的時候，聽見木門響了一聲，六斤笑著說：「仙女來嘍。」

月牙兒頭一回梳狄髻，滿頭珠翠，珍珠挑牌垂至雲肩，走動的時候叮噹作響，上著大紅纏枝蓮雲肩圓領袍，下穿綠織金葡萄紋馬面裙，端得是一身富貴。

她有些局促，連走動都小心起來。「這……頭面好沈啊，會不會太富貴了？」

薛令姜起身，仔細打量她一番，笑說：「冠婚安八品，合該這樣，這一身極好看。」

柳見青笑起來。「月牙兒還要多吃些，要是再清瘦些，怕就撐不起這身婚服了。」

「哪有。」月牙兒嘟囔著，望向馬氏，卻是一愣。

她分明瞧見了馬氏含淚的雙眼。

「娘，怎麼了？」

馬氏別過身，哽咽道：「好看，娘的月牙兒，怎麼穿都好看。要是妳爹能親眼瞧見，該有多高興啊！」

月牙兒也紅了眼眶，投到她懷裡，像個受委屈的孩子。「娘。」

悲從中來，母女兩人互相依偎著，痛痛快快哭了一場。

好一會兒，眾人才勸住了。

伍嫂打了盆水來讓她們洗臉，見天色晚了，她問馬氏。「這麼晚了，我給娘子叫頂轎子吧？」

「不用，」馬氏擦了擦臉。「我今日住這裡，行嗎？」她望著月牙兒，小心翼翼的問。哪有不答應的。

月牙兒很久沒和娘親一起睡了，翻來覆去的有些睡不著，馬氏一手輕輕拍著她的背，像哄孩子。「睡不著？」

月牙兒徑直坐起來，手裡抱著枕頭。「我是不是吵著您了？要不，我出去吧？」

「哪有。」馬氏見狀，索性點燃一盞燈。「娘也睡不著，不然我們說說話。」

月牙兒點點頭，望向窗外。「今天一日都在下雨，不知道明天是不是也一樣。」

「不會的。」馬氏笑盈盈道：「我的月牙兒這麼好，就是下雨，老天爺也會叫他放晴的。」

母女倆說了半宿的話，不知何時，才睡去。

等到第二日天明，柳見青將門敲得響。「快起來，別耽誤了。」

月牙兒打了個哈欠，睜開眼，見到陽光透過縫隙灑在床前。

當真出太陽了。

滿滿一屋子人都圍著月牙兒轉，一個婦人先道了聲喜，而後用一根棉線替月牙兒開臉，她的手藝又快又好，只有一點點疼。

而後又走過來一個慈祥的老婦人來替月牙兒梳頭，伍嫂笑著說，這老婦人如今已有五十歲，身體健朗，兒女雙全，爹娘、公婆健在，是一個全福人。由她幫忙梳頭，一定能給月牙兒帶來喜氣。

「新娘子這頭髮真好，我給那麼多人梳過頭，也沒見過比這更漂亮的頭髮。」

梳過頭髮，戴上頭面，月牙兒正梳妝呢，聽聞一陣鞭炮聲，緊接著院裡喧譁起來，原來是新郎迎親的隊伍到了。

喊得最響的，一聽就是雷慶。「新娘子，催出來！」

柳見青攔在大門口，笑說：「都是讀書人，那就請新郎官做首催妝詩來聽聽，唸得不好，別想過我這關。」

吳勉沈吟片刻，一氣呵成道：「十步笙歌響碧霄，嚴妝無力夜迢迢。羞將雙黛憑人試，留與張郎見後描。」

「好！」

「新娘子快出來！」

簾外萬般熱鬧，鏡前的月牙兒也笑起來，馬氏拿過紅蓋頭替她蓋上。「去吧。」

日光和煦，透過大紅蓋頭，很溫暖。月牙兒被眾人攙扶著出了家門，坐上花轎，鑼鼓聲響，花轎行過的路皆鋪著紅氈，真可謂是「十里紅妝」。

這次婚宴，月牙兒和吳勉下了許多張請帖，不下請帖不知道，這幾年他們結識的人原來有這麼多，例如吳勉在書院的同窗師友，就能將一整個西小院坐得滿滿當當；而和月牙兒生意上有來往的，更是許許多多，將整個杏園都坐滿，不得已，只能在庭院裡也擺上席位，幸虧今日天公作美，所以在庭院裡坐也挺舒適的。

杏園裡處處掛著紅綢彩勝，喜氣洋洋，薛令姜一大早就到杏園幫忙招待賓客，新人來歸，先扶至蘆帳。

儐相的嗓音洪亮，一聲「拜堂」很透亮的傳遍了正廳，拜堂之後，將新娘子送入閤中。已是黃昏，到了賓客最期盼的時辰——婚宴。賓客入席，餐食流水一般送來，大大小小，一共有十二道，沒有一道是不好吃的。

為了今日的婚宴，杏花館停工了一日，將所有做事的人調過來幫忙，這樣堪比流水席的婚宴，著實有些考驗人，若伍嫂沒有昔日在鄉間辦婚宴的經驗，還真不一定能將方方面面都顧慮周全。除卻豐盛的婚宴菜之外，另備有各色甜點、小吃、茶酒，都是杏花館的招牌菜，得提前好些天就開始準備。

吃完席，每人還有一份喜糖。那喜糖盒子極為好看，好些人不捨得吃，想要帶回去給家人瞧。

送完賓客，吳勉終於鬆了口氣。

天曉得他方才被灌了多少酒，幸虧今日的酒並不很醉人，但也喝得他有些飄飄然。

站在房門外，吳勉只覺一顆心怦怦跳，他站了一會兒，才推開門。

月牙兒戴著紅羅蓋頭，正坐在百子帳裡。

吳勉伸手去揭大紅蓋頭，指尖微顫，大紅蓋頭掀起的那一剎那，他只看了月牙兒一眼，忽然低下頭對著百子帳。

「你為什麼不敢看我？」月牙兒的聲音含著笑意。

「我……真的不是在夢裡嗎？」

「不是，你抬起頭來。」

「我上回看了妳，夢就醒了。」

「那你把手給我。」

吳勉不敢抬眸，只是將手伸出去。

月牙兒執起他的手，輕輕咬了一下。「你看，不是夢。」

紅燭高照，指尖的觸感溫熱而柔軟，吳勉只覺心顫了一下，他緩緩抬眸，目不轉睛地望著她，一句話也說不出。

月牙兒笑盈盈的任他看，繡鞋輕輕踢了他一下。「合巹酒還沒喝呢。」

吳勉便將案上的合巹酒拿過來，一人拿一盞。

他吃了半盞酒，依著禮數和月牙兒換了盞，吃下她的半盞殘酒。

酒入喉，清冽酸甜。

「是梅子酒。」

「對，是用青梅釀的酒。甜不甜？」
「甜。」
月牙兒看著他，側了側頭道：「幫我把頭面拆下來。」
吳勉便挨著床邊坐下，將她髻上的珠釵一樣一樣拿下來，狄髻一解，青絲紛紛擾擾披在月牙兒肩上，有幾縷髮絲拂過他的面，微微有些癢。
月牙兒順勢往後一倒，躺在他懷裡，低低笑起來。「喂，你到底會不會啊？」
吳勉沒說話，緊緊摟住她，捉住她的手，十指相扣，纏繞在一起。
這種事，誰不會呢？
一室紅燭，半窗明月。
夜色正好，不時有兩、三朵雲纏繞著明月，忽進忽退，直到雲勢洶湧，將明月完完全全籠罩住，夜空忽然寂靜下來。
秋風輕拂，花好月圓夜。
新婚的時候，感覺一切都是新鮮的，像才學會走路的孩子，用好奇的目光看花園裡的風景。
月牙兒對鏡梳妝的時候，吳勉兩隻手圈住她，問：「這是眉筆嗎？」
「不是。」月牙兒笑起來，推搡他。「你吹氣吹得我好癢，往旁邊些。」

吳勉乖乖的搬了一個坐墩在鏡檯邊坐，見月牙兒三兩下就收拾好了，疑惑道：「妳還沒畫眉吧？」

月牙兒將妝奩合上，說：「我天生一對柳葉眉，不畫自黑，何必多費事？」她正放下妝奩呢，回身見著吳勉神態有些委屈，便把手搭在他肩膀上。「怎麼啦？」

「我——原本想幫妳畫眉來著。」

月牙兒噗哧笑出聲，又將妝奩打開。「你早說呀，來來，眉筆在這兒，我看你畫成什麼樣。」

那眉筆很新，一看就沒怎麼用過，吳勉接過來，在手裡翻來覆去看了一會兒，才拿起眉筆對著月牙兒。

吳勉替她畫眉，卻見月牙兒一雙笑盈盈的眼睛正對著他，不覺耳尖發燙。「妳把眼睛閉上吧。」

「為什麼？」

「妳這樣看著我，我——旁的什麼事都不想做了。」

「毛病真多。」

月牙兒嬌嗔著，聽話閉上了眼。

好一會兒，她才說：「好了沒有？」

「還沒。」

「快些呀，等會兒還要給爹敬茶的。」

「嗯。」

又一會兒，吳勉忽然起身。「我幫妳再打盆洗臉水來。」

月牙兒睜開眼看，只見鏡裡的自己頂著一對黑黑的大粗眉，又氣又好笑，正想說他，只見吳勉已經快步溜了出去。

沒法子，只得再洗一回臉。

洗淨臉，月牙兒施了一層淡淡的鴨蛋粉，用了些口脂，便同吳勉匆匆忙忙往正廳去。

吳伯已在正廳坐著了，見了他們倆，臉上便泛起笑意。「怎麼不多睡一會兒？」

「原本該更早來請安的。」吳勉紅著臉說，從小婢手裡接過一盞茶，轉交給月牙兒。

月牙兒再奉茶與吳伯。「爹，請用茶。」

吳伯接過，喝了一口，笑說：「好啦，這些虛禮算是完了，我們一家人，不用講那麼多禮數。」

月牙兒坐在交椅上，附和道：「此話極是，一家人彼此和睦就好，何苦定那麼多條條框框，爹在桑梓居歇息得怎樣？若是有哪裡不喜歡，一定告訴我。」

「都好都好。」吳伯看了看門外，輕聲道：「就一樣，我自己能照顧自己，何必專門雇個人來照顧我？」

月牙兒看向吳勉，吳勉道：「爹，仲叔有什麼做得不好的地方嗎？」

「那倒沒有，」吳伯搖頭道：「他做事俐落，也會說話。」

「這便是了。兒子如今是秀才，日後說不定會有功名在身，不能時時在爹身邊侍奉，月牙兒也有自己的事要忙，怕不能方方面面都顧到，所以我們倆才決定請一個人來照顧您，這也是應當。」吳勉耐心解釋道：「何況，如今宅子大了，也得有人來打理，除了仲叔，我們還請了一個管家和兩個小丫鬟，等會兒也會來跟爹請安，現在有人料理瑣事，爹也可以享福了，您從前不是念著想要栽些果樹、葡萄藤嗎？如今有空閒、家裡又有地方，豈不正好？」

他握一握月牙兒的手。「是月牙兒想得周到，我這個做兒子的，倒沒她細心。」

吳伯連連點頭。「明白，我知道你們的用意，你們都孝順。」

到了用早膳的時辰，月牙兒親自下廚，吳勉也挽起衣袖給她打下手，聽說公公愛吃麵，月牙兒特意做了一大碗重慶小麵，一家人一起用了早膳，便各自回房了。

新管家王媽和仲叔、新丫鬟等人按照時辰來到杏園，向月牙兒和吳勉分別道了萬福。

月牙兒將家裡的事一一安排下去，笑說：「我外頭的事多，家裡的人，就有勞你們些。」

王媽做事伶俐，她婚宴的時候就來幫忙了，因此比旁人更大方一些。「東家只管放心，我一定將家裡的瑣事安排得妥妥帖帖的。」

兩個小丫鬟一個叫香兒，一個叫杏兒，都附和著王媽表了忠心。

這幾人出去後，月牙兒便不再正襟危坐，轉身向一旁看書的吳勉道：「明日才出榜，趁今日有空閒，不然我們出去玩？」

「都行。」

兩人正商量著往哪裡去玩，便聽見王媽過來。「東家，薛娘子、柳娘子以及伍嫂一起過來了。」

月牙兒歉意的望了吳勉一眼。「我先去看看，若有時間，咱們再出去玩。」

「去吧。」吳勉笑一笑，說。

第十七章

才到正廳，月牙兒便聽見柳見青揶揄的聲音響起。

「我們的新娘子過來了。」柳見青上前挽著月牙兒的手臂，悄聲問：「怎麼樣？」

月牙兒瞪她一眼。「都好。」

眾人說笑了一陣，一個一個向月牙兒回事。

伍嫂向月牙兒道：「東家算得果然不錯，昨日婚宴一過，今天早上杏糖齋就排起了長隊，糖坊做出的第一批龍鬚糖和粽子糖都被人給訂光了，還有幾個大戶人家特意使人來問，想要訂製昨日那樣式的喜糖，魯大妞今日忙得脫不開身，託我來問問該如何給人家回話。」

「自然是可以的。」月牙兒說：「就回他們說，能做，但價錢會比散賣糖要貴些。具體的，妳叫魯大妞擬定一個章程，送來給我過目。」

伍嫂笑道：「知道的，這丫頭特意請了一個會認字、會寫字的人，專門幫她寫章程。」

「妳不說我都快忘了。」月牙兒將她的日帳拿出來，提筆蘸墨，一邊寫、一邊說：「如今生意既然越做越大，我抽空也要請個先生教一教妳們識字、寫字才好。」

「這……我都這把年紀了還要學寫字嗎？讓魯大妞她們學，倒是不錯。」

「又不是讓妳們去考功名，會寫些常用字也就足夠了，日後說不定還需要妳們寫信給我，請人代筆寫信，總歸是不方便的。」

聽了這句話，薛令姜放下茶盞，蹙著眉問：「好端端的為何需要寫信？妳日後是要離開這裡嗎？」

柳見青把臉一沈，道：「就算勉哥兒日後高中做了官，難道妳就要跟著他在後宅做一個官夫人？我認識的蕭月才不會這樣，是他逼妳的？」

「不是，妳們想到哪裡去了？」月牙兒哭笑不得，解釋道：「他有他的事業，我也有我的事業，就算成婚了，我的志向也不會改，妳們只管放心。就是為了我的志向，我才不能將自己局限於此地，放眼四海，何處無商機？」

月牙兒安撫了她們一番，柳見青這才鬆了口氣。「嚇死我了，我還以為妳吃下了迷魂湯呢。妳說得也對，想做大商人，就得往外頭轉一轉，這也不奇怪。」

薛令姜微微頷首。「這樣一說，日後妳怕是不能時時刻刻待在勉哥兒身邊了。妳還是尋個時機，先好好同他說一說，提前讓他有個心理準備才好。」

「沒事，之前就說過了，他說我想做什麼就做什麼，不必顧及他。」月牙兒笑道。

「婚前說的和婚後說的，未必是同一套說辭。」柳見青潑冷水道：「我心裡自然是盼著你們好的，可有些事不是不說，就能當不存在的。」

這一番提醒，月牙兒臉上的笑意也淡了。

薛令姜覺得柳見青說得太過了，瞋了她一眼，將話題岔開。「好啦，還是說正事。杏花船宴近來一向都好，倒是許多來客在問咱們的餐帕、和那個作為獎品的繡花小手提包可不可以買，問的人多了，我心裡便想，若是再開一家繡品店不知道可不可行？」

月牙兒回過神來，想了想，說：「這主意還真行，妳本來就擅長刺繡，若是能有一間自己的繡品店，一定能夠發揮所長。只是妳如今顧得過來嗎？畢竟還有杏花船宴要操持。」

薛令姜淺淺一笑。「我倒還真想試試，原來開始接管杏花船宴的時候，萬般擔憂，唯恐自己哪裡做不好，那時候是真累，可竟然也很開心，真真是奇了。現如今杏花船宴走上了正軌，不需要時時刻刻盯著了，我倒覺著閒下來有些不習慣。」

「這樣真好。」月牙兒向她道：「這樣吧，妳可以叫人先去打聽打聽如今市場上的行情，真想開繡品店，首先要了解清楚同類的店一般都賣什麼、賣給誰、賣得怎麼樣？咱們如果要開，不必只局限於賣繡花手帕、繡花屏風之類的東西，看還有沒有什麼其他東西可以做，等妳有了初步的想法之後，也寫一份方案給我，我再看看有哪裡可以幫妳完善的。」

她將這事也記在自己的日帳上，回頭看向柳見青，笑了。「妳呢？妳有什麼事情要回我的？」

「我？倒沒什麼事，柳氏排骨店一向經營得很好，我也沒什麼新方案要說的，就是跟著她們兩個來湊湊熱鬧。」柳見青端起茶盞。「怎麼，沒事不能到妳這兒來嗎？」

「這丫頭一張嘴就是不肯饒人。」薛令姜向月牙兒笑道：「昨日妳出嫁的時候，不知是誰還落淚了呢？」

「哪有？」柳見青嚷嚷道，眾人一起笑起來。

姊妹們閒坐一處說說笑笑，又各自將手頭的事情理了理，不一會兒便到了中午用飯的時辰，眾人便移坐餐廳用餐。

杏園的正廳一共有三間房，除了正間用作待客外，左邊的那一間，月牙兒將它用為餐廳，裡面擺了一張大圓桌，怕平日吃飯悶得慌，她便特意在餐廳多開了幾扇窗，日光為屋外的竹林所剪裁，照在窗紙上，倒真像一幅畫。

吳伯與吳勉也過來，圍著一處坐。

月牙兒指著一盤點心說：「這是我新做的車輪餅，你們嚐嚐。」

柳見青本不想吃的，但見那車輪餅形如車輪，色澤金黃，一看就很酥脆，不由得拿起一個，咬了一口。

是甜餡的。

車輪餅酥皮一圈一圈的，黏唇即碎，咀嚼起來嘎吱響，特別香甜。

眾人一人吃一個，盤子就空了。

伍嫂笑說：「如今可以正兒八經喊一聲姑爺了。」

一旁的薛令姜說：「說不定再過兩日又要改口，稱呼一聲老爺了。」

這時候的規矩，只有中了舉人，才能真正意義上的被人稱呼一聲老爺。

吳伯聽了，笑說：「借妳吉言了。」

「是後日放榜吧？」薛令姜又問。

「是。」月牙兒道：「我正預備著後日一大早就去看榜呢。」

「這倒不用。」薛令姜解釋說：「鄉試放榜，不比之前的童試榜，那可有許多人盯著呢，哪裡需要妳親自在榜前守著看？自然會有想討賞錢的人早早得了消息奔來通知的。」

伍嫂插嘴道：「這倒是真的，我聽說放榜前一日，會有人買通裡面的書辦提前拿到考中的舉人名錄，天一亮就會奔去報喜拿賞錢，這些人就叫做『報錄人』，勸東家還是多備一些喜錢，到時候好發給這些報錄人。」

原來還有這麼一種生意，月牙兒這才曉得，不禁感嘆道，這真真是無利不起早呀。

很快來到放榜當日，月牙兒才醒來不久，就聽到外頭有碰碰碰的敲門聲，她連忙推著吳勉去換衣裳，兩人才走到正廳，只聽見幾聲銅鑼響，好幾個人手裡拿著一張大紙，滿臉喜氣的奔進來。

王媽領著那些人往正廳走，見到月牙兒夫婦二人，方要開口說話，身後抬著木牌的人七嘴八舌嚷嚷開了。

「捷報，貴府相公高中第一名解元！」

「恭喜高中了！」

吳勉下意識握緊了月牙兒的手，月牙兒笑著拍一拍他的手背。「恭喜老爺。」

報錄人將手中的大紙放在正廳裡，只見上面也寫著「捷報，貴府相公高中第一名解元，報人某某、某某……」這模樣，倒跟一張獎狀差不多。

月牙兒忙發了喜錢，報錄人拿了紅包，自然也是喜氣洋洋，一面拜謝、一面提醒道：「小人也帶了一桶漿糊，要不要我們替老爺和夫人將這報帖貼在牆上？」

原來這還真是做獎狀用的，月牙兒笑起來，目光在正廳內掃了一圈，將東牆上的字畫取了下來。「就貼在這面牆上吧。」

吳勉拉一拉她的衣角，小聲說：「這倒不必了。」

「為什麼不要？我就是要所有來咱們家的人都好好瞧瞧，我夫君是多麼有才氣。」

望著月牙兒一張笑盈盈的臉，吳勉哪裡說得出一個「不」字？只得隨她去了。

第一輪來報喜的報錄人還沒走呢，門外又停了兩、三匹馬，也是兩、三個人手裡拿著報帖衝進門，嘴裡連聲「恭喜恭喜」的，好不熱鬧。可見了前頭的報錄人，後頭的那幾位臉上的喜氣就淡了些，笑罵道：「好你個小子，昨天還跟我說你要去第二名、第三名家報喜呢，今天一早倒是衝到這兒來了。」

前面那個報錄人也不惱，笑盈盈的說：「這家夫人可是杏花館的東家，報喜錢絕對不會比其他的少。」

他倆正小聲咕噥著，月牙兒身邊的王媽就又拿了一盤紅包出來，請報錄人收著。皆大歡喜。

於是一上午的工夫，杏園東院正廳的東牆上就糊了三張報帖。

勉哥兒中了舉人，對月牙兒的影響還是很大的。

第一條是商稅，從前杏花館少不了要交許多商稅給官府，而如今因為月牙兒的夫君成了舉人，杏花館名下的所有產業便自然而然地不必交商稅，粗略算下來，也是省下一筆不小的開支了。

第二件是旁人對月牙兒的態度，如今除了杏花館的人叫她東家之外，其他所有人見了她則是尊敬的叫一聲夫人。

第三件是莫名其妙多了許多親戚、朋友和錢。有和吳家同出一鄉的殷實人家親自上門，說是要把自家的田地、莊園、家僕通通記在勉哥兒名下，願意按照年歲給勉哥兒分紅。月牙兒起先還嚇了一跳，心想這些人怎麼平白無故的上門送錢送地送糧，這打的是什麼算盤？後來問過薛令姜才知道，這也是常規的操作了，因為舉人名下所有的產業都可以免交稅款，只要同一宗族出了一個舉人，那麼同宗族的其他人就恨不得將自己的財產全記在這人名下，以躲避稅款。

除此之外，還有兩、三家錢莊派人親自上門拜訪，言詞語氣可比月牙兒從前去他們家借款的時候要尊敬得多。

「老爺如今新中舉，夫人的杏花館也要擴張，想來一定需要用錢，若府上需要用錢，只管下個帖子來，咱們一定挑了新銀規規整整的給您送過來，利息保准比其他人要低上六成。」

除了銀錢、地契、莊園，還有直接往府裡送家僕的，說是給老爺和夫人隨意使喚。更有一些破落戶，一家人都來投奔，自願為奴為婢，只願得到庇蔭。

林林總總，令月牙兒嘆為觀止。

月牙兒和吳勉同師友商量一番之後，謹慎的接受了一些好意。沒十來天的工夫，月牙兒叫帳房先生一算帳，發現府中名下的財產少說竟然有千兩銀子。

她拿了帳本去給吳勉瞧。「我從來沒有想過，原來升官發財竟然是這麼個意思？怪不得這些人削尖了腦袋要去考科舉呢！帳目我都幫你算好了，都在這裡，你收著吧。」

吳勉放下手裡的書卷，仰起臉望她。「自然是夫人收著。」

「我收著？」

吳勉笑起來。「我身家性命都是妳的，更不用說這些。」

月牙兒眉眼彎彎。「好吧，反正咱們夫妻一體，一榮俱榮、一辱俱辱，你放心，這些錢我會好好利用的。」

她將帳本攤開，就著燈，一項一項講給他聽。月牙兒的記帳方式和此時常用的帳本有些不同，吳勉乍一看還有些不習慣，可聽她柔聲細語的講解，也漸漸懂了。

他不由得讚嘆道：「這記帳的方法極好，清楚得很，我的月牙兒真聰明。」

「那是，你很有眼光。」月牙兒笑盈盈地望著他。

燈下看美人，只見她杏臉紅嬌、桃腮粉淺，吳勉眉心微動，拉她入懷。

月牙兒坐在他懷裡，把手環繞在他脖子上。

夫婦靜靜地依偎在一起，燈火可親。

好一會兒，吳勉才悶悶的說：「明日，我就得啟程往京城去準備明年的春闈了。」他抬眸，如星般的眼眸裡只有她。「可我……不想和妳分開。」

月牙兒輕聲笑起來。「誰說我們要分開了？」

「可妳還有杏花館的事要忙，我總不能為了我自己，讓妳停下腳步。」吳勉發愁道：「我現在才算懂了，什麼叫『相見時難別亦難』，月牙兒，我還沒離開，就已經開始思念妳了。」

他停了停，又說：「幸虧大姊姊、二姊姊都搬來了，妳也不會孤單。」

月牙兒看他這模樣，嘴角含笑，用小指頭勾著他的頭髮。「那你要多想我一點才可以。」

她用鼻尖親暱地蹭一蹭他，輕輕咬住他的唇。

吳勉閉上雙眼，喉結微動，仍是一張冷清的臉，氣息卻一點一點灼熱起來。

一盞燈，照見人影成雙，獸首香爐散著縷縷白煙，是鵝梨帳中香，很清麗。有風兒拂過庭前落葉，一片颯颯之聲。

月牙兒累了，昏昏沈沈睡過去。

燈火已殘，藉著飄搖的燭光，吳勉凝眸看著懷裡的玉人兒，遲遲不捨得移開目光。

更漏聲長，催人遠行。怕打擾月牙兒的好夢，吳勉動作很輕柔地掀開簾子，披衣下榻。

今日，有朦朧的煙雨，吳勉整好行裝後獨自出門，先往唐可鏤府上拜別，他一直記得唐先生的恩情。

唐可鏤勉勵道：「青出於藍而勝於藍，你只管放手去考。」

「學生知道。」

唐可鏤點點頭，將一張信箋遞給吳勉。「這是我那至交好友段翰林家的地址，我已經給他去了書信一封，你抵達京師後，可以去拜訪他。」

吳勉收下之後，唐可鏤又問：「你在京城可有住處？」

「還沒有安排，」吳勉搖搖頭。「住旅舍即可。」

唐可鏤看了看他放在庭中的行囊。「月牙兒不跟你一道去？」

「她自有她的事要忙，我不在的這些日子，還望先生多多照顧。」

「你放心，月牙兒的性子，會把日子過好的。」

拜別唐可鏤後，吳勉往桃葉渡去。

自金陵至京城可走陸路，也可走水路，但以車馬為行難免奔波，不利於看書，所以月牙兒也勸吳勉乘船去，她的話，吳勉哪有不聽的？更何況月牙兒已經為他聯繫好一艘船。

煙雨朦朧裡的渡口，總是顯得離情依依。

吳勉望見送別的行人，不禁想起月牙兒，若她來送，他怕是不捨得走。

「老爺，船來了。」書僮提醒道。

吳勉輕輕一聲嘆息，往渡口去，等他看清了船頭立著的人，卻是一愣。

月牙兒一身大紅飛魚窄袖衫，手扶船舷，雲鬢被江風吹得微微有些散亂。

楚天遼闊裡，她朝他燦爛一笑。「這位少年，你要搭我杏花館的順風船嗎？」

去京城這事，月牙兒早就寫在了自己的藍圖上。

早在幾個月前，月牙兒就已經派魯伯去了京城一趟，安排了一處住宅和一處合適的鋪子，作為杏花館在京城的創始店。

就算吳勉這回不需要進京趕考，月牙兒還是會去京城的。既然想要做一番大事業，對於一國之首都京城，自然不可忽略其中的商機無限，若能在天子腳下立足，對於杏花館的未來一定大有裨益。

大約半個月前，魯伯來了一封書信，說他在京城已物色好一處店鋪，其餘的瑣事也辦得七七八八了，請月牙兒赴京主持大局。

一收到這封信，月牙兒便立即著手安排在金陵這邊杏花館的各項事宜。

她既然要離開，那此處就得有一個能總攬大局的人，思前想後，薛令姜來主事還是最適合，一是因為薛令姜在杏花館持有的股分占比已經很高了，二是她實在展現出了管理的才幹，相比之下，柳見青雖然加入的時間早，也很有才幹，但玩心重，一有空閒便喜歡四處遊玩。

知道月牙兒要上京的事，魯大妞特地來求她，請她將自己也帶上。

「我從小就想去京城，若能跟著東家去一回，也算是圓了我的一個夢；再說了，東家上京開店，一定需要一些得力的人手，不是我自誇，我替東家辦事一定不會有差錯的。」

月牙兒想了想，她說的也有理，只有一件事。「那這邊的糖鋪和點心鋪該怎麼辦呢？」

「那沒問題，我替東家舉薦一個人，六斤。」

月牙兒有些出乎意料。「六斤？我倒是知道她最近在妳的鋪子裡做事，她做得很好嗎？」

「還不錯呢。」魯大妞解釋道：「那一回東家要做的喜糖盒子，紙坊那邊遲遲不肯交貨，六斤這丫頭是另尋了一處紙坊，這才解決了事。」

還有這事？月牙兒還真不曉得，是知道六斤做事手腳很麻利，但不愛說話，沒想到也挺伶俐的，既然如此，索性讓她試一試。

解決了金陵的事，另一個迫在眉睫的問題，在於京城的店鋪要賣什麼？

說實在的，倘若月牙兒在京城也開一家小吃店，想要從金陵調師傅過去，著實是一件難事，這時候安土重遷的觀念很強烈，說動人遠行本就耗費工夫，而杏花館也變不出更多廚子來，若調了一個去京城，那這邊一定會少一個。若是在京城招廚子，那更加麻煩，月牙兒曾吃過虧，如今總有一種寧缺毋濫的心態。做事的夥計好尋，可合心意的廚子卻難找。

了。

在京城的第一家店，務必要求穩，就是不出眾也沒什麼，但萬萬不可把自己的口碑搞壞了。

反覆思考後，月牙兒決定在京城的第一家店還是以賣糖為主，當下命自家的糖坊趕製了一批糖出來。她自己有糖坊，能夠保障貨源，而且糖這種東西較能久放，口感不會有太大變化。

為了這一次遠行，月牙兒特地租了一條船，船行老闆同她已經很熟了，因為自從杏花船宴出名之後，來他家訂畫舫的人多了不少，因此對待月牙兒也是格外的客氣，給的租金也是最優惠的價。

因為時間緊迫，加上這一連串的事情讓月牙兒忙得焦頭爛額，她也記不清自己到底有沒有和吳勉說過她也要上京的事，直到瞧見吳勉發愁的模樣，她覺得可愛，於是便存心逗一逗他。

果然，在渡口邊吳勉見了她，欣喜溢於言表。

「妳要陪我一起進京？」

「剛好順路而已，你不要太自作多情。」月牙兒笑著執起他的手。「趁現在還沒有開船，你同我一起去拜見鄭公吧。」

月牙兒要遠行，自然也要同靠山打個招呼。

鄭次愈手底下記錄輿情的人，日日都在杏花館相關產業的店裡吃茶，其中一個幹事聽月牙兒說了她預備上京之後，笑了。「這麼巧，我們鄭公正好也要回京述職。」

月牙兒眼睛一亮，當即做了幾樣時令小點送到鄭次愈府上，想要蹭一蹭他的船隊。

畢竟運河雖大也寬，可來往船隻那麼多，難免會在一些繁忙的水域遇到擁堵的情況，這時最優先的，一定是官府的船，無論是漕糧或者是官員船隻，其他普通的民船遇上了，只有在一旁等候的分。

要是有幸能夠跟在鄭次愈回京的船隊後頭，那相當於是趕上了一輛「特快車」，說不定沒到十一月就能夠抵達京城。

謝天謝地，鄭次愈同意了！

既然要跟在人家船隊後頭走，那麼理當去拜訪一下，他見不見是一回事，他們有沒有去又是另一回事。

月牙兒和吳勉呈上名帖後，等了一會兒，才有人出來通傳，允他們上船請安。

鄭次愈的船是官船，船艙極為闊氣，裡面的裝飾皆是京樣，同江南的船隻有所不同。

吳勉和月牙兒夫妻兩人在一間小廳等了一會兒，等前一位說話的人離開，才有人請他們往裡間去。

鄭次愈穿著蟒袍，端坐書案後，樣子有些疲倦。

月牙兒向他深深道了個萬福，吳勉也行了禮。

鄭次愈打量了一番吳勉，向月牙兒頷首道：「妳尋的夫婿不錯，考了今科的解元。」

「僥倖而已。」

「才幹這事，假的真不了，真的假不了。」

鄭次愈舉起茶盞喝了一口，說：「也快到開船的時候了，你們下去歇著吧。」

回到自家船上不久，舷窗外的景致緩緩移動，啟航了。

月牙兒立刻將鬢上珠釵頭面取下來，將頭髮散開，向吳勉抱怨道：「這些頭飾好看是好看，但未免太重了些。」

她一面說，一面用桃木簪子鬆鬆綰了個寶髻，問：「好看嗎？」

吳勉正研墨，抬頭看她。「好看。」

月牙兒笑說：「我看，我戴什麼你都說好看。」

「本來就是啊。」

一路上，小夫妻兩個有說有笑，雖然大多時候是月牙兒說、吳勉聽，但很悠閒，倒像補過了一個蜜月似的。

時日好像也過得格外的快，等船抵直沽，前邊鄭次愈的船自然是停了下來，瞧著應該有許多人來拜訪的模樣，月牙兒便乘機拉著吳勉下船去碼頭上尋好吃的。

直沽就是天津衛，乃是一個極為繁華的碼頭，不少商船都在此停靠，碼頭邊就有好幾條熱鬧的街市，光賣煎餅果子的攤販就有好幾家，月牙兒看了看，果斷選了顧客最多的那一家攤位。

擺攤的是一對夫婦，婦人收錢，丈夫攤餅。只見女人從木桶裡舀一勺麵糊倒在鐵鐺上，男人就用小竹刮子將麵糊攤圓，右手攤餅，左手拿一個雞蛋，磕出小縫後迅速攤在薄餅上，香氣飄散在江風裡，而後又加了油條在其中，摺疊起來，抹醬撒蔥花，便可以吃了。

月牙兒為了留肚子吃其他點心，特地叫店家把煎餅果子切成兩半，一半給吳勉，一半自己吃。

「怎麼樣？」月牙兒見吳勉嚐了一口，迫不及待的問。

吳勉點點頭。「味道不錯。」

「還有許多好吃的呢，我帶你尋去。」

結果找了一大圈，只買了一袋子麻花，月牙兒這才意識到，是了，這時候還沒有狗不理包子。

回到船上，月牙兒拿了一根麻花吃，才咬一口，眉頭就皺起來。

吳勉見了，也拿起一根麻花咬了一口。「不好吃嗎？我覺得還行……」

月牙兒放下麻花，說：「這樣就還行？好吧。」

果然，沒有比較沒有傷害，後世的天津麻花，口感遠比現在的來得好。

沮喪了一秒，月牙兒又興奮起來，這麼一來，對於京城新店主打的產品，她心裡也有數了。

船上常見食材皆有，船行時光本沒事，月牙兒便整日泡在了廚房裡。

等到船抵通州的時候，月牙兒的麻花也研製出了眉目。

魯伯自從接到了月牙兒說要來的信，算了算她該抵達的時間，便提前幾日，天天在碼頭邊等。

此番終於等著了，忙迎上前來問候。「東家安好？姑爺安好？」

「一切都好。」月牙兒道：「有勞你久候。」

「沒有沒有，請換車馬吧。如今辰光還早，看天黑前應該能到宅子裡。」

魯大妞跟在後頭喊了一聲。「爹！」

魯伯看向她，口裡埋怨道：「一定是纏著東家讓妳來了。」但他的神情，分明是喜悅的。

眾人收拾好隨身行囊，改換車馬，船上的貨物以及其他東西便請專門運貨的人運過去。

說是車馬，實際上拉車的是騾子。月牙兒見了直笑，回頭看了看其他人家的車，這才發現拉車的確實多是騾子，只偶爾才有幾匹營養不良的馬。「看來這裡馬車還挺難弄到的。」

「那是，」魯伯回道：「馬這東西，本就矜貴，尋常人家不用牠拉車。」

騾車轆轆，搖搖晃晃的，月牙兒昨兒個在廚房忙了一夜，此時伏在吳勉膝上，不知怎的竟然睡著了。

直到吳勉搖醒她。「月牙兒，要過城門了。」

月牙兒迷迷糊糊起來，掀起簾子一瞧，瞧見了護城河。

京城到了。

深秋的京城，風景與江南大為不同。

已近黃昏，天色有些灰沈沈的，偶爾能夠聽見馴鴿的聲音，自半空裡低低飛過，不知落在誰家。

掀開車簾的時候，風一吹進來，很涼，令人感覺到秋意深濃。

過了城門再往裡瞧，只見家家戶戶、大街小巷都十分規整，橫平豎直的，像棋盤一樣，很容易分清東南西北。在這裡人們問路，手背在後頭的老大爺只會說往南走或往北走，指明一個具體的方向，不似在南邊，若是想要問一處的路，路人比劃半天，只會告訴你向前走到哪條街，向右拐再向裡去。

行過大明門，魯伯提醒道：「東家，咱們家的鋪子就在前邊，房子離這兒也不遠，妳可要看一眼？」

「在哪兒？指給我認認。」

騾車一停，吳勉先跳下來，伸手扶著月牙兒下了車。

只見這一帶是片棋盤街，店肆雲集，南北相對，十分熱鬧。

魯伯介紹說：「這一代離皇城近，街附近左右有許多府邸，因此人來人往，往來貴人也多，是塊做生意的風水寶地。我好不容易才在這裡尋到了一處店鋪，就在這兒，地方雖不大，但也夠用了。」

店鋪還未開張，深閉著門，魯伯開了鎖，將店鋪門板一塊一塊拆下來擺在旁邊，請月牙兒進去瞧。

走進去一看，發現這是一個成橫著的長方形的店面，上下有兩層樓，光線有些暗，因為窗戶不多、也小，再加上一直閉著門，氣味不是很好，好在打掃得很乾淨，幾張簡單的桌椅上沒有一點灰塵。

魯伯和魯大妞搬了幾張椅子，請月牙兒和吳勉坐。

「這個地方原本開的是一個雜貨鋪，生意不是很好，所以那個老闆就想要轉手這個鋪子，我跟他談了又談才把價砍了下來。」一提起這件事，魯伯有些憤憤不平的。「他大爺的，那個原店主瞧我是外地人，打聽清楚了我在此沒有根基之後，硬是把價提高許多。我當時就想跟他大吵一架，後來又想著不能給東家丟人，硬生生忍住了，好好跟他說，要不是姑爺考中舉人的消息傳了過來，他還真不一定肯鬆口。」

月牙兒點點頭，說：「你做得很好，俗話說強龍不壓地頭蛇，何況如今是在天子腳下，就是扔一塊石頭出去，說不定在街上還能砸中一個八品官呢。」

她一面說，一面望向吳勉，拉住他的手，說：「要不是有夫君給我撐腰，那可就難辦了。」

說得吳勉耳朵都發燙，輕咳一下，說：「我一定會好好用功的。」

眼見天色已到了上燈的時辰，月牙兒粗略看過店鋪的格局後，便打算先回家去。

才走到店門口呢，隔壁的店鋪裡走出來一個穿著體面的人，笑著和他們打招呼。他的目光不留痕跡的在眾人身上打量了一圈，最後對著吳勉說：「諸位一向好？您是這寶店的新主人吧？我是你們隔壁店鋪的掌櫃，姓羅，以後還請多多關照。」

他說話的語調和江南的吳儂軟語完全不同，平平仄仄，很有趣。

吳勉向他點頭致意，說：「彼此關照。這家店鋪的主人是我的妻子，姓蕭。」

羅掌櫃愣了一愣，笑道：「原來如此，倒是我弄錯了，失敬失敬。」

「沒什麼，」月牙兒向隔壁的店望了望。「閣下開的可是藥鋪？」

「正是如此。」羅掌櫃問：「不知蕭娘子打算開什麼店呢？」

「大概是賣一些點心糖之類的玩意兒，不是什麼貴重東西。」

寒暄了幾句，告別之後，月牙兒一行人上了騾車，徑直往家裡去。

羅掌櫃回到藥鋪裡，夥計、學徒都過來問：「怎麼樣？隔壁那家新店是要做什麼的？」

「賣糖、賣點心。」羅掌櫃在椅子上坐下，接過學徒遞過來的茶盞，吃了一口才說：

「這家店鋪的主人竟然是個女子，想來應該是她娘家給的陪嫁吧，看起來弄不成什麼氣候，咱們還是該幹麼幹麼去，同他們尋常往來就好。」

夜色濃厚，胡同裡也很暗，居民的家裡雖然點了燈，但也很昏暗，更沒有人在胡同口點燈。

月牙兒下了車，瞧見漆黑一片的胡同，不由得皺了皺眉。她在杏花巷住了那麼久，後來又搬到杏園去住，無論是哪個地方，夜裡街道上都是點著燈的，絕不會如此昏暗，這一下子倒頗有些不習慣。

「記住了，以後在家門前掛兩盞大燈籠，點著燭火，別弄得這樣烏漆抹黑的。」

魯伯應了一聲，前去拍門。

門一開，是一個皮膚微有些黝黑的中年男子。

「這是我請來幫忙照看房子的江叔，江嬸在裡面做飯呢？」

江叔忙向月牙兒、吳勉問安，說：「飯菜都做好了，只剩一道青菜還沒有炒。因為一直沒等著東家來，我家那口子就守在廚房裡，將菜溫在灶上，生怕冷了。夜裡涼，快進來吧。」

這是一處典型的四合院，一共有兩進，庭前有一株槐樹。漫步庭間的時候，藉著燈火可以瞧見青石板上的槐蕊，踩上去很柔軟。

一見他們進來，江嬸就將已經洗淨擇好的青菜下鍋翻炒，再一道一道菜的捧出來。裝菜的碗碟比起杏花館常用的款式要稍稍大些，就是青花碗碗口也要深一些，因此菜的分量格外足，只要五、六碗菜，就足夠月牙兒一行人一起坐下來吃飽。

江嬸和江叔很有夫妻樣，她垂著手，同月牙兒說：「聽說夫人的手藝是一絕，我這炒的菜，就請您將就著吃吧。」

「我覺得很好呀，不必過分自謙。就是米飯下回稍稍煮硬一些，我們喜歡吃有嚼勁的。」

「記著了。」

看月牙兒這樣客氣，江嬸這才放下心來。原本聽魯伯說她還是一個小姑娘就自己創下一份家業，還以為是個潑辣的性子，可能有些難相處。今日一看，卻是很溫柔的女子。

吃過飯，月牙兒和吳勉便去正房裡看，一共分了三間，正中擺著桌椅，東間是臥室，西間是書房。

因是深秋，江嬸怕他們才從江南過來感覺冷，硬是在屋裡點了炭火，滿屋子都暖洋洋的。

月牙兒走進臥室，撲在床上，在軟而厚的褥子上滾了滾。這被褥應該是新近曬過的，很整潔。

「這地方還不錯。」

她回頭向吳勉抱怨道：「坐了那麼久的船，後來又換成騾車，累都累死了。你說這車怎麼晃得這麼厲害？要不是我不暈車，說不定就晃吐了，不行，我之後得學騎馬才行，這樣子坐著車搖搖晃晃的，骨頭架子都要散了。」

吳勉走過來挨著她邊上坐下，替她捏一捏肩。「好啊，到時候再給妳買一匹馬。」

月牙兒笑道：「隨口一說而已，你倒當真。就是買了馬，可該養在什麼地方呀？前院也沒有馬廄；再說了，隔這麼近，要是養了馬，豈不是臭烘烘的，皇城也不能隨意騎馬從街上過呀，我只是說一說罷了。」

吳勉唇角勾了勾，沒說話，替她捏了一陣肩，提醒道：「早些歇息吧，明天還要去段翰林府上拜訪呢，唐先生特意提醒過我的。」

「是。」月牙兒一骨碌爬起來，穿上鞋往外走。「我新炸些麻花去，明天一起帶上。」

「先歇著吧，明天一早再炸麻花也不遲。」

「今日事今日畢。你放心，我不是很累。」

她既然這麼說，吳勉也不好再勸，只跟著到廚房裡，挽起衣袖給她打下手。

一直忙到深夜。

蟈蟈叫聲裡，滿院子都是香氣，連已經睡下的魯伯都披衣起身，遇見同樣被香味勾出來的魯大妞，父女倆一起循著這香味往廚房走。

經過前院時，正巧碰上同樣起來的江叔、江嬸，後者有些摸不著頭緒。「這就是打翻香油瓶，也沒這麼香啊。」

「這有什麼？一定是我們東家又在做吃的了。」

魯大妞很有些驕傲。

父女倆得意洋洋地領著江叔、江嬸前去廚房，正好撞見麻花出鍋。

月牙兒見狀，笑說：「打擾你們休息了。」說完，給他們一人分了一根新炸的麻花。

江嬸連聲道謝，雙手接過。

這麻花小小巧巧，只有指節那麼長，被炸至金黃色，異常的香，除卻焦香之外，還隱隱約約有種桂花香氣。最特別之處，在於其擰花之間夾著什錦餡，江嬸就著小麻花一咬，「嚓」一聲脆，小麻花就在齒尖酥成了渣，熱油炸過之後的什錦夾餡口感豐富，酥、香、脆、甜，滿口生津。

「東家，就憑這麻花，咱們家的鋪子就一定能開起來。」江嬸斬釘截鐵道。

月牙兒笑咪咪道：「借妳吉言。」

第二日一早，月牙兒和吳勉便登門拜訪段翰林，除去禮品拜帖之外，自然還帶上兩包小麻花。

他們是掐準了時間來的，段翰林還沒有去上值，很欣喜的請他們坐，又叫下人奉茶來。他先是問了問唐可鏤的近況，又向吳勉說：「我和你唐先生是多年的至交好友了。既然來了京城，你就把自己當作我的學生，有什麼事只管同我說便好。」

段翰林叮囑道：「你雖然天資聰慧，也算得上是少年英才，但萬萬不可掉以輕心。在春闈之前，還是好好在家攻讀為好。」

「學生記下了。」吳勉回道。

段翰林看向月牙兒，對著她笑。「妳可給我帶吃的來了沒有？」

月牙兒從禮品裡尋出小麻花，放在案上。「如何會忘呢？這是我家新研製的小麻花，以後店裡打算賣的，請段翰林嚐嚐鮮。」

段翰林看了看天色，說：「好好好，今日的點心算是有著落了，只可惜今日趕著去上值，沒時間多招待你們伉儷，你們先同我家夫人說說話，我趕著上值去。」

說完，他拎著那包麻花出門了。

段翰林前腳才進翰林院，後腳點卯的官吏就來了。

他擦一擦額上的汗，心裡暗自慶幸，這一路緊趕慢趕，他恨不得叫抬轎的轎伕飛起來，這才終於趕上了。

同他隔了一張公案的同僚見了他的模樣，笑說：「你今天怎麼來得這樣遲？」

「一個學生過來拜訪，跟他多說了幾句話，可不就遲了嗎？」段翰林悄聲說：「你看我這緊趕慢趕的，連早膳都還未用呢。」

同僚點點頭，說：「你怎麼也沒在路上吃點？」

「我哪敢呀我？這要是給科道官抓住了，寫封摺子彈劾我一個『官容不修』，說不定又要罰俸祿，我上哪兒說理去？我真的是怕了這群人。」

兩人正說著話，眼見點卯的官吏過來，便恢復了正襟危坐的模樣。

等點卯的官吏走過去了，段翰林又把背靠在圈椅上，一面說：「幸虧我還帶了一些吃的來，不然要是得熬到正午，那可就真是餓壞了。」

「怎麼，你今天不必去給太子講書？」

「今天排班的又不是我，正好給我留些吃東西的時間。」

他將帶過來的油紙包擺在案上，同僚也湊過來瞧，將油紙包上的紅泥印唸出來。「杏糖齋，這是哪家的點心？這包裝也別致，上面竟然還有一朵杏花呢，看著倒有點南邊來的感覺。」

段翰林的好吃，是整個翰林院出了名的，而且口味還很刁，有一回眾人上一家大酒樓去吃席，那家店小二上了一盆炸羊肉，說是最新鮮的，沒想到段翰林才舉起筷子吃一口，眉頭就皺起來，把店主人叫過來說：「你確定這羊肉是新鮮的？」

店主人當即冷汗就流下來了，小心陪著笑，說是店小二上錯菜了，等到再換一盆，同僚們也沒吃出個什麼差別，就問段翰林是怎麼回事。

「這都沒嚐出來？原來那份羊肉一吃就知道是隔夜的肉，他以為油炸過了客人就吃不出來，這家店以後還是少來吧。」

這樣的事情發生過不止一次，漸漸的，同僚們已經習慣了在舉行酒席、擇定飯館之前都會問一問段翰林的意見。

反正段翰林說好吃的，一定差不離；而他要是沒聽說過或是覺得不好的，那可就不好說了。

油紙包一掀開，一股油炸香氣便散了出來，很誘人。

同僚奇道：「這麻花怎麼這麼小一根？」

段翰林深深嗅了一口香氣，笑著說：「這你就不懂了，麻花這種油炸之物若是太大，一根吃下去難免膩，就算是神仙滋味，你至多吃一根，便再也不想吃另一根了，像這種大小，一口一個最為合適。你再仔細看看，這麻花裡竟然還有什錦夾心，光是瞧著樣子都比其他的尋常麻花要酥許多，一定味道不錯。」

「給我嚐嚐吧。」同僚一面說，一面迫不及待的想伸手拿一根。

段翰林瞪了他一眼。「我自己還沒嚐呢，你先等著，我吃過了再捨一個給你吃。」

對於品嚐美食這件事，段翰林一向是很講究的，他先洗了洗手，用帕子擦乾，這才準備拿麻花吃。

就在他拿起一根麻花，正要咬下第一口的時候，忽然聽見門外的腳步聲，緊接著有個男人甕聲甕氣的說：「段翰林在嗎？」

是段翰林的上司。

段翰林和同僚兩兩對視一眼，愣了一剎那，然後立刻分工合作起來。

段翰林忙將油紙包紮緊，塞到衣袖裡，而同僚則走到門邊相迎，為段翰林爭取一點時間。

「這個時辰了，大人不應該去東宮講書了嗎？」

「麻煩就在這裡，今天賈翰林生病，來不了了，方才使人來告知。」

上司抬起腳就往屋裡走，說時遲那時快，段翰林連忙雙手放在身後，先是打算笑著和他打招呼，可是聽見另一個同僚生病，立刻收斂了笑。「竟有此事，的確是讓人為難了。」

「行了，我記得今日要講的書你之前也溫習過，那你就過來湊個數吧。」

「什麼？」段翰林瞪大了雙眼。

「別磨磨蹭蹭的，快點給我過來，到時候誤了開講的時辰，你我都是要被問責的。」話都說到這分上，段翰林還能怎麼辦呢，只能跟著他後頭一路小跑過去。

衣袖裡的那包小麻花也隨之晃起來，這一路上，段翰林連將這包小麻花放下的空檔都沒有。

他摸著袖裡的小麻花，欲哭無淚，只能安慰自己道：算了，有這麼多翰林在，只要自己不露餡，不會出什麼大事的。

東宮文華殿外，站了少說二、三十個紅袍翰林，個個頭戴烏紗帽、身穿大紅補子圓領，一眼望過去，烏央烏央一片紅。

段翰林才來沒一會兒，便有東宮近侍傳召，於是大家魚貫而入，圍繞著御案，左右兩邊相對而立。

正與御案相對的，是展書臺。展書官抱著一本書往臺前站定，其餘翰林也各司其位，段翰林立於其中，還是在後排的位置，格外的不顯眼，這使他的內心稍稍安定下來，雖然衣袖裡的那包麻花還是跟燙手山芋一樣，弄得他不安寧。

滿滿一屋子的人，都悄無聲息的立著，恭候太子駕臨，通傳聲裡，穿著蟒袍的太監簇擁著皇太子走來。

皇太子是一個十三歲的少年，眉眼都像極了貴妃，白白淨淨的。

他在寶座上坐定，薄唇緊緊抿著，似有一絲不耐煩。

等眾人行禮畢，經筵便開始了，今日的侍講是位老臣，聲若洪鐘，滔滔不絕的講著《帝鑒圖說》。

他講，太子聽。

聽著聽著，太子的目光就有些迷濛起來。

講了大概有一個時辰，內監提醒道：「小爺，到了歇息的時辰了。」

聽了這話，太子一下子坐直了，點了點頭向眾人說：「請先生們用酒飯。」

眾人行禮之後緩步退出大殿，在偏殿稍作休整，段翰林仍掛念著他袖子裡頭藏著的那包小麻花，和同僚說話都沒精神，只想等會兒找個地方躲起來，將這小麻花吃掉，不然下半場經筵，他還得提心弔膽。

眾人來到偏殿不久，就有小火者送上酒飯來。

這也是東宮的慣例了，會給今日侍講的大人奉上酒飯。

一片感激聲裡，大家略動了動筷子，便算吃過了。原因無他，這賜食的酒飯滋味確實不怎麼好。

最主要的原因，在於這些都是一些冷酒冷飯，本來嘛，一大早光祿寺就已經將賜食的酒飯準備好了，再一路端過來，直到這個時辰才呈上，就是再好吃的美食，放冷了吃起來也沒滋沒味的。

眾人敷衍的吃了賜食之後，大家終於可以休息片刻，有急著更衣的，也有二三攀談的，都有些鬆散。

段翰林瞧準這個空檔，藉著「更衣」的名義偷偷溜出殿去，尋了個僻靜的牆角，藏在一對銅鶴後頭，飛快的將小麻花拿出來，嚓嚓的吃。

為了趕時間，他吃得囫圇吞棗，心裡不禁有些惋惜，這樣好吃的小麻花，合該細細品嚐才是，怎麼能用這種牛嚼牡丹的吃法？

他正痛心呢，忽然聽見一聲。「先生在吃什麼？」

嚇得段翰林渾身一激靈，差點沒把自己噎住。

他壓抑著咳嗽了好幾聲，一邊給來人行禮。「小爺萬福，是臣失儀。」

太子好奇的問：「這是什麼點心，怎麼這樣香？」

段翰林忙將可憐的小麻花往衣袖裡收。「都是些上不得檯面的點心，是臣之過，請小爺責罰。」

太子笑嘻嘻的，向他攤開一隻手。「你給我吃一個，我就不罰你。」

「這……使不得呀……」

段翰林正絞盡腦汁的想著說辭，太子卻朝他的伴當使了個眼色，伴當會意，趁段翰林不備，搶過那包麻花來遞給太子。

段翰林攔都來不及攔，太子已經將一根小麻花塞到口裡，咀嚼起來。

這小麻花入口酥脆，夾花裡的什錦酥餡更是美味，核桃仁、桂花、熟芝麻，還有其他小料碾得極細，攙著冰糖炒製而成，吃起來滿嘴餘香，回味綿長。

「這東西聞起來香，吃起來更香，著實不錯。」

太子越吃越開心，幾乎將半包小麻花吃完了。

段翰林已經不知道該說什麼，只好沈默著。

半包小麻花吃完，太子心滿意足，向段翰林笑了笑。「我不會和旁人提起這件事，先生也不許和外人說。下回日講的時候，先生也帶些點心給我吃，好不好？」

「外頭的點心不似宮裡，不好多食用的。」段翰林擺出一張苦瓜臉。「若是讓旁人知道，臣該如何是好呀？」

太子也不是不講理，想了想，說：「也是，母妃、父皇若知道，頂多罵我一頓，可換成你，怕就會被責罰了。那你就偷偷告訴我，這點心是在哪家買的？我自叫伴當買去，不連累先生。」

段翰林鬆了口氣，但面色仍很為難，搪塞道：「這其實是南邊來的點心，臣也只得了兩包，還是學生送來的，京中還沒得買呢。」

「別想哄我。」太子一指那朵杏花。「這上頭不是寫著的嗎，杏糖齋。」

「是杏糖齋沒錯，可他們家在京裡的店還沒開呢。」

太子很會抓重點。「還沒開？也就是說，會開對吧？」他扭頭向伴當吩咐。「你叫人出去留意一下，這杏糖齋什麼時候開了，你什麼時候給我買些點心回來。」

第十八章

月牙兒抵京後一、兩日，隨船運來的東西也都送來了，就放在隔壁的四合院裡。

隔壁的四合院很久沒有人住了，年久失修，屋簷下都生了青苔，因此租金也格外的便宜。魯伯依著月牙兒信中的指點，特意選擇這麼一處地方，一邊算是住宅，另一邊算做放貨物的倉庫，也可以算是一個小小的作坊，把東廂房收拾出來，做了一個大廚房，庭前正好有口井，井水清澈，十分清甜。

魯伯又購置了小石磨等物，甚至還牽回來一頭小毛驢，其餘的擺設、用具，同杏花巷舊宅的廚房並沒有什麼差別。

月牙兒又訂做一塊「杏宅」的匾額，叫人掛在門前，兩盞燈籠也掛上去了，每天晚上入夜時分，就有人出來點上燭火，悠悠的發出光亮。

吳勉打從進京之後，除了起初去拜訪了段翰林之外，就足不出戶，一直在書房裡攻讀文章。月牙兒倒是在外頭跑得很勤快，因為杏糖齋新店打算趕在臘月裡開張，樣樣事情都要她來決定。

她隨身攜帶著一張京城的輿圖，無論去哪裡，她都會對照輿圖看，七、八天下來，月牙兒對整個京城的輪廓布局有了個大致的概念。

人手是第一個要解決的問題，雖然魯伯、魯大妞以及一個帳房是月牙兒從江南一起帶過來的，但跑堂的夥計、作坊的人員都需要現找，所幸魯伯之前就一直在物色合適的人選，已擬了一張單子，等著讓她過目。

月牙兒親自主持了一場小型的招聘會，找到了五、六個跑堂的夥計，一個專管採購的，還有兩位點心師傅以及兩個幫廚，統共分為兩組，一組就在杏園隔壁的小作坊製作原材料，進行粗製加工，另一組則讓他們在店裡現場加工點心食品。

說起跑堂的夥計，還有一件新鮮事，月牙兒招了兩個女子作為店裡的招待，江嫂很是驚訝，偷偷同她說：「雖然說如今店裡也接待旅客，但我從未見過招女子作為接待的呀。」江嫂遲疑道：「說實話，我在京中那麼久，只聽說過在那等風月之地才有女子作為接待的。」

月牙兒才排完日帳，聽了這話，有些驚訝的望著她，再聯繫起這幾日在京中的所見，月牙兒這才發覺京城的風氣和江南的風氣略有不同。

江南之地，雖然一些大家閨秀、尤其是儒者之家出身的女孩子，是恪守家規，不許隨意出門的，但是也有許多底層的女性從事著各行各業的工作，譬如賣花、譬如買賣首飾、再比如繡娘，江南的刺繡絲綢可謂是一絕，而參與其中的自然多是女子。前幾日月牙兒才來京，就收到一封信，是薛令姜寄來的，信中說道，她已經買下了一家繡坊，雇了七、八個繡娘做事，來信也附上了帳本以及經營的方向。

相比之下，京城的風氣倒略微保守些，沒見著那麼多做事的女性。

月牙兒皺著眉，問江嫂說：「國朝律法，有哪一條規定不許女子作為招待的呢？」

江嫂答不上來。「這……好像也沒有，不過都是老規矩，大抵所有店鋪都是用男子作為招待。」

「我家的店鋪，規矩如何，自然由我來定。」月牙兒笑一笑，將日帳收好，起身道：「放心，我自有分寸。」

人手一定，月牙兒便專注起店鋪的裝修來。

杏糖齋是兩層樓的店鋪，原本是地地道道的京城建築樣式，可月牙兒想要凸顯的，卻是自家的點心來自江南，說來有意思，如今京中正流行南貨，而其中最受追捧的，是「蘇樣」，即蘇州的東西。

月牙兒私下裡猜測，這流行「蘇樣」的風氣，原因大概有兩點：其一是吳中繁華，所用之物多精細絕倫，受世人追捧；其二是吳地擅長刺繡，宮裡御用的衣料，有大半來自吳地，而宮中最為得寵、又生育了太子的貴妃也是吳地選出來的淑女，因此她所用之物，大多是南貨。

正所謂「上有所好，下必有所興」，連天家都愛用「南貨」，愛穿「蘇樣」，官宦人家乃至小門小戶，自然有樣學樣。

月牙兒起先還沒意識到這點，還是來到京城之後才發現這一股追求「蘇樣」的風氣。於是月牙兒索性用蘇式園林的理念來改造新店鋪，後來的宣傳，也著重突出杏糖齋專賣來自南邊的點心。

既然定下店鋪的風格基調，那麼接下來要做的就是改造了。為此月牙兒請了一班匠人，特地對兩層小樓進行了一番改裝，運用了蘇式園林的理念，不追求對稱的格局，而是在店裡有意做了隔斷，人行其中，自下而上，自左往右，幾乎不用走回頭路。

原本那班匠人看了月牙兒給的圖紙，眉頭緊皺，因為他們從來沒有做過這樣式的店鋪，可誰叫月牙兒出的錢足夠多呢，匠人們只好拿出家傳的本領，將月牙兒的圖紙差不離的造了出來。

等到貨櫃擺進去了，花草樹木也擺進去了，領頭的匠人自己走了一遍，感慨道：「我打小就跟著爹爹、爺爺學手藝，三十年了，這是我造過最驚喜的店鋪。」

他問清了杏糖齋開張的日期，連聲說：「到時候，我一定帶著老婆、孩子過來買點心。」

臘月初七，老天爺難得給面子，放了晴。

東宮內臣夏維坐在轎子裡，打了個哈欠。今日本來不該他當值，他回到宮外的宅子，打算在家裡睡一天，可是偏偏趕上了杏糖齋開張的日子，他不得不起來，親自去挑選些點心。雖說距離上回太子說想要吃小麻花已經過去小半個月了，這些時日也沒聽他再提過，但太子可以忘，他卻萬萬不能忘，這是作為內臣的本分。

轎子外，夏維收的乾兒子殷勤道：「小爺想要吃點心，您只管差使兒子去買就是，何苦大冷天的還親自跑一趟？」

「你懂什麼？」轎子一停，夏維被乾兒子攙扶著下來。「咱家在東宮這些年能混到這位置，全靠一點——將小爺的所有事，都當作大事來辦。」

「說得是，說得是。」

夏維抬眸望去，只見杏糖齋門前站了好多主顧，眉心一挑。看來這杏糖齋的東西，應該還不錯。

出來幫太子買外頭的吃食，夏維已經不是第一次做了，譬如東福樓的肘子、錦食記的果脯，他都曾給東宮買過。太子喜歡新鮮玩意兒，因此聽說了什麼好吃的，就叫他去買。但畢竟是宮裡嬌養長大的孩子，口味極刁，尋常很少有什麼外頭的點心能讓太子叫他買第二回。

大約這杏糖齋的點心，也會和東福樓的肘子、錦食記的果脯一樣，太子吃過之後便不再惦念了。

夏維向杏糖齋走去，儘管他並未來過，但絕不可能認錯，因為杏糖齋的粉牆黛瓦在一眾京城樣式的店鋪裡格外顯眼。

等走得近了，卻見杏糖齋的門外竟然排著一行隊伍，前頭有個招待的夥計向眾人解釋道：「現在店裡人多，請再等一等，很快便可以進去了。」

乾兒子輕聲問：「要不，我去和這店家亮明身分？」

夏維一拍他腦門。「你是生怕科道官不曉得是不是？左右今日無事，等一等也無大礙。」
他既然發了話，乾兒子也不敢多說什麼。兩人在隊伍裡等著，聽著其他排隊的人說閒話。
「我有兄弟在江南做生意，他之前就來信同我說，杏花館的點心可是金陵一絕。原本他還想給我寄一些過來，可距離那麼遠，就是再好的點心，送來這裡味道也壞了，只得作罷，現如今它竟然在京城開了分店，那我一定要來嚐一嚐。」
「哪有那麼好，不就是點心而已，還能吃出花兒來？我瞧我們京城的點心也挺好吃的。」
「那你在這裡幹麼？」
「湊熱鬧不行？店門前這塊地也不是你家的呀！」
「別理他，他就是死鴨子嘴硬，再說了，他不買，咱們還能多買些。」
眾人正嘰嘰喳喳的爭論呢，眼見著另一道月洞門裡走出來一些主顧，手裡大包小包的提著，皆是一張喜氣洋洋的臉，於是話題一變，大家催促起夥計來。「他們都出來了，我們能進去了吧？」
夥計數著人頭，放了一批人進去。
夏維正在其中，跟著眾人走進寶瓶門。說起來，進去的路委實有些窄，按理說瞧著應該有些閉塞，可妙就妙在，有一面寶瓶式的銅鏡懸在牆側，折射出裡邊几案上的盆松，乍一看，跟有兩道門似的，因此看起來給人的感覺就是裡面別有洞天。

一路彎彎曲曲的前行，一面是小路，一面是貨櫃，這貨櫃竟然是敞開的，各自分了格，每格裡有包裝好的點心，伸手即可拿到。

有個圓臉姑娘手裡拿著一個托盤，上面用梅花盒盛著各色小點心給眾人試吃。

「嚐一嚐味道吧，若覺得合胃口再買。」

夏維瞧見梅花盒一瓣格子裡裝著一小截小麻花，拿起來咬了一口。沒錯，就是這個味道，便說：「給我秤兩斤這個。」

招待的姑娘遞過來一張油紙。「您吃的是小麻花，就是右手邊貼了紅箋的那一格，要多少裝多少便是。」

她將手裡的梅花盒轉一轉，眉眼彎彎道：「這位主顧，要不試一試我們的限量點心——蛋黃酥？」

蛋黃酥？饒是夏維在宮裡吃過許多酥皮點心，但卻未曾嚐過蛋黃酥，便點點頭。「那就試一試。」

圓臉小姑娘將一個蛋黃酥切開，介紹說：「雖然價格貴些，但我們家的用料都是極好的。」

一個蛋黃酥切做四份，酥皮之下的起酥層分明可見。最外層是酥皮，因為是刷過蛋黃液之後烤製而成，顏色格外漂亮，一片燦爛金黃；第二層是細膩的紅豆沙，隱約帶著點桂花香氣；再往裡，是糯米做的雪媚娘，柔軟而白嫩；最裡面的鹹蛋黃色澤微紅，內裡流油，令人滿口生津。

夏維嚐了一小塊，酥皮脆而不硬，隱約還有一股奶香，相較於外皮的酥脆，內餡卻賦予蛋黃酥柔軟的口感，紅豆泥的清甜包裹著蛋黃的鹹香，夾層的雪媚娘細白軟糯，如嚼白雲。這樣的點心，便是在宮宴上食用，也是足夠了的。

「給我來四盒這個。」夏維立刻說。

圓臉小姑娘柔聲解釋道：「實在抱歉，因為這蛋黃酥做起來工序複雜，食用的時限也短，所以目前一位主顧只能買一盒。若想要多的，須得提前預定才好。」

這麼麻煩，夏維挑挑眉，低聲道：「不知你們店主人何在？我有一樁大生意，怕是要和他當面談。」

消息傳來時，月牙兒正在後廚看著新來的師傅做事。

小滿姑娘掀簾子進來，向她道了個萬福。

「東家，有位客人想請您出去談生意。」她看了看廚房裡的其他人，欲言又止。

月牙兒會意，走到她身邊，一齊走到亭子裡，小滿才說：「如果是尋常的客人，我自不會隨意打擾東家，可這一位——」

小滿輕聲說：「我看他面白無鬚，說話聲氣也有些細，一舉一動都很有規矩的樣子，怕是在宮裡當差的。」

「妳是說內侍？」月牙兒垂下眼簾，問：「請他過來說話吧。」

不多時，小滿引著兩位客人來到亭子間。

這兩人一前一後的進來，領頭的那個約莫三十來歲、背微微有些弓著，長得一團和氣。

「貴客臨門，不勝欣喜，二位請坐吧。」

另一個年紀較小的男子皺眉道：「合該要店主人招待才是，一個女子能做什麼主？」

月牙兒笑一笑，吩咐小滿端茶來，而後才看向那人，落落大方道：「我就是這家店的店主人，如假包換。」

那人還想說什麼，見前者轉動了一下佛珠，便知趣的不說話了。

「鄙人姓夏，如今在東宮當差，見妳家點心做得好，特意想買一些回去。」夏維開門見山，將自己的牙牌亮了出來。

月牙兒起身斂衽。「失敬失敬，原來是如此貴客。」

小滿端了茶來，放在几案上請兩人用。

夏維道：「茶就不吃了，請將小麻花、蛋黃酥等包一些，給我帶去。」

月牙兒一面吩咐小滿去拿點心，一面同他攀談起來。「說來也是榮幸至極，上一回我做出了一道點心，竟然得了貴妃娘娘的意，實在是受寵若驚。不知道這一次，福氣還夠不夠用。」

「還有這事？」

月牙兒將之前鄭次愈送金箔蛋糕的事簡短的講給他聽。

夏維聽了，恍然大悟。「想起來了，是有這麼回事。那金箔蛋糕原是妳做的？」

「正是，借花獻佛將方子獻給了鄭公。」

「這樣說來，妳同鄭公也是認識的。」

「不瞞您說，這次進京，還是跟著鄭公的船隊後頭回來的。」

「若是這樣，那大家都是熟人。」夏維的語氣柔和了些。「挺好的，妳那店竟然開到京城裡來了。」

月牙兒笑說：「這也是幸得貴人相助。」

正說話，魯大妞抱著兩個梅花盒掀簾子進來了。

月牙兒將那梅花盒蓋打開，只見五瓣格子裡依次放著小麻花、蛋黃酥、桂花糕、龍鬚糖和粽子糖。

「這些都是小店賣得最好的點心，您看怎麼樣？」

夏維俯身看了看。「妳這梅花盒子也挺好看的，這樣裝點心，倒瞧著更好吃了。」

「人要衣裝，佛要金裝。」月牙兒將梅花盒疊在一起，說：「這點心也得要包裝。」

小滿也拎過來三、四包尋常包裝的點心，同那梅花盒放在一處。

月牙兒說：「這些是孝敬二位爺的，都是些小東西，若吃得好也是我們杏糖齋的福氣。」

送走兩人，小滿神情很激動。「竟然還有宮裡的貴人願意吃我們店的東西。」

「少見多怪。」魯大妞道：「在南邊的時候，東家做的金箔蛋糕就曾送到宮裡了呢。」

她忽然想到一事，拉住月牙兒問：「這一回，妳還是打算把點心方子賣出去？」

月牙兒搖了搖頭。「那個時候一是離得遠，沒辦法。二是金箔蛋糕這東西，其實稀奇就稀奇在點子上，但從手藝來瞧，其實並沒什麼難題，後來不是也有其他店推出了金箔裝飾的點心嗎？可今天這些點心卻不一樣，所以妳不必擔心。」

今日呈上去的幾道點心，她都是將工序拆開來，分別讓不同的師傅做的，譬如蛋黃酥，知道調餡的，不知道怎麼將奶味酥皮做好；知道做酥皮的，不知道怎麼做雪媚娘，大大降低了完整的方子洩漏出去的風險。何況，紙上寫的製作方法是一回事，自己親自動手做，又是另一回事。

這個小插曲之後，月牙兒就命人每日特意準備兩份梅花盒，裡面裝著各色小食，以防萬一。

果不其然，第二日來了個小內侍，將兩份梅花盒都買了去。

月牙兒想了想，將管採購的人喊過來，特意吩咐。「你叫那做盒子的多做些來，眼看就要過年了，這種梅花盒什錦點心，一定好賣。」

別小看了這梅花盒，點心用這個梅花盒裝著，價格立刻上去了。一個梅花盒什錦點心的價格，可比得上單賣三、四斤點心了。

這小內侍兩、三日會來一回，幾乎將杏糖齋的點心買了個遍。這一來二去的，也熟悉了，因為每回他來，月牙兒都會叫人贈些點心予他，為了這個，小內侍跑杏糖齋也跑得更勤快了。

「還是蕭老闆好，我有個哥兒們曾去玉福樓買烤鴨，那店主人都不出來迎的，更別說有什麼福利了。」

月牙兒同他閒聊起來。「怎麼，宮裡用的吃食還要到外頭來買？」

「有些侍長喜歡街市上的吃食，嫌宮裡的御膳房炒不出味道，便使我們出來買。」小內侍解釋道。

原來本朝的后妃皆選自民間，多是小家碧玉，往日在家時便吃慣了宮外的美食，一朝選秀進宮，偶爾也會憶起待字閨中時所嚐過的美味，便差遣內侍去買來。

當然，這也得是得寵的妃子，才能這樣做。

小內侍望見杏糖齋門前絡繹不絕的主顧，感慨道：「您家的店，和皇店比起來要熱鬧多了。」

皇店是什麼？月牙兒聽見這個詞，問道：「您說的皇店是？」

「就是在鳴玉坊開的三間皇店以及積慶坊開的六間皇店，內庫裡若有不喜歡的、不用的貢品，就會放在皇店裡賣。」小內侍感慨道：「說起來，聽說皇店初開的時候，僅積慶坊的寶和六店一年的商稅，就有數萬兩白銀呢。可現如今……」

他搖了搖頭，沒說下去。這時小滿已將點心盒準備好，小內侍拿上之後，打了個招呼就離開了。

月牙兒立刻抓著小滿問：「妳知道皇店嗎？」

「知道呀。」小滿見她問起，便將自己曉得的關於皇店的事盡數說出來。

原來自文慶年間起，皇帝就將查封的權貴店鋪以及一些官署店鋪改為皇店，指派一位提督太監代為管理。每年上繳給天家的貢品，其中不合心意的，就放在皇店裡出售，每年盈利，歸天子私庫。這本是一件好事，可最近這些年，皇店卻越發沒落了。

小滿憤憤不平道：「您不曉得，那管皇店的人真真是蠻橫極了，只要是和皇店開在同一條街，必定有人去徵稅，就是挑個擔子去那兒賣饅頭，也要交錢給皇店，聽說還有對商賈敲詐勒索的，以次充好也不是什麼新鮮事，最後鬧得同在一坊的商家，不是把店子賣了，就是換個地方做買賣。原本很繁華的地段，如今竟然沒落了，真是可恨。」

月牙兒聽得很認真，想起自己才來京城時，也曾從鳴玉、積慶二坊經過，明明是個好地段，街上卻很冷清，那時候她還奇怪呢，原來原因在這裡。

她正沈吟不語，忽然簾外有人輕喚。「東家，我做了樣點心，您可有時間看看？」

說話的人是杏糖齋新招的廚子，姓莫，人生得圓滾滾的，很和氣。

月牙兒掀簾子出去，只見他手裡托著一碟點心，是雪白色的團子，外皮點著一粒紅色山楂糕，樣子很好看。

「這是什麼點心，挺漂亮的。」

莫廚子憨憨的笑。「是艾窩窩，我最拿手的就是這道點心，如今正好是做艾窩窩的節氣，我便做了點，讓您嚐嚐。」

「是京城點心嗎？」月牙兒拿起一個艾窩窩，用手托著，輕咬一口。

是麵粉配合碾碎的江米粒做的窩窩，鬆軟柔韌，微微有些黏牙，餡心是甜的，有點似湯圓。

她吃的時候，莫廚子說：「是，這艾窩窩是京樣點心。我從前待的那家店，一般是從春節起開始賣艾窩窩，據說是因為艾窩窩旺年節，又喜慶、又好看，一直賣到春夏季節為止。」

月牙兒點點頭。「你不說我還真忘了這件事，各地的風味各有不同，咱們店裡除了南邊的糕點，也得有些京城時興的點心，多謝你提醒我。」

她將魯大妞喚過來，要魯大妞將這艾窩窩擇期添上食單。

一到年底，京城的街上便多了好些人，都是採買年禮的，其中不乏特意從外地趕至京城，為達官貴人們送孝敬的人家。畢竟，朝中有人好做事。

鄧長涵便是抱此目的趕到京城的，他已年過四十，卻仍居縣丞一職，數年未曾動一動。

這次進京，是想給同鄉的上級賀歲拜年，也想著如果有機會，能夠換一個肥缺。縣丞的俸祿並不是很高，所幸他還有些家底，妻子的娘家也略有產業，給的陪嫁也很豐盛，因此兩人在銀錢上並不為難，因此在年節之前，同家裡人商量過後，他便帶著銀票和一些土特產上京來。

鄧長涵雖然有些家底，但實在比不上其他富貴人家，能夠用真金白銀砸開一條路。要真有那個錢，他早就捐一個官做了，何必想著打點關係？然而他任職的所在是一個偏僻地方，也沒有什麼矜貴的東西，實在拿不出手。所以儘管帶了一些土特產，但是鄧長涵主要還是想到京城裡買一些時興的禮品來送人。

他來到京城之後，沒有冒冒失失上門，也沒有直接去買禮品，而是花費了一番工夫，打聽到上司家的門房住在哪兒，提著土特產上門拜訪。

富貴人家的門房，多多少少知道些主人家的好惡，既然是送禮，那必然得投其所好才行，不然錢花了，然而買回來的年禮卻被放在庫房裡生灰，那這禮送得還有什麼意思？

門房見了鄧長涵的名帖，又看了看他帶來的東西，有土特產、有酒、有肉，於是臉上泛起笑意。「你倒是會做事。」

寒暄一番後，家人將酒溫好送來，兩人一面喝酒、一面吃些下酒菜。

寒暄之後，門房提點道：「年禮這東西，我家主人府裡從來就沒缺過，實話告訴你，有多少用不著的，轉手就送了出去，雖然禮單上記著名，人心裡沒記著你的名字，又有什麼用？」

鄧長涵一聽，附和道：「這話是再真也沒有了，我倒是想送些投其所好的東西，只是不曉得大人所喜之物為何？」

門房哈哈大笑。「大人喜歡玉石，你買得起上好的羊脂玉嗎？」

「那……不知夫人喜歡什麼？」

「喜歡寶石頭面。」

得，又是一個難以買到出眾的禮物。他帶來的銀票，雖然足夠買玉、買頭面，但絕無可能買到令人眼睛一亮之物。若是平庸的年禮，又毫無作用。

鄧長涵嘆了口氣，轉念問：「那府上的小娘子、小郎君有什麼喜歡的？」

門房想了想。「小娘子和小郎君平日裡也沒什麼特別喜歡的，對了，喜歡吃好吃的點心。昨天還聽說小娘子吵著要一個什麼『梅花盒子』點心，但去買的家僕說，已經全部賣完了，就連預定也要排到年後去，為了這個，小娘子還鬧了一會兒呢。」

這聽起來倒是個突破口，鄧長涵暗自將這「梅花盒子」記在心裡。

從門房家離開後，他先去了杏糖齋，在店門外等了一會兒，才能進去，一問，果然已經沒有「梅花盒子」賣了。

他想親自問一問老闆，看能不能給他勻出一個梅花盒子，可店裡的招待回答說：「東家今日沒在店裡。」

鄧長涵仍不死心，又打聽到了老闆的住址，直接上門拜訪。

他去了一回，誰知店主人卻不在家，看門的江叔瞧他的名帖大小是個官，便同他說：

「我們東家雖然不在，但是姑爺卻在家的，我幫你傳個話，看他見不見你。」

等候的時候，鄧長涵在心裡將他聽來的消息過了一遍。這人所說的姑爺，大概就是蕭老闆的夫君，江寧解元了。鄧長涵也是考過春闈的人，雖然沒考中進士，但有些經驗也能講與他聽。

坐了一會兒，江叔掀起簾子出來，說：「請跟我來。」

過了一重院子，只聞梅香浮動，果然在庭前有一株臘梅，花開得正燦爛。鄧長涵跟著江叔進書房，只見一個少年正坐在書案後寫文章，見他來，起身相迎。

「我夫人今日在外頭有事，你若有要緊事，我可代為通傳。」

好年輕的舉人。鄧長涵心裡的重視又多了一分，他自己是三十來歲才考中的舉人，儘管都是舉人，可眼前這個年輕人的前途同他的前途，絕對不可同日而語。

「不急不急。」

鄧長涵笑著將帶來的土特產奉上，笑盈盈地說了自己的身分。

吳勉叫江叔倒茶來，轉頭和鄧長涵道：「我合該叫一聲前輩的。」

鄧長涵瞥見他書案上的文章，笑說：「我也算倚老賣老，索性說些會試的經驗與你聽。」

他指點著紙卷上的墨團。「這是錯字，是不是？」

「慚愧，落筆的時候少不了寫錯幾個字，倒是弄得紙張有些墨痕。」吳勉回答道。

鄧長涵起身走過來，指點說：「你這樣改錯字，難免有些不美觀。大人們評卷的時候，見紙面墨痕多，難免有些不喜。我倒是有個法子，你或許可以聽一聽。」

「願聞其詳。」

鄧長涵向吳勉要了一把小刀，一張薄紙。

「這刀要是再小些就好了，只可惜我沒將我的小刀帶來，不然可以直接贈你。」

他一面說，一面捏著小刀貼近錯字處，將那一層錯處輕輕刮去，手法極其輕柔。那紙頁上的錯字就如同蛻了層皮一樣，雖墨痕不見了，紙張卻未破，只是比旁的地方略薄些。鄧長涵又裁下一塊等大的紙頁，沾了些水，將紙背微微潤濕，貼著那改錯處輕輕一黏，紙張立刻恢復成白淨的模樣，就是將卷子拿起來，對著日光左瞧右瞧，也瞧不出補綴的痕跡。

「這就叫做『打補子』，你瞧，這樣一改，卷面就好看多了不是？」

吳勉將那卷子拿過來瞧，讚嘆不已。「確實如此，當真巧妙。」

鄧長涵將小刀、紙張收好，笑說：「但也需要在家自己練習好，不然要是將錯處刮出個洞，那就是開天窗嘍。」

「我記下了，多謝鄧爺。」

閒話一番後，鄧長涵才提起來意。「我有一故友，他家小輩很喜歡杏糖齋的梅花盒子點心，聽說店裡已經沒有了，還甚至哭鬧起來。我就想來問問，不曉得貴府還勻得出一個梅花盒子嗎？」

吳勉沈吟道：「她外面店裡的事，我一向是不過問的，這樣好了，等她回來，我幫你問問。」

「那敢情好，多謝沒將我這個不速之客趕出去。」

「言重了。」

兩人正說著話，只聽見前面傳來動靜，江叔高聲道：「東家回來了。」

吳勉起身，向鄧長涵道：「說曹操，曹操就到。」

月牙兒才進門就聽說有客來，聽江嬸描述一番，心裡也納悶，她應當不認識這號人呀。等她進屋一看，吳勉倒和這客人有說有笑的。

聽吳勉轉述完鄧長涵的來意，月牙兒道：「大冷的天難為你過來，江嬸，妳叫人去廚房裡找找，看還有沒有多的梅花盒子。」

江嬸應聲出去，臉上卻有些疑惑，去問魯大妞。「魯姑娘，家裡還有多的梅花盒子沒有？」

「除了特貢的那兩個外，當真一個多的也沒有了。」魯大妞說：「那做盒子的人說了，要等到年後才有，東家知道的。」

「那她為何要我去找一找，不多此一舉嗎？」

魯大妞吃了口茶，笑說：「斬釘截鐵回人家說沒有，豈不是特不給人面子，自然要顯示得重視些才好說話，妳到隔壁轉一圈，就說怎麼也沒找到就好了。」

江嬸依言而行，轉回到正房裡，回話道：「東家，找了一圈，也看了預約的單子，是真的一個多的梅花盒子也沒有了。」

月牙兒遺憾道：「真的尋不出了？」

「是，一個空盒子也沒有了。」

月牙兒聞言望向鄧長涵，遺憾道：「實在抱歉，真沒有多的了。」她又說：「可是讓你空著手回去也不大好，這樣吧，如果不嫌棄，不如帶一些我們的新點心回去，這些點心還沒有開賣呢。」

「不知是什麼點心？」

「細豌豆黃和沙琪瑪。」

月牙兒索性叫江嬸從小廚房裡把兩樣點心拿來給他瞧。

這些都是她受到莫廚子所做艾窩窩的啟發後，特意做出來的京式點心。如今雖已經定了型，但還未曾販售，因為大規模做的話，原料要到春節後才能運來，所以只有一些樣品。

不多時，江嫂端了兩樣點心來，一碟是細豌豆黃，一碟是沙琪瑪。

「鄧爺，請嚐嚐吧。」

鄧長涵點點頭，端詳著眼前的兩樣點心。豌豆黃他見過，廟會的時候總有人挑著擔子賣。但眼前的這碟細豌豆黃，卻與那些粗糙的豌豆黃不同，光澤色黃，顆粒極其細膩，好似珍珠與沙礫的區別。

他掰下一小塊，才送入口，豌豆的清甜便化開在舌尖之上，清清涼涼，格外爽口。難怪叫細豌豆黃呢，果真和那些普通的豌豆黃不同。

鄧長涵又看向沙琪瑪，那是一塊長方形的點心，米黃色，一粒一粒團在一起，還有葡萄乾夾雜於其間。這點心的名字好奇怪，為什麼要叫「沙琪瑪」？

鄧長涵疑惑的拿起一塊咬了一口，眼睛一亮。這沙琪瑪綿甜鬆軟，微微有些黏牙，吃起來滿嘴生香，口感很獨特。

「這兩樣點心就很好。」鄧長涵笑道。

月牙兒便叫人拿來貼著杏花的紙盒，親自將兩樣點心包裝起來，交給鄧長涵。

鄧長涵拎著兩包點心，心滿意足的走了。

見沒了外人，月牙兒將鬢上頭面都卸了下來，青絲懶懶地披在肩上。

她一面梳頭，一面同吳勉說：「你可聽說過商會沒有？」

「商會？」吳勉走過來接過她手裡的梳子，替她梳頭髮。「這是何物？」

「就是商人組成的集會。」

月牙兒望著鏡中兩人的影子，笑盈盈地說：「大約年後，京城裡便會有商會了。」

自從杏糖齋走上正軌，月牙兒便藉著拜早年的名義，抽時間開始拜訪京城著名的商戶。因為金陵杏花館已然小有名氣，而杏糖齋最近在京城也聲名鵲起，所以這些商戶倒願意給她一個面子，請她進屋來吃茶聊天。

今日她拜訪的這一家，正是京城赫赫有名的玉福樓主人——黃家。

據說黃家的長輩裡，有人曾當過御廚，後來歸家，自己改良了一些食物做法，開了玉福樓的第一家店。在後來的歲月裡，玉福樓在京城又開了兩家店，在直隸也開了店，頗有些規模。

他們家的招牌菜，也是最負盛名的菜色，是薄紙羊肉。

玉福樓家的羊肉，切得薄如紙一般，再配上一碗精心調製的佐料，將黃銅小火鍋點上火，倒入高湯，等到黃銅火鍋裡的高湯，咕嚕咕嚕的滾著白泡時，顧客便可用長筷子挾一片薄薄的羊肉，放在裡面燙，只須默數幾個數，羊肉顏色就完全變了，空氣裡也增添了羊肉的香氣。

尤其是冬日的時候，玉福樓的生意便越發的好，時常要等位。因為他家的炭火燒得很旺，外頭雖是天寒地凍的時節，在店裡卻可只穿一件單衣就好。守著黃銅小火鍋，大口的吃肉，大口的喝酒，最是暢快不過了。

月牙兒也去吃了一回，吃完之後，心服口服。難怪玉福樓能夠火遍京城，每到冬至的時節，人們一提起要吃羊肉，便想起玉福樓。

月牙兒幾日之前就給黃家下了名帖，得到回覆之後，這才約定了今日上門去拜訪。

招待她的這一位叫黃少平，是玉福樓的少東家，大概三十出頭的樣子，待人接物很有一套，總是客客氣氣的。

見了面之後，兩人先寒暄了一番。

「我初來寶地，很多地方都不大懂，若是有什麼地方不合規矩的，還請你們多包涵。」

「這說的哪裡話？蕭老闆的杏糖齋，最近可是紅紅火火的，之前也聽在南邊採買的家人說過，杏花館的聲勢，可不比我們玉福樓小呢。」黃少平笑說：「妳是怎麼想到在江上辦船宴的呢？這可真是神來之筆。」

「不過是拾人牙慧罷了。」月牙兒笑答。「我前日還去玉福樓吃羊肉火鍋，真真是極好的羊肉，切得薄如紙一般，也沒有什麼羶味，蘸著調料一起吃，我足足吃了一大碗飯呢。」

一頓商業互吹之後，月牙兒才將今日的來意托出。

「今日過來，除了提前給您拜個年之外，還想問您一件事。我聽說京城裡有同鄉之人組成的會館，但卻不知有沒有類似的商會呢？」

黃少平頭一次聽說「商會」這兩個字，心裡想了想，覺得大概是和同鄉會館類似之物。

「商會？京城裡是沒有，說起來我也是頭一回聽說這個說法。」黃少平將商會在口裡唸了幾遍，頷首道：「這個詞倒有些意思，商人之會。」

他自打會說話起，就跟在他爹身邊做生意，權衡利弊幾乎是刻在骨子裡的本能，心裡立刻便盤算起來，如果真有這麼一個商會，會有什麼益處。

月牙兒說：「我聽說有些地方會有商會，畢竟商家之間少不了往來互動，比如採買物資，再比如協商定價，一個地方做生意有一個地方的規矩，可是這些規矩大多數都是私下裡的，不曾擺在明面上，總有些新來乍到的商人不清楚、不明白，就容易犯了忌諱。倘若有這麼一個商會，將大家都認可的東西用白紙黑字寫下來，豈不是少了很多麻煩？」

黃少平聽了這番話，沈吟了一會兒，才說：「倒是有些道理。」

他望向月牙兒。「妳的意思是？」

月牙兒笑了笑。「玉福樓在京城，可謂是有名號的老店了，就是黃家的名號拿出去，倘若由黃家牽頭在京城辦一個商會，再順理成章的成為商會會長，又有誰會不同意呢？」

話說到這分上，其實已經很清楚了，月牙兒也不再繼續往深裡說，只看他的意思。

黃少平沈吟一會兒。「這麼大的事，不是我一個人能夠做主的，我還得問問我爹和長輩們。」

這便是有初步的意向了。

和聰明人打交道辦事，一向是很愉快的。月牙兒心滿意足的離開了黃家，依她的了解，黃家人仔細思考之後，也會意識到辦一個商會，對於他們家的聲譽會有怎樣的影響。

在這個朝代，商人雖富，但卻不貴，因此有許多富貴之家賺了錢後的第一件事，就是花錢給自己的子孫後代捐一個官，唯有如此，整個家族才算真正的有地位了，就是那黃少平的大哥，聽說也捐了一個監生呢。可倘若有個商會，而黃家人又成為商會會長，那麼至少在商人之間，黃家的地位是絕對有的。

而頭一個提議的月牙兒，自然在商會裡也能說得上話。

一個行業若想發展壯大，絕不能像一盤散沙似的，這也是月牙兒提議的初衷。若有了商會，商人們之間溝通往來無疑會更加便利，這樣一來，即使她回到金陵，對於京城商業的動靜也會有所了解。

她的喜悅，吳勉看在眼裡。雖然一時之間，他並沒有想明白為何月牙兒這樣開心，但見了她臉上的笑，吳勉不自覺地也輕笑起來。

京城的大街小巷上，漸漸多了許多彩勝，近來能夠聽見的爆竹聲也越發的多了，年節的氣息一點點的濃厚起來。

今年這個年，月牙兒注定是要在京城過了，她有些想薛令姜和柳見青，買了一些京城時興的絹花和黑漆描金螺鈿妝盒，叫人送到南邊去。

才將東西寄出去沒幾日，運貨的人也捎帶來一個包裹，是柳見青和薛令姜寄來的。

月牙兒打開一看，是一件藕色寬袖立領長襖，和一雙繡著杏花燕子的繡鞋，包裹裡還有兩封信，是柳見青和薛令姜的手筆。

原來這件素色大袖衫是新的繡坊所製作的第一批樣品，是薛令姜特意按照月牙兒的身量做的；而那雙繡鞋則是柳見青的作品。

月牙兒換上新衣、新鞋，在穿衣鏡前轉了個圈。再合身不過了。

她瞥見窗外漫天的鵝毛大雪，一時有些感慨。

「京城裡的雪真大呀，在江南就很少見到這樣子的雪，怪道他們京城的人下雪天都不打傘的。」

吳勉走過來，從背後輕輕攏住她，輕聲說：「妳是想姊姊們了吧？」

「有一點。」

窗外風雪寒，屋裡爐火暖，連窗紙上都蒙上了一層白霧。在這樣風雪大作的黃昏，心裡很容易就生出一種名為「思念」的情緒。

她思念，可她並不孤單，因為吳勉在身邊。

兩人靜靜相擁，好一會兒，吳勉才說：「無論我能不能考中，以後還是回南邊去吧。」

月牙兒握住他的手，十指相扣。

「嗯，把該做的事做完，就可以回家去了。」

她說出這話時，愣了一愣。這才發覺不知從何時起，她已經將杏園看作了自己的家。

她無端想起一句話：此心安處是吾鄉。

大雪一連下了三日，從舊歲下到新春，家家屋簷上都覆著一層厚厚的雪。

外出去拜年時，月牙兒便穿著那件藕色寬袖立領長襖，腳踩杏花燕子繡鞋。先去段翰林家拜年，他家所在的胡同，住了很多官宦人家，前來拜年的轎子都堵在胡同口，不得動彈。

遠遠瞧見這情況，頗有經驗的轎伕便提議在胡同口停轎，要他們走進去，不然壓根兒沒地方停轎子。

下轎之後，果然胡同口僵持著兩、三頂轎子，大路都給占去，只留下一條供人行走的小路。

積雪未消，又被來來往往的人踩了無數次，雪水泥濘。月牙兒小心的挑著路往前走，眉頭蹙起，因為怕弄濕了鞋襪。

吳勉見了她的神情，忽然說：「我揹妳過去吧。」

「啊？」

月牙兒還沒反應過來，他已經蹲在地上，將寬闊的後背留給她。「上來。」

「不用啦，這像什麼樣子。」月牙兒連聲拒絕。

吳勉回過頭來看她。「那是二姊姊給妳做的繡鞋，別弄髒了。我揹我的夫人，有什麼過分的？」他頓了頓，說：「還是要我抱妳？」

月牙兒只好讓他揹著走。她雙手攏住他的脖子，臉頰漸漸發燙。

有路過的小孩子笑嘻嘻說：「這個姊姊為什麼要人抱？」

大人拉住小孩子，善意的笑起來。「因為她夫君疼她。」

風將笑聲送入耳，月牙兒幾乎想從吳勉背上跳下來，兩靨飛霞。

「放我下來吧。」她在他耳畔，輕聲說。

「到了就放妳下來，快了。」

她只得將臉埋在他衣裳裡，裝作聽不見也看不到，可是唇角的那一抹笑，卻一直沒有消散。

就這樣走下去，也很好。

雪化的時候，倒是比下雪還要冷些。

鄭次愈頭戴貂帽，行走在紅牆夾道裡，宮道上的雪，早在清晨之時便有小內侍打掃乾淨，堆在宮牆角，免得阻了貴人們的路。

因是新春，昭德宮裡的梨樹上還掛著彩勝，沒有半點冬日的肅殺氣息，倒是熱鬧得很。

宮人通傳後，一個大宮女過來，說貴妃娘娘在東配殿歇息，傳他過去。

「你來得倒巧，小爺才走呢，娘娘心情很好。」她原本與鄭次愈便是舊相識，因此輕聲提點了幾句。

走到殿門口，自有小宮女打起油重絹繡花暖簾。殿中放了兩、三個黃銅炭盆，燃燒的是御貢的紅羅炭，品質極好，幾乎沒有煙味。几案上有一金獸香爐，裡邊放著流金小篆，焚著一縷百合香。

貴妃正倚在暖榻上，手裡握著一本書，有小宮女跪著替她捶腿。

她快四十歲了，瘦小而白皙的臉上仍瞧不出多少歲月的痕跡。

鄭次愈向她請安後，貴妃放下書卷，眉眼溫婉。「再過些時日，你又要回江南去了吧。」

「回娘娘的話，過了元宵便啟程了。」

貴妃微微頷首。「江南好，可我再也回不去了。你好好在那裡做事，為皇爺盡忠。」

「我自當謹記娘娘教誨。」鄭次愈垂著手，笑說：「最近京城又多了些新鮮事，娘娘可還記得昔日的金箔蛋糕？」

「自然記得的，連宮宴都添了這一道甜點呢。」

鄭次愈道：「那獻方子的店，在京城也開了一家，有許多江南點心，如今京城裡正流行著吃呢。」

聽了這話，貴妃笑起來。「南邊的點心，自然是好的。」

「那店家還特意做了一種『果桌』，我瞧著很好，便帶進宮來，想給娘娘嚐嚐鮮。」

「拿上來吧。」

吩咐下去，不一會兒，便有兩個小內侍抬著一張矮桌過來，上面擺著各種碗碟，都覆著銀蓋。待果桌放定，一個尚食沈聲喊。「碗蓋。」

於是左右侍奉之人立刻將銀蓋取了下來，點心的甜香漸漸溢散開來，滿殿皆是。

只見果桌上擺著七、八樣點心，海棠糕、酥油泡螺、蛋黃酥、細豌豆黃、運司糕……琳琅滿目，顏色各異，很是賞心悅目。

尚食手拿一雙銀箸，依次試了試，並無異常，便推至一旁。

貴妃將手中的書置於案上，目光掃過這些點心，最後落在海棠糕上，目光溫柔。「還有海棠糕呀。」

侍奉的宮女立刻拿著小碟挾了一個海棠糕，雙手奉上。

貴妃輕咬一口，焦糖色的糕皮酥而脆，咬破之後，豆沙清甜柔軟。這海棠糕應是剛剛才煎過，猶是溫熱，吃起來風味正佳。

無論歲月如何變遷，食物的味道卻一如既往，吃著這海棠糕，她彷彿又回到了垂髫之時，爹爹抱著她去看燈會，還給她買糕點的時候。

一晃眼，這麼多年都過去了，時光像流水一樣，推著她前行，停駐在這宮闕裡。

貴妃靜默一會兒，才抬起眼簾，吩咐身邊的宮女說：「請小爺和永安公主過來，他們會喜歡的。」

她又望向鄭次愈。「這海棠糕，應該是方才在小廚房煎的吧？是你從宮外帶來的人？」

「娘娘英明，正是如此。這人便是那家店的老闆，蕭月。」

貴妃道：「我說呢，你從不會做沒分寸的事，原來是個女孩，叫她過來見見。」

傳話的宮女來時，月牙兒正在小廚房裡等候著。

今日一早，她去給鄭次愈拜年，沒想到鄭次愈卻問她，願不願意進宮去，給貴妃娘娘做些江南點心。

她哪裡有不願意的，忙叫人從杏糖齋提了許多點心、原料來，準備做果桌。其他的糕點還好說，可是這海棠糕現煎的風味才好，於是她便把模具都帶上了。

進宮的路上，鄭次愈同她說了一些宮裡最基本的禮儀。

進殿之後，她按照禮節，向貴妃娘娘行了禮。

貴妃娘娘受了禮，好奇地問：「妳這身衣裳倒別致，是江南時興的款式？」

月牙兒微愣，她身上穿的，正是薛令姜給她寄來的素色廣袖立領長襖。這幾日她外出拜年，女眷見了她的這身衣裳，都會問一問是從哪裡買的，月牙兒只當給自家衣坊做廣告，吹得天花亂墜。

當著貴妃娘娘的面，自然不能那麼說。她斟酌一番道：「回娘娘的話，是民女大姊姊給做的，聽說這衣裳在江南賣得也很好。」

貴妃要月牙兒走近一些，拉起她的袖子看了看，又叫她轉了一個圈，點點頭。「還真的很好看。」

她吩咐掌衣道：「開春裁新衣裳，也照著這模樣叫尚衣局的給我做兩件。」

月牙兒觀她的神態，沒有一點傲氣，倒是頗有些和藹可親的意思，原本懸著的心不免放鬆下來。

貴妃同她說了會兒話，多是問故鄉故事，月牙兒說的時候，她聽得很認真，偶爾說起她小時候同鄰家姊妹去虎丘玩耍，眼底有光。

談了些時候，一個宮女進來通傳。「小爺和公主到宮門前了。」

貴妃便同月牙兒和藹道：「你們下去歇歇吧。」

月牙兒聞言退出殿裡。

等她要出宮的時候，一個宮女手捧一個小方盤過來，上頭擺著翡翠手環，說是貴妃賞的。

直到走出宮門，月牙兒才回過神來。等她回到杏宅，才跳下騾車，她做的第一件事，便是衝去書房寫了一封書信寄給薛令姜。

信中所述只有一件事，要她趕緊擴大衣坊的規模，多多招些女工，最好還要買十畝桑田，杏花館帳房裡有多少現銀全砸在這上面！

第十九章

正月十五，月牙兒下廚煮了一鍋鮮肉湯圓。江嬸見了，奇道：「這元宵還能有肉餡的？」

魯大妞正看著灶裡的火，道：「我們那兒一向是吃鮮肉湯圓的。」

這是什麼奇奇怪怪的吃法？江嬸心裡覺得可能不好吃，可是分湯圓的時候，她還是端了一碗鮮肉湯圓過來，又怕吃不完，就塞了幾個到江叔碗裡，預備留著肚子吃甜湯圓。

她咬破一個鮮肉湯圓，糯米漿製成的粉皮輕薄軟糯，才咬開一個小口，帶著肉香的湯汁便溢出來，很鮮，裡邊的豬肉剁成末，調味之後團成小團，同糯米皮一起咀嚼，別有一番滋味。

雖然第一個鮮肉湯圓吃起來有些怪，但習慣了鹹口湯圓後，味道還真不錯。

整個杏園今日的早膳便是湯圓，月牙兒吃了半碗黑芝麻湯圓，又吃了半碗鮮肉湯圓，小肚子都吃得圓鼓鼓的。她笑著向吳勉說：「你悶在家中讀書這樣久，今日就出門去逛逛廟會吧，看看這裡的燈會是什麼模樣，也正好消消食。」

吳勉道：「都好。」

兩人便換了出門的衣裳。

騾車才到杏園門口，忽然有人過來說，鄭次愈請月牙兒過府一敘，有要事相談。

「鄭公不是要回江南了嗎？找我作甚？」

吳勉握一握她的手。「我送妳去吧，說了事，咱們再一起去觀燈。」

到了鄭宅，只見庭院裡散放著各樣東西，顯然是鄭次愈去江南要攜帶之物。

見月牙兒過來，鄭次愈長話短說。「皇爺將皇店裡的茶酒店賞賜給了貴妃娘娘，娘娘想找個人代為經營，妳可願意？」

原來昨日乃是貴妃生辰，皇帝特地將皇店裡的茶店賞賜給她做賀禮。但皇店近年來半死不活的樣子，誰都瞧得清楚，貴妃不滿意往日管理的人，便想著換人來經營，畢竟，她還指望著將皇店經營好之後，將其作為公主的陪嫁。

月牙兒斬釘截鐵道：「願意。」

鄭次愈朝她潑冷水。「妳自己心裡掂量清楚，皇店如今的情形，完全是入不敷出。我向寶和店的提督太監問過，就這茶店，這些年生意很冷清，聽起來是榮幸，實際就是個燙手山芋，妳若能將這事辦好，自然是大幸，可若是不能，那便會為貴妃娘娘所不喜，到時候這京城，怕是再容不下妳。」

月牙兒本想一口應下，可忽然想起吳勉。她若沒做好，灰溜溜離開京城也就罷了，但此事會不會影響他的前程？

思及此，月牙兒一時有些遲疑。

鄭次愈看出她的猶豫，說：「妳仔細想想，我後日離京，最遲明日要給我個答覆。」

小夫妻出了鄭府，騾車便往廟會去。

吳勉凝望身邊心事重重的月牙兒，劍眉微蹙。方才進鄭府之前，她可不是這模樣。

「有什麼為難的事？可以同我說。」

月牙兒回過神來，扭頭望向他。「鄭公方才同我說了一件事，也許是機緣，也許是劫難。」

她將貴妃意圖為皇店尋個經營者的事向吳勉和盤托出。

「我自己若是一個人，怎麼也不怕的。可如今我既然與你成婚，就不得不為你多考慮些。若是阻礙了你的前程，那可怎麼辦呢？」

吳勉聽了，垂下眼眸，想了一會兒，將她的小手輕輕握在掌心。「可是若為了我，妳不去做這事，豈不是誤了妳的前程？」

他的掌心將月牙兒的手包裹起來，很溫暖。

他望著她的眼眸，鄭重說：「妳我在一起，誰也不是誰的拖累。我們之前不是說好了，要一起乘風破浪？所以，妳不必過於憂心我。」

月牙兒看了他一會兒，投入他懷裡。

「能在這裡遇見你，真好。」

吳勉撫摸著她的髮，輕聲笑起來。「我也一樣。」

貴妃新得的這一家皇店在鳴玉坊，據說原本是一家貴臣的店鋪，後來犯了事，被抄了家，於是半條街的店鋪和府宅皆被收為皇店。初代經營者嫌小店鋪閉塞，沒有皇店的氣派，便索性重新改造一番，集合成了三家大店，一家是茶店，一家是酒店，一家是豬羊肉店。

本朝稅收，幾乎有一半是實物稅，有什麼收什麼，譬如全國都要收的糧食、江南府會繳納生絲、北邊的行省會繳納貂皮、狐皮……林林總總，很是繁雜，雖然曾經有人提出以白銀代替實物，統一以錢繳納賦稅，但因反對者眾多，不過實行了幾年便沒了下文。每年入庫的稅收，仍然又有銀兩、又有糧食、又有生絲、又是茶葉……種類繁多。

在早些年的時候，若是國朝銀兩不夠，還會直接將實物發給官吏做俸祿，譬如發放胡椒、香料。高官豪爵自是不在意，而一些靠俸祿為生的官吏，只能愁眉苦臉的接下來。前腳才領了俸祿，後腳就要到市場上去出售，畢竟胡椒又不能當飯吃。

這些年因為南邊的經濟越發好了，又開了海關，每年所收關稅之多，被時人戲稱為「天子南庫」，倒是再沒有出現直接發胡椒當俸祿這回事。

像糧食、白銀這一類的東西好說，可以直接流通，可其他的貂皮、生絲、狐皮、茶葉、珠寶……就不能夠直接流通，多半是收在皇庫裡。雖然天家每年都會直接取用一些，但總有些東西入不了各位貴人們的眼，只好放在內庫裡生灰。

直到有了皇店，這些東西才算有了個去處。

出了年，月牙兒奉貴妃之命來到鳴玉坊。

她到的時候，辰光正好，可下了轎一瞧，街上冷冷清清的，沒有什麼人，有一個內臣來迎，是給貴妃當差的郭洛，名義上是由他來接手這家皇店。

這郭洛早年在昭德宮的時候，得叫鄭次愈一聲「師父」，因此對著月牙兒，他還是笑臉相迎。

「蕭老闆來了，我先領妳轉轉吧。」

這一處茶店名為「清福店」，就在鳴玉坊正中央，地方很寬敞，不似店鋪，倒有些像一座園子。前面有一座兩層樓宇，飛簷翹角，是宮匠的手藝。後邊則是一大片低低的房舍，有些散亂地堆著茶葉，有些則是司房鈔條書手打瞌睡的地方。

走完一圈，郭洛領月牙兒到清福廳裡坐，這原是給來經營的內臣辦公的地方，除卻正間之外，左右各有一間。

「蕭老闆，右廳已經收拾出來了，妳日後在這裡做事便好。」

只見裡邊擺設著書案屏几、筆硯瓶梅，極其清雅。

月牙兒將手撫過書案，見是包漿的紅木，心裡對皇店資產雄厚的認識又添了一分。

自有小內侍送茶來，月牙兒細細品味，讚道：「這茶的滋味很是不錯，不愧是進貢的御茶。」

郭洛笑說：「這已經算上品了，可惜收到清福店庫房的茶，多是一般的陳茶，原來放在內庫裡和各省方物、藥材混雜在一起，多少沾染了氣味。」

原來是這樣，月牙兒心裡想，這樣就說得通了，不然倘若都是上等品質的茶，又何須發愁銷路。

「我不是京城長大的，之前也沒怎麼見過皇店，不知郭爺可願同我說說這皇店的事？」

「這是應當。」郭洛點點頭，將皇店的事給她捋了一遍。

原來這皇店並非只有京城有，在通州北運河之畔、軍府重鎮宣府、大同、山海關等地亦有。京城裡除了鳴玉坊這三家皇店，還有六家皇店在積慶坊，其中總管皇店的提督太監便坐鎮在積慶坊裡的寶和店。

「咱們鳴玉坊是後來添的皇店，寶和六店才是最初的皇店，方便的時候，我會領妳去拜訪一下康提督。」

月牙兒點點頭，用玩笑的語氣問：「我之前聽人閒聊，說皇店暴斂橫徵，弄得大家都不開心。可今日一瞧，除了略微冷清些，這傳聞似乎並不真。」

聽了這話，郭洛笑了。「怎麼說呢，從前是有過的。」

原來在皇店新設不久的時候，寶和六店承擔了一部分收取商稅的功能，今上未登基之時，皇店的提督太監頗受先皇寵幸，為謀取私利作惡不少，現在京城百姓對皇店的反感厭惡就是在那個時候積累的。

後來今上登基，年少之時還曾一怒之下將皇店罷免，嚴懲作惡者，可沒了皇店，內庫裡生灰的東西又實在可惜，便在幾年後漸漸恢復了皇店，除去了皇店收取商稅的功能，另派老實可靠的內臣經營。

但由於之前皇店的名聲實在太壞，尋常百姓幾乎是繞著皇店走，再加上皇爺曾經罷免皇店，嚴懲經營的內臣，讓後來的接任者看了怕，實在不敢再鬧出什麼大事，只安安分分的看著皇店，不求有功、但求無過，於是幾家皇店便成了如今的冷清模樣。

「其實寶和六店還好，所售之物都是南金絲珠、江米棉花之物，總歸能出手。」郭洛嘆了口氣。「咱們鳴玉坊這三家才是真的冷清，如今每年經營所得，不過抵了經營所費之錢而已。」

「那經營所得之利，又是如何分配的呢？」月牙兒問道。

郭洛說：「所獲利錢，自然是全部進御。」

「那利錢便與皇店經營者無關？」

「店裡做事的人自有月錢。」

聊了一會兒，郭洛就叫人把店裡做事的人全叫來，讓月牙兒認一認。

「大部分是原本就在皇店做事的，」趁人還沒來，他向月牙兒輕聲道：「貴妃娘娘只是新派了帳房書手。」

叫了半天，人才在庭前歪歪扭扭的站齊，少說有三、四十個，幾乎都是內臣和內臣的家人們。

郭洛沈聲道：「這是蕭老闆，是奉貴妃娘娘之命特來清福店經營之人。」
眾人一個個依次問好，但神情多少有些散漫，顯示不把月牙兒當一回事。
月牙兒笑一笑，說：「日後算是在一起共事，請諸位多關照。」
彼此打個照面，便都散了。
月牙兒回到右廳，將方才所見所聞整理了一下，記在紙上。
她如今只能算是協理經營，又沒有什麼貴重身分，是以雖然郭洛和其他貴妃娘娘指派過來的人還願意給她幾分薄面，原本在清福店做事的人卻不怎麼買帳。
這也不奇怪，她來之前便料到如此。這事急不得，只能徐徐圖之。
郭洛倒是分了個書手給她，叫順子，約莫十四、五歲，能寫字、會打算盤，人也很機靈，聽月牙兒說想了解清福店的情況，他就將帳本、庫存錄都抱了過來。
「他們只肯給上個月的，推說之前的都在書庫裡，要自己尋去。」
月牙兒隨手翻了翻帳本，眉頭緊皺，這完全看不清楚嘛！想了想，索性將帳本、庫存錄放到一旁。
就眼下這個情形，翻舊帳於她而言沒有半點好處，就是真從帳本裡查出了點什麼，她難道還能求貴妃娘娘主持公道不成？人家叫她來，是為了清福店未來的經營，可不是讓她自找沒趣的。
倒不如從今日開始，另起新帳。

月牙兒還有一重顧慮，不曉得這郭洛對於她的態度是如何，是監督，還是單純將她作為一個參謀？

郭洛回到左廳，丁帳房和田書手亦步亦趨跟在他後頭。

他在圈椅上坐下，捧起一盞茶，揭開茶盞細細吹。

丁帳房和郭洛是老交情了，自己尋了個椅子坐，問他說：「貴妃娘娘和鄭公是怎麼個意思？為何叫個民婦來清福店裡？」

郭洛淺呷一口茶，悠悠道：「這還要問？說起經商，咱們都是些半路出家的，人家才是行家。」

丁帳房皺起眉頭。「那您真放手讓她去做事？」

「先看看吧，我是隨她折騰，可原本皇店裡的人可未必聽她的話。」郭洛說：「看她本事，若是真搞得定那群老人，咱們也樂見其成，畢竟真有餘錢還是哥兒幾個一起分。」

丁帳房點點頭。「是這個理。本來嘛，就是她能把清福店經營得好，咱們也有功；若是做得不好，她滾蛋，和咱們也沒什麼干係。」

幾人正說著話，忽然聞見一陣香味。

丁帳房疑惑道：「這燒菜的人是忽然成仙了不成？今日午飯這樣香？」

推開門，幾人往廚院走，只見廚房門口圍了一圈人。

「這是做什麼？」

見是郭洛，人群便讓出了一個口。

只見燒菜的廚子守在月牙兒身邊，雙手環抱。灶上是一鍋奶白色高湯，灶臺邊擺放著各色處理好的生食，月牙兒正教著燒菜廚子如何去燙菜。

郭洛聞著香氣，只覺饑腸轆轆起來。「蕭老闆，這是在做什麼？」

月牙兒聞聲抬頭，笑著說：「這是麻辣燙，我店裡的人方才送過來的，分量多，我想索性和大家一起分食。」

她指了指灶臺上裝著生食的碟。「郭爺看喜歡吃什麼，我替您煮一份。」

這倒新鮮。

郭洛湊過去，挑了香菇、蛋餃、豬肉片、青菜、麵條……等東西，放在青花瓷海碗裡。

不多時，月牙兒便將這些食物燙熟了，澆了幾大勺高湯。

只見青花瓷海碗裡泡著各色食物，顏色各異，湯底呈奶白色，上面熱氣騰騰的浮著一層油脂。

郭洛挾了個豬肉片，送入口中。浸透高湯的肉質嫩而滑，口感潤澤，回味無窮。他將一碗微熱的無辣麻辣燙捧起，啜飲一口，嘖舌道：「真鮮。」

他算是知道月牙兒原來的店為何生意那樣好了。

月牙兒並不是時時刻刻都守在清福店的，她答應時便已說得很明白。「願以淺薄之力略施指點。」

因此她有時上午來，有時下午來，才五、六日的工夫，清福店中做事的人便盼著她清晨過來，因為每當這時來清福店，必在清福店用午膳，那麼杏糖齋的人也必定會送膳食來，全清福店的人都可以沾光。

小福子便是惦記著月牙兒點心的人之一。他入宮後拜了個好師父，人長得也機靈，會說話，又有福氣，得以調到清福店來，在這兒做了幾年的事。在皇店做事，不必如同在宮裡時那般謹小慎微，每日從值房過來店裡，泡上一盞茶，往櫃上一趴，再沒什麼別的事。

縱使有客人，也不過是小貓兩、三隻，他也懶得去招呼，一面和同班的人閒聊，一面用餘光瞟著客人，只要客人不鬧出事來，就皆大歡喜。反正每月月錢照拿，客人買不買茶同自己也沒什麼關係。

皇爺將清福店作為賞賜給了貴妃娘娘後，小福子還擔心了一會兒，怕娘娘把原本店裡的人都換掉，自己便沒有這麼清閒的差事了，可同店的人說：「就是清福店賞賜給了貴妃娘娘，不還是皇店嗎？你瞎操心個什麼。」

他心裡有些不安，便去問在宮裡當差的師父，師父也說：「貴妃娘娘在宮裡這麼多年，對下人們一向和氣，好端端的換了你做什麼？整個清福店裡，不是內臣就是內臣的親友、義子，掰扯下來，誰沒個能在皇爺殿裡當差的親戚？俗話說『閻王易過、小鬼難纏』，何苦為了這些小事給自己埋下隱患？」

這話實在有道理，小福子便放心了，照舊每日在清福店裡混日子。

果然，貴妃娘娘只換了一個清福店管事太監，另派了幾個帳房先生和書手，沒有什麼舉動，干係到清福店原來做事的人。

只除了一件事，貴妃娘娘竟然叫了個女商蕭月過來，說是幫著清福店經營。所幸這些日相處下來，這蕭老闆不曾自作聰明的對皇店指手畫腳，也不曾冒犯店裡眾人，大家還是該歇息的歇息，該聊天的聊天。而每當蕭老闆過來，大家還能多吃一頓美食，漸漸地，對於她的存在，小福子也習以為常了。

今日蕭老闆是清晨過來的，小福子見了眼睛一亮，立刻省下了上午吃的點心，打算留些肚子。

果然，臨近晌午，杏糖齋的人又來送吃的了。

幾個大食盒往廚院桌上一擺，清福店做事的人便不約而同地往廚院裡走。

小福子也想去，可這時辰該他當班，其餘兩個店裡當差的早就溜出去了，皇店總不能開著門，櫃上卻一個人也沒有吧？於是他只好無精打采的趴在櫃前，想著今日會有什麼好吃的。要知道，這幾天下來，蕭老闆送來的吃食就沒有重複的。

「這個時辰是小公公當差？真是恪盡職守。」

小福子正滿腹牢騷呢，忽然聽見一個女聲，回頭一看，是月牙兒。

月牙兒手裡拿著一個油紙包放在櫃上，笑說：「我今日帶了些炸雞年糕來，小公公要不要嚐嚐？」

「那敢情好，多謝蕭老闆。」小福子喜出望外。

他接過那油紙包，猶是溫熱，才揭開一角，炸雞的香氣便直往鼻子裡鑽。是炸好的雞琵琶腿，外邊裹著一層鱗片狀的粉，金黃金黃的，好看極了。拿起來咬一口，酥皮「嚓」一聲裂開，一條嫩白的雞肉就撕了下來。雞肉滑嫩、酥皮香脆，好吃得讓人想吸手指頭。

除了雞腿，還有圓柱狀的小年糕，約莫拇指長，也是被油炸透了的。潔白如玉的表面鼓著細碎的油泡，又灑了一層佐料粉，吃起來外酥內糯，口感絕佳。

小福子吃完兩塊小年糕和雞琵琶腿，驚嘆道：「這炸雞與炸年糕一起吃，簡直是絕配，想不到還有這種吃法呢！」

月牙兒笑說：「其實我原本想做排骨年糕來著，怕你們吃不慣，就換了炸雞年糕，想著這個應該是人人都喜歡的。」

等到小福子吃得差不多了，月牙兒才慢悠悠的問：「小公公，如果除了月錢之外，這清福店還有分紅與你，你樂不樂意？」

所謂「吃人的嘴軟」，小福子同月牙兒說話的時候，也越發客氣了。

「傻子才不樂意呢。」小福子見同班的人還沒回來，偷偷問她。「怎麼，還能有這樣的好事？」

「說不定呢。」月牙兒答道：「因為我店裡就是這麼做的，分紅同盈利掛鉤，好像做事的人更勤快一些。」

她確實有勸一勸貴妃娘娘改一下分利模式的意思。像皇店如今這種情形，活兒幹多幹少都是一個結果，那自然有人不樂意做事。

這些時日，對於清福店，她只做了一件事，便是整理清楚清福店的現狀。自從月牙兒過來，她便教書手順子新的記帳方式，要他將這些天的收支記下了。又領人將清福店現有的存貨清點了一遍，順便在街上問一問人們對於清福店的印象。

目前而言，皇店在百姓之間的口碑可謂是徹底不行，他們甚至輕易不會到鳴玉坊來。而這些天清福店銷售出去的茶葉，僅限於一些上等貢茶。將清福店裡的存貨清點一遍後，月牙兒發現裡邊至少有三分之一放了許久，她甚至瞧見了三年前的陳茶。

為什麼這些茶寧願堆在庫房裡，也不能折價處理呢？她問了掌事太監郭洛，郭洛說：「這些茶如今雖然品相不好，可到底也是貴種茶，不好降價。再說了，清福店是皇店，堂堂皇店，怎麼能和一些小店一樣賣便宜的茶呢？」

月牙兒聽明白了。說白了，皇店的面子很重要。世人都知道皇店出售的東西是御貢的，御貢的東西怎麼能廉價呢？因此萬萬不能降價出售，竟讓好茶葉堆著堆著成了陳茶，既占地方又毫無意義。

等她摸清了清福店的底，時光已走到二月。

龍抬頭一過，月牙兒親自就清福店的經營策略寫成一封奏疏，請郭洛代為通傳。

「我整理了幾條想法，想請貴妃娘娘看看。」

郭洛接過，打開一看，匆匆掃過內容，不禁有些驚訝。

她這些天不聲不響的，原來是一直在做謀劃。

郭洛將這奏疏送到貴妃宮裡時，她正看著公主吃果桌。

「這蕭月有意思，還正兒八經的寫了封奏疏來。」貴妃娘娘聽了郭洛的稟告，叫奶娘將公主領回去，自拿了那奏疏來看。

貴妃娘娘本是秀才之女，從小也認字的，一瞧紙上筆跡瀟灑，不由得多了一分好感。

奏疏是用白話文寫的，跟看話本小說一樣，毫不吃力，其中言簡意賅的將清福店的現狀寫了出來，並給了幾條建議。一是改革分利之法，每年將清福店的營收以七成上交，其餘作為店裡人的分紅；二是以私人名義新開一家茶店，專門用來降價處理清福店堆積的陳茶；三是行義舉，在京城大街處設茶攤，免費給老人、幼童吃茶。

而後又詳細解釋了每一條建議的利弊，娓娓道來，條理清楚，很能令人信服。

貴妃看了，說：「這蕭月倒真有點本事，還會寫文章。我小時候曾看我爹寫的文章，什麼之乎者也，一篇看下來頭都暈了，要是都像她這麼寫，多清楚啊。」

她思量了一會兒，吩咐郭洛。「就先按照她這麼說的去辦吧。你給我好好盯著，若有什麼岔子，立刻回稟與我。」

「小人記下了。」

在奏疏上的事一樣一樣落實的時候，月牙兒簡直忙得團團轉。清福店的事她要管，杏糖齋的事她也要過問，又恰逢吳勉會試的日子，睡得都少了些。

二月初九，是會試第一場。月牙兒深夜回到杏宅，同江嬤說明日務必叫醒自己，因為她要陪勉哥兒去貢院。

天還沒亮，江嬤便起來了，她才走到正院，卻見吳勉已推開房門。

她正想問安呢，吳勉卻將一根手指立在唇前，示意她不要出聲。

然後，他轉身將房門緩緩合上，動作很輕，幾乎沒有聲音。

直到走到前院，吳勉才輕聲向江嬤說：「月牙兒這些天太累了，一日下來也睡不了幾個時辰，我不忍心吵了她。」

「可是——」江嬤也學著他的模樣，壓低了聲音。「東家說了要早起送您的。」

「比起送我，她能多睡一會兒更重要。」吳勉回首望一望，眸色溫柔。

窗外鳥兒啼鳴，擾人清夢，月牙兒懵懵懂懂睜開眼，卻見枕邊空盪盪的，日光透過綺戶，投在梅花紙帳上，昭顯著今日是個好天氣。

她一下坐起來，將江嬤喊過來。「勉哥兒走了？」

「去貢院了。」

「妳怎麼沒叫醒我呢？」月牙兒眉尖若蹙。

江嬸無奈道：「老爺說了，不許叫您，想要您多睡一會兒。」

月牙兒嘴上抱怨了幾句，心裡卻暖洋洋的，一如明媚的春光。

會試也分了三場來考，最後一場在二月十五。

月牙兒特意空出了時間，早早地在貢院外等。她照例做了一份過橋米線，還帶了個小火爐，就放在騾車上溫著高湯。

龍門一開，舉人們魚貫而出，夾雜在一群中年人裡，吳勉顯得格外突出。

月牙兒踮起腳來向他招手。「我在這裡。」

吳勉一出龍門，顯然也在尋找月牙兒，等聽見她的聲音，循聲望過來——

四目相對，嘴角含笑。

他立刻快步向她走過來。

大考之後的心情，宛若層雲退散之後湛藍的天，有一種別樣的閒適。

吳勉同月牙兒在騾車上坐，不慌不忙地吃完了一砂鍋過橋米線。

這時外頭已沒有放散考時的嘈雜，月牙兒掀起車簾往外探一探，街上已不是騾車轎子塞滿路的狀態。

「你今日可有什麼旁的安排？」

吳勉想了想，說：「晚上大約要去玉福樓吃席，和我要好的同年一早就說好了，除此之外，倒是沒什麼旁的事。」
「如今春光正好，我們可以去郊外放風箏。」月牙兒才說完這句話，車外便傳來一個聲音。「蕭老闆，護國寺大街那邊還等著呢。」
月牙兒無奈道：「知道了。」
她轉身看向吳勉，才說了「抱歉」兩字，吳勉便打斷了她的話。「正好我也想回去睡一會兒，號舍裡畢竟比不上家裡舒坦。」
行到杏園，吳勉下車，朝月牙兒笑一笑，便回去歇息了。
但回到正房，他將門窗合上，解衣欲睡，卻見著空盪盪的枕邊，不覺有些失落。
兩情若是久長時，又豈在朝朝暮暮。吳勉安慰自己道。
會試一結束，京城的茶肆、酒樓立刻熱鬧起來，畢竟才考完的舉人老爺們，很需要玩樂一番，借此慰藉寒窗苦讀之疲憊。就連月牙兒的杏糖齋，生意也興旺了不少。
人總是愛熱鬧的，又趕上連日放晴的好天氣，大街小巷裡有不少人出來走動。
這日，家住棉花胡同的羊老太太見日光好，便叫上鄰居的老姊妹一起去護國寺進香。羊老太太雖然年紀大，但身子骨兒很硬朗，為了買青菜的一文錢，能與小販吵半天。
走了好久，等終於走到護國寺大街的時候，羊老太太已經有些口乾舌燥，老姊妹提議。
「要不去買碗酸梅湯吃？」
「花那個冤枉錢做什麼？護國寺裡邊就有井呢，我不信和尚們還敢攔著香客，不讓吃井水。」

羊老太太正嘀嘀咕咕，忽然腳步一停。「那棚子怎麼有這麼多人，是有什麼便宜可占？」

她快步走向棚子，才看清了這是一個茶棚，爐子上正煮著茶水，能聞見茶香。茶棚邊還豎了一塊牌子，字寫的什麼，羊老太太不認得，拉住一個路人問：「這是在做什麼？」

「這茶水免費贈飲呢，聽說是清福店的義舉。」

「鳴玉坊的那個清福店？」

「對，就是。」

那不是一家皇店嗎？羊老太太心裡直打鼓，就皇店那群人，還會行義舉？真真太陽從西邊出來了。

她守在茶棚邊看了一會兒，發現果真是吃茶不要錢，便果斷的上前要了兩碗茶。畢竟，有便宜不占王八蛋。

一碗茶湯吃下去，很是解渴，這茶滋味還不錯呢。要是自己買，怕是也要花滿多錢。

這清福店倒還幹了回人事。

不僅在護國寺大街有清福店擺的茶攤，在九門也有，從清晨到黃昏，一連擺了六、七日。

這不花錢吃茶的功效，也慢慢顯示出來，月牙兒來到鳴玉坊時，發現已經有不少鳴玉坊的百姓，敢從清福店門前走過了。

清福店也陸陸續續賣出了一些上等茶葉，境況比之前稍稍好一點，算是個好開端。忙忙碌碌的，月牙兒好不容易將一整日都空了出來，與吳勉一起四處閒逛。草長鶯飛的時節，兩人清晨起來，便去湖畔放風箏。玩累了，就並肩坐在樹下，彼此依偎著休息一會兒。

回程的時候，騾車行到護國寺，月牙兒向吳勉笑說：「新開的一家茶店就在這裡，你要不要去看看？」

「好啊。」

車伕聞言，在路邊停下。吳勉先跳下車，再向月牙兒伸手，牽她下來。

這一家新開設的茶店就在護國寺大街上，叫茶隱店，規模不很大，只有兩間店面。其中空出了靠近門口的半間店面，放置了木桌椅，還有一個高爐，走過去一看，爐火上熬的正是茶水。

每當有客人進店，往長板凳上一坐，自有夥計斟了一小缽子茶來，放在桌上。「您先嚐嚐，若是茶的味道還合您的意，再買。」

吳勉同月牙兒也尋了張板凳坐，不一會兒，夥計便送上兩小缽子茶。

等吳勉將這小缽子茶喝完，月牙兒輕聲問：「你覺得怎麼樣？」

「還好。」

這小缽子茶細細品味，倒也嚐得出是較貴的品種，但可能是因為放得久了，有雜味，並不純淨，真吃慣了貴種茶的富貴人家，決計不會買。

月牙兒伸出手指，給他比了個數。「若一斤是這個價，你買不買？」

吳勉心裡算了算。「買，這樣的價格，只是比梗子茶貴些。」

在他還未長到可以出去賣果子的年紀，爹爹總要拖著一條跛腿出去走街串巷，所賺到的錢壓根兒和其他賣果子的不能比，因此那時家裡很貧苦。吳勉記得很清楚，那時他們家吃的茶，與其說是茶，不若說是茶梗泡出來的水。雖說味道不怎麼的，但架不住茶梗便宜呀。他還是個小孩子的時候，去茶鋪買這種梗子茶，還要提早去才有，因為許多清貧人家日常都吃這種茶。

若只是多花一點點錢，便能吃到正兒八經且品種不錯的茶，誰不願意呢？

吳勉回首望一望櫃檯，果然有兩、三個穿布衣的正在交錢買茶。

其中一個才買了茶的，正回答一個進店的新客的話。「他家的茶葉又便宜又好，買了不虧，你要就快些，不然最便宜的那種就沒有了。」

原來月牙兒將茶隱店出售的茶葉，分成兩種，一種是特價優惠，另一種則是尋常價位。每日特價優惠的茶葉是有定數的，賣完就沒有了，俗話說「好花還要綠葉相襯」，有了尋常價位的茶葉，特價優惠的茶葉無疑走貨的速度更快些。

吳勉附耳小聲道：「可是妳用這樣的價賣茶葉，不會虧嗎？」

「薄利多銷。」

月牙兒解釋說，其實原本皇店裡的茶葉，就是個無本生意，除卻維持經營的費用，本錢幾乎可以不用計。貴妃娘娘同意了她的所請後，月牙兒便將庫存的茶葉分為三種，其一是在清福店出售的上等品，其二是稍稍次些的中等品，給人試吃的；而那些放久了的陳茶，則另有安排。

她新開了這家茶隱店，為的就是專門替清福店處理壓倉貨。因為是分了兩家店來經營的，故而不會影響到皇店的聲譽。即使在帳目上，走的也是私帳，等於茶隱店花錢從清福店買了一批下等茶，再以低廉的價格賣出去。兩者之間，倒有點品牌店和折扣店的意思。

三月，會試放榜。

月牙兒已經很有經驗了，知道如若考中，會有報錄人爭先恐後的來報，便不打算去看榜，只坐在家中等。

清晨醒來，左右沒什麼大事，月牙兒便拿了棋盤、棋子出來，教吳勉下五子棋玩。

江嫂倒是急得不得了，悄聲向江叔抱怨。「怎麼東家就一點不緊張呢？這可是大事！」

江叔看了眼正房，道：「急也沒用，還不如跟東家一樣，放寬了心等消息呢。」

等到日影移到粉牆上時，終於聽見噠噠的馬蹄聲。

這第一隊報錄人竟然是騎馬來的，為首一人手裡拿著紅綾旗，在鑼鼓聲裡高喊。「捷報，貴府老爺吳勉，高中會試第九名貢士，金鑾殿上面聖！」

說話間，鞭炮聲也噼哩啪啦響起，杏宅內外一片喜氣洋洋。

月牙兒喜不自勝，握住吳勉的手，這才發覺他手心有汗。

「恭喜。」

吳勉鬆了口氣，輕擁住月牙兒。「同喜。」

揭曉之後，許多街坊朋友陸續上門祝賀，連清福店的郭洛聽了消息，也悄悄地叫人送來了一份賀儀。除卻賀儀之外，還有一個紅漆食盒，花紋精美。

「這是宮裡的點心，郭爺特地讓我捎來的。」

將食盒打開一看，是一碟五白糕。

這是宮裡的一道名點，許多娘娘愛吃，據說食之可以增白潤膚。既然是宮裡御廚的拿手點心，那樣子必定是很漂亮的，小小巧巧，玲瓏可愛。

月牙兒拿起一塊五白糕，細細品味，裡邊應當加了幾味藥材，一連吃了兩塊，才大約猜著，應當是白扁豆、白蓮子、白茯苓、白山藥、白菊花，都是些滋補潤膚之物，怪道宮裡娘娘們喜歡。

依著慣例，第二日吳勉要去刑部街官廳拜座師，也就是選他為貢士的舉人。

入夜時分，月牙兒手拿壽字卷紋鐵熨斗，用鐵鉗挾了兩塊燒得通紅的炭放在圓斗裡，替勉哥兒熨衫。

熨好了，她叫吳勉試一試。

上過漿又熨好的衫，格外的挺，吳勉穿著這衫，如鶴之姿。

「我最喜歡看你穿白衣衫。」月牙兒裝作風流浪蕩子的模樣，挑起他的下巴。「給姑奶奶笑一個。」

「別鬧。」吳勉耳尖微紅，同她說：「我有件事，想同妳商量商量。」

「你說。」

「不久之後就是殿試，雖然我不曉得我能不能考到三甲之內——」

「一定能。」

吳勉無奈的看了月牙兒一眼，唇角微揚。「別鬧，聽我說完。」

「國朝的慣例，若是名列一甲，便賜進士及第，多入翰林院為修撰；若是二甲進士，則為庶吉士，可進六部為主事。這些都是京官。」吳勉有些遲疑道：「可我，不想入翰林院，也不想入六部。我原本走科舉正途這條路，一是……」

他有些難為情，飛快地說：「一是為了妳和爹的緣故，還有一則就是我想任職一方，真正為百姓做些事。所以如果能選，我倒想回到江南做一個縣官，造福一方。我之前有同段翰林聊過，他覺得這種想法很傻，因為京官比起外任的縣官而言，無論是機遇還是資歷，都強上許多。」

他抬眸望著月牙兒。「妳覺得，這是一個很傻的念頭嗎？」

燭光漫散著橙黃色的暖光，照進吳勉的眼眸，有小小一團光亮。

月牙兒微微一怔，靠過來執起他的手。
「赤子之心，尤為可貴，哪裡不好呢？」
她將掌心貼在他的面頰上，很溫柔的說：「你只管依著自己的本心去做，人生不過百年，總要做自己喜歡的事才好。」
其實段翰林為何會說吳勉的想法「傻氣」，月牙兒心裡很清楚。本朝被世人視作康莊大道的官途，無非是以進士及第，入翰林院，再入內閣，終修成首輔。細數下來，那麼多首輔，有一大半都是從翰林院出去的。若是以進士之身到地方任職，那頂天了不過做一個封疆大吏，幾乎沒有幾個能入內閣的。
可月牙兒聽了吳勉的話，心裡卻不禁柔和下來。為一地方父母官，真真切切的為百姓做些力所能及的事，又何嘗比在京城官場勾心鬥角差呢？
「我也有一事想要同你商量。」
吳勉將月牙兒輕輕攏入懷中，說：「我聽著呢。」
「還是清福店的事。」
如今清福店在百姓間的口碑漸漸好轉，積累下來的茶葉存貨也在日漸出手，就是貴妃娘娘看了帳本也覺得很滿意。可月牙兒心裡卻另有想法，這麼些上好的茶葉，明明還能賣個高價出去。
她其實對於茶葉懂的並不很多，自接手清福店以來便買了幾本茶譜、茶經回來，得空的時候便努力鑽研。月牙兒本是做事就要做好的性子，這兩天稍稍得了空，便開始在京城各大茶鋪、茶店走動起來，看看如今京城的茶葉是怎麼個市場。

瞧來瞧去，她發現了一件與江南茶坊不同的事。在這裡，花茶的普及率遠遠比不上江南。這也很好理解，畢竟京城因為水土以及氣候的原因，沒有栽種那麼多花田。她問過郭洛才知道，如今京城裡除了皇宮南苑有一處暖室，專門栽種茉莉花以供貴人們泡茶吃之外，再沒有什麼成規模的花田。

「貴妃娘娘自幼喜歡花茶，尤其是茉莉香茶，不然宮裡也不會專門撥出一塊地方種茉莉花。也有些京城貴婦想學著娘娘的舉止喝香片，可是很難弄得同等品質的花茶。」

月牙兒聽了，央求郭洛替她尋一點宮裡用的花茶來。

好說歹說，郭洛還真弄了一點給她，只夠泡一盞茶的分量。

茶是好茶，是御茶之中最上等的那一種。茉莉花也不錯，帶著淡淡的香氣。總體而言，除了茶葉更好些，同月牙兒在江南吃過的花茶味道差不離，可她總覺得有哪裡不對。

翻閱幾本茶譜之後，月牙兒才漸漸明白為何她覺得當下的花茶少了些滋味。有一本《茶譜》上說，製作木樨花花茶，主要的工藝是「用磁罐一層茶、一層花相間至滿，入鍋湯煮之，焙乾收用」。

也就是說，如今製作花茶的工藝是將花與茶相間放好，一同煮過之後，再用火烘焙至無水氣，不過三、四道工序。

可月牙兒隱隱約約記得，她從前去一家老字號茶廠參觀過，人家可是有十多道工序。這樣便說得通了，一定是花茶窨製工藝在此後不斷發展，將花茶的味道改良得更好了。

她便琢磨著想改良花茶窨製工藝。可這件事，不是她一個人能做成的，月牙兒想了又想，覺得這事還是要找江南的製茶師傅。

「這個時節，本是江南花市提前訂茉莉花的時候，我掐著這個時間回去，說不定到花開的時候，這事便能有眉目。否則，非要等到明年去了。」月牙兒同吳勉解釋說：「可是我若這個時候回江南去，豈不是不能陪你考完殿試。」

「我又不是小孩子。」吳勉啞然失笑，說：「本來上京趕考，就很少有帶家眷來的，譬如我的同窗雷慶，他們都是一個人來的。妳能陪我這麼久，我已是再幸運不過了。」

他瞧見月牙兒眉眼間還有愧疚之色，連聲安慰說：「再者，妳若回去，也可替我看望爹爹，殿試出了成績，我就該回家去，算起來也沒差幾個月。」

兩人商議定，月牙兒便在一個春雨朦朧的清晨，獨自回江南去了。

魯伯與魯大妞倒是留在京城打點店鋪，除了杏糖齋之外，還有一家新開的成衣鋪子、一家茶店要打理。

行船的時日裡，月牙兒大半的時間花在了查證花茶窨製的工藝上，但到底術業有專攻，直到船登岸的時候，這花茶窨製的工藝也沒研究透澈。

自打收到月牙兒寄回來的信，薛令姜與柳見青便算著時日，派人到桃葉渡等候，若有消息立刻來報。因為杏花船宴離桃葉渡不遠，所以這些天每當得了空，薛令姜便會自己到桃葉渡轉一轉。

還真讓她等到了。

船還未停靠，月牙兒便已迫不及待地走出船艙，立在甲板上遠眺。等她瞧清渡口邊有一個熟悉的身影時，立刻揮舞著手臂喊。「大姊，我在這裡。」

姊妹相見，彼此都有說不完的話。

月牙兒嘴角帶笑，先向她說了勉哥兒會試考中的消息，又將在京城裡如何布置產業，如何為清福店出謀劃策說了一遍。

下轎的時候，月牙兒有些啞然，因為街上不少女子的裝束都改成了素色寬袖立領長衫，明明她走的時候還很少見著這樣的裝扮。

薛令姜聽見她的疑惑，笑說：「說起來，還有咱們家成衣鋪的一分功勞呢。」

原來自打杏花衣鋪出售了這種立領款式的衣裳後，無論是薛令姜還是柳見青，抑或者是杏花船宴的侍兒，通通換上了一樣的裝束，連帶著不少光顧「湘夫人家」的名門閨秀，也開始穿這種樣式的衣裳，漸漸掀起了一波新的潮流。

「其實妳就是不來那封信提醒我，我也會多多備貨的。」

兩人有說有笑的回到杏園。沒多久，得了消息的柳見青與伍嫂、六斤等人也匆匆趕來了，杏園上下如同過年一般熱鬧。

月牙兒回到東院，首先給吳伯敬茶請安。

也許是日子越過越好的緣故，吳伯看著比從前精神了不少。「好孩子，都是一家人，講那麼多禮數作甚？快坐下。」

月牙兒又將從京城買來的山參、補藥等物拿出來。「聽說吃了對身體好，我們便特意挑了些。」

吳伯止不住的說好，他又問了問吳勉的情況，得到答覆後，笑道：「妳當真是勉哥兒的福星呀。」

眼看快到用晚膳的時候，因是特地為月牙兒設的接風宴，所以眾人都往杏花巷去。

柳見青非要和月牙兒同乘一轎，然而一路上卻板著個臉，瞧著很不高興。月牙兒左一聲「好姊姊」，右一聲「好姊姊」求饒了許久，她才肯說話了。

「我還以為，妳再也不回來了。」

「怎麼會呢？我家在這裡呀。」月牙兒把臉貼在她衣袖上蹭了蹭。「何況，我想妳們了。」

柳見青冷哼一聲，用手指點一點她額頭。「拿妳沒辦法。」

見她恢復了常態，月牙兒也笑著與她東扯西扯。「之前妳來信，說杏花館店面擴大了些，還不知道是怎樣的氣派呢？」

「妳不回來怎麼會知道？」柳見青瞋她一眼。

過了杏花巷口的小橋，柳見青將轎簾掀起，指給她看。「喏，現在擴建之後的杏花館，就是這個模樣，不許說不好看。」

月牙兒放眼望去，只見兩道懸在空中的橋將杏花巷口左右的房屋連接起來，橋側垂著盞盞燈籠，遠遠望去，若虹一般。

他們用餐的那一間梧桐廳，正是最開始蕭家租住的那座小樓。庭前的那株梧桐被保留了下來，一樹新長的枝椏，葉子在樹梢迎風舞。

這株梧桐和月牙兒記憶裡的有些相同，又有些不同，可她又說不出是哪裡不一樣。她在這初月微明的蒼穹下獨自望了一會兒梧桐，心若深潭微瀾，有一種說不清、道不明的滋味。

「怎麼啦？有哪裡不好？」柳見青輕輕地問。

月牙兒回過神來，笑說：「沒什麼，咱們進去吧。」

這一回的接風宴極為豐盛，滿滿當當擺了一桌子，都是杏花館的招牌菜。

杏花館的規矩，是先喝湯，再吃菜，用些米飯，再嚐些點心。因正是蓴菜上市的時節，第一盅湯自然而然是蓴菜湯。將熟雞脯肉、金華火腿切成絲，灑在蓴菜湯之上，雞絲白、火腿紅、蓴菜碧，熱熱鬧鬧的，很好看。

飲下一盅蓴菜湯，只覺味道鮮醇，清冽爽口，難怪古來一直有「蓴鱸之思」的說法。

用完晚膳，眾人回到杏園。因月色正好，月牙兒便同薛令姜、柳見青一起在花園裡轉一轉。

她將自己意欲改良花茶窨製工藝的事同兩人說了。

「我預備找雙虹樓的于雲霧幫忙，他們家開茶店開了很久，應該幫得上忙。花的事好說，那賣花的老闆娘本來同我就有交情。如果當真能將這窨製工藝做出來，那一定能將花茶賣出高價。」

薛令姜思量片刻，說：「聽著好像很好。可是……」

她還沒說完，柳見青便接著她的話說下去。「可是費了這麼大的工夫，聯合幾家，最後賺的錢到底是算誰的？」

說話的時候，三人正行到響月廊。月牙兒在廊下坐，解釋說：「我本意是想把這樣的花茶當作投名狀的，所以所得之利，免不了按如今清福店的規矩，上交七成，自留三成。」

「如此說來，除去其他花費，賺頭並不大。」柳見青盤算一番，皺眉道：「這不是吃力不討好嗎？」

「妳放心。」月牙兒笑說：「我還留著後手呢。」

江南春日的花圃，是很香的。這香氣總是一陣一陣的，看風往哪裡吹，哪邊的花便獨占鰲頭，時濃時淡透著馥郁的香氣。

月牙兒走在一排玉蘭樹下，和本地最大的花商楊老太太一起邊走邊說話。

也是之前做鮮花餅時結下的交情，月牙兒才登門，楊老太太便親自出來接。

「妳是要最好的茉莉花？」楊老太太一時有些為難。「有是有，但有一部分，顧家在年前的時候就已經定了。」

她口中的顧家，乃是本地最大的茶商，如今金陵城有名號的茶館，多是進的顧家茶葉。杏花館用的一部分茶，也來自於顧家。

「竟然這樣不湊巧？」月牙兒眉頭微蹙。

「因為專門供做花茶吃的茉莉花，同尋常賣的是有些區別的。」楊老太太解釋道：「往年這部分一般都是顧家訂的貨占大頭，所以今日也就種那麼多。按說依妳我的交情，我能幫的自然會幫妳，只是這有約在前，實在不好更改。」

月牙兒點點頭，不置可否，先跟著楊老太太在花圃裡轉了一圈，將挑中的花提前訂下來。一晃，就到了用午膳的時候。

一個小姑娘蹦蹦跳跳地跑過來，喊道：「姨奶奶，可以用膳了。」

楊老太太笑著揉了一把她頭髮，向月牙兒說：「那麼請移步，先吃飯吧。」

「不用，這樣太打擾您了。」月牙兒說：「我等會兒還有事呢。」

「不差這一會兒時候。」楊老太太態度很堅決。

「這位娘子，姨奶奶可是特地吩咐了廚子做炸玉蘭花呢！錯過這個村就沒有這個店了！」小姑娘補充道。

玉蘭花還能炸著吃？

月牙兒來了興趣，再加上楊老太太反覆相邀，不留下用飯真不大好，便隨著楊老太太往內院去。

滿滿一桌的菜，月牙兒最感興趣的莫過於炸玉蘭花。楊老太太看她這模樣，索性將那一碟炸玉蘭花擺到她面前。

細膩的白瓷碟裡，擺著片片炸過的玉蘭花瓣，外頭裹了一層漿粉，被炸至微黃，卻仍是花瓣的形狀。月牙兒挾了一片炸玉蘭花，輕輕一咬，酥皮之下，是柔軟的玉蘭花瓣，才入口時覺得有些怪，但等到油炸的香氣和玉蘭花香散開在唇齒之間，便覺驚豔。

楊老太太笑著解釋道：「這炸玉蘭花，做起來也容易，我們年年都做的。取才開放不久的玉蘭花，將花瓣用山泉水洗淨，往雞蛋麵粉糊裡一沾，放在麻油鍋裡煎至浮起便是。」

月牙兒又挾了一片炸玉蘭花吃，讚嘆道：「朝飲木蘭之墜露，夕餐秋菊之落英。楊老太太，您這過的真是神仙日子。」

圍在桌邊的眾人都輕聲笑起來，賓主盡歡。

用完午膳，楊老太太一直將月牙兒送到花圃門口，說：「妳如果想要大量上好的茉莉花，那麼至多這一、兩個月便要同我說，畢竟種花需時日。」

月牙兒頷首道：「這是自然，我回去同人商量之後，立刻給您答覆。」

從楊老太太的花圃離開後，月牙兒坐上小轎，徑直去了雙虹樓。

早在去年的時候，于老爺子就將雙虹樓的事徹底交給了于雲霧，如今他已是雙虹樓的掌事人。這一年的工夫，雙虹樓又開了一家店，就在杏花記糕點鋪隔壁，生意也很紅火。

見了月牙兒，于雲霧忙出來相迎，笑著請她進包廂坐。

寒暄一番後，月牙兒便將自己的來意和盤托出。

于雲霧聽了，說：「這樣好的機緣，難為妳惦記著我。可有一樣，我雖也知道些製茶的事，但主要心思還是放在經營茶樓上，真正製茶的茶商，怕是懂得更多。」

「比如——顧家？」月牙兒手托茶盞，淺呷一口茶，問。

于雲霧點點頭。「不錯，像顧家他們家是自有茶田的，也有專門的炒茶師傅。若說江南內外，誰最能幫忙改進這花茶窨製工藝，顧家排第二，沒人敢排第一。」

「你同顧家可有什麼交情？」

「有是有，但並不密切。」

「沒關係，我先給顧家下個拜帖，請他們用膳，到時候你來作陪。」

「這絕對沒問題。」

除了拜帖之外，月牙兒還寫了一份關於賣花茶的計劃書，一併找人送到顧家。

第二十章

兩日後，顧家回了帖子，願意赴約。

宴席的地點自然是選在杏花館，月牙兒親自試做了一道炸玉蘭花作為餐後小食。

來赴宴的是顧家二少爺，三十歲左右的人，手裡卻托著一個鳥籠，裡邊有一隻鸚鵡。

「剛剛過來的時候，瞧見有人賣鸚鵡，瞧著毛色很漂亮，我就買了下來，還請蕭老闆多多包涵。」顧二少一邊逗著籠中的鸚鵡一邊說。

那鸚鵡也叫起來。「多多包涵、多多包涵。」

月牙兒湊過去瞧。「真有些意思，拿些梅豆來，看牠吃不吃。」

玩笑一會兒，眾人入席，餐點也一樣一樣上來。

見了那碟炸玉蘭花，顧二少奇道：「這是你們杏花館的新菜？我往日來沒見過這個。」

「是我從賣花的楊老太太那裡學來的吃法，你試試，看味道如何。」

顧二少聽見「楊老太太」的名字，便知道蕭月的意思是想說明她同楊老太太關係親近。

在他來之前，顧母就說過蕭月大約是為那批茉莉花來的，如今一看，果然不錯。

他但笑不語，挾了一片炸玉蘭花吃。「果然不錯。」

飯桌上談事，本是古來有之的傳統。一面吃，月牙兒一面說起正事。

覆。

顧二少時不時插幾句嘴，東扯西扯幾句，有時又去逗鸚鵡玩，但總不肯給個明確的答

這是不見兔子不撒鷹啊，月牙兒心想。

她也不耐煩跟顧二少再兜圈子，開門見山問：「這做窨製花茶的事，顧家願不願意參與？」

顧二少拿著一粒梅豆，逗了那鸚鵡一會兒，才將梅豆餵給牠，而後，顧二少才不緊不慢道：「我娘說了，商人圖利。這件事，辦成了名是妳的，利卻不多。」

陪坐的于雲霧聽了，臉上雖然隱隱有不悅之色，但心底不得不承認，若他是在顧家的位置，也會好好考慮考慮要不要摻和這件事，畢竟從如今的情景來看，就是這新的窨製花茶做成了，天家獲利最多，而蕭月也必定會大出風頭，可這名與利同他們卻沒什麼大關係。

賠本的買賣，商人自然是不願意做的。

月牙兒神色如常，緩緩道：「咱們辛辛苦苦的做生意，不就為了名與利嗎？『利』字還要放在前頭，我又怎麼會找各位做賠本的買賣呢？」

她將手裡的鈴鐺搖了搖，不多時，一個侍兒便托著一套天青色汝窯茶具過來。

這是要做什麼？難道是她已經弄出了窨製花茶？不大可能吧？顧二少心中疑惑，不再去玩鸚鵡，認認真真的看她要做什麼。

月牙兒先用紅泥小火爐煮沸一壺水，將茶杯一一燙過，而後才從小茶罐裡挑了一點茶葉

出來。

顧二少盯著那茶葉看，感覺同尋常的茶葉沒有太大的差別，是純茶，也沒有花。她這一套動作做得行雲流水，很是賞心悅目。

他越發弄不明白月牙兒的意思。

直到沸水注入茶壺，將茶葉泡開，月牙兒手執茶壺，往茶杯裡分茶。

顧二少輕輕「咦」了一聲，因為茶杯裡的茶水，竟然是深琥珀色的！

他端起茶杯，顧不上燙，略吹了吹，便品嚐起來。

這杯茶比尋常的茶葉香味更加濃厚，茶味濃郁，是他從未吃過的獨特風味。

「這是什麼茶？」顧二少迫不及待問。

月牙兒將茶水放涼，淺淺呷一口，才慢悠悠道：「此乃『紅茶』。你若能幫我把窨製花茶做出來，那這紅茶的製作工藝，我也一併教給你，所得之利，兩兩平分。」

顧二少思量片刻，抬起頭來朗聲說：「此事重大，我一個人做不了主，得問過我娘的意思，還請蕭老闆理解。」

月牙兒笑盈盈從袖裡拿出一份拜帖。「這是我給茶商許家的拜帖，預備明日過了午時送去，二少爺看著辦吧。」

說完，她徑直起身，端起一杯紅茶。「我還有些事要處理，請各位理解。這裡以茶代酒，敬諸位一杯。」

她將茶一飲而盡，笑了笑，頭也不回地離開了。

京城的花，開得比江南稍稍遲些。

東方將明，花苞初醒。可紫禁城外的長街上，已有許多車馬官轎，連帶著百姓居住的胡同也熱鬧起來。小家小戶的閨女忙著攬鏡梳妝，換上新衣裳，而重重庭院裡的大家閨秀，也不住催著丫鬟看一看牆邊的腳踏放好了沒有，不要耽誤了她們看牆外的熱鬧。

只因今日是金殿傳臚的日子，等皇榜初開之時，必定要御街誇官的。

紫禁城外，許許多多綠袍進士心情忐忑的等候著，皆是頭戴烏紗帽，穿著藍羅袍，很是惹眼。

首輔張謙從他們旁邊經過時，不由得駐足望了望，轉身同身旁的次輔談笑風生。「『綠袍乍著君恩重，黃榜初開御墨鮮。』每當這個時候，真是讓人懷念啊。」

次輔望了望，目光在一人身上落定，感慨不已。「您老這詩還沒唸完呢，看那個少年，不正是『時人莫訝登科早，自是嫦娥愛少年』。」

順著他的目光，首輔張謙一眼望見了新科進士裡的吳勉。

「一點沒錯啊。」

他們正感慨著，只聞景陽鐘鐘聲杳杳，伴著這鐘聲，大明門徐徐打開，第一縷陽光透過雲層，灑在宮門鉚釘上，微微閃耀。

十年寒窗，終上金鑾殿。

晨曦照在金水橋上，將橋下的護城河水照得閃閃發亮。

吳勉的目光掃過那片斑斕，仍覺得有些不真切，他如今是真正行走在這紫禁城裡嗎？

新科進士的隊伍一路往前，終於在皇極殿前廣場上停了下來，位列眾文官之後。

偌大一個皇極殿廣場，靜若無人一般，皆屏息以待。

韶樂起，吳勉亦隨著眾人依照贊禮官的引導行禮。按照禮數，吳勉一直低垂著頭，最多瞧見雕欄玉砌，至於金鑾殿與寶座仍是如鏡裡看花一般。

等漫長的禮節行完，今日的重頭戲終於來了，一位紅袍高官手捧金冊，在最高一階丹陛上站定，鄭重其事地將手中金冊打開，朗聲唸起來。

不同於之前的鄉試、會試從後往前唸名次的規矩，殿試放榜是從前往後唸。是以當紅袍高官唸到「殿試一甲第一名」時，在場進士不約而同地屏住呼吸——

唱名的聲音略停頓了一會兒，才繼續道：「杭州府高無庸——」

唱名三遍之後，新科狀元被引領著入殿覲見。

等待的時間，好似被拉長了的絲線，一根一根捆住新科進士們的心。依著禮數，考中一甲的三人，皆可單獨入皇極殿覲見。

人群裡的吳勉也略微有些急躁起來，他垂下眼簾，瞧見腰帶上掛著的綠綢杏花香包，心裡的急躁也被那一抹杏花撫平了，他忽然想起同月牙兒分別的時候，她立在渡口畔的楊柳下，執手叮囑。「花開花落會有時，急不得，也不用急，有我陪著你慢慢走。」

他深深地吸了一口氣，漸漸平靜下來。對於自己的本事，他心裡是有數的，縱有些天賦，但同其他進士數年乃至數十年的寒窗苦讀相比，也算不了什麼。事實上，他能走到殿試這一關，心裡已經很滿足了。倘若能位列三甲，已是大幸；若是不能，也是情理之中，又何必庸人自擾？

心裡這樣想著，方才躁動不安的那顆心終於漸漸安定。新科狀元覲見的時候，吳勉便仰起頭，望一望雲卷雲舒。

好不容易等到新科狀元覲見完畢，唱名方才繼續，殿試一甲第二名是一位來自江西的進士。

這回他照例進殿覲見的時候，吳勉已經能很平靜的等候了，他估摸著自己如果發揮得好，說不定能考個二甲，於是這會兒倒真放鬆下來，只打量著天邊的雲。

心一靜，便能覺出來其實他們進殿覲見的時間很短，估摸著就是跟皇爺打個照面而已。很快，那位唱名的紅袍高官又低頭看向金榜，唸道：「殿試一甲第三名——江寧府吳勉。」

天淡一片琉璃，澄澈的天邊有一朵雲橫在宮闕之上，飄來蕩去，吳勉正望著那朵雲出神，忽然身邊的同窗好友雷慶用手肘碰了他一下。

吳勉有些奇怪，正聽見第三遍唱名之聲。「殿試一甲第三名——江寧府吳勉。」

他驀然瞪大了雙眼。日色裡，文官的官袍一排緋紅、一排青綠，都朝著這邊望，像飲下梅子酒的微醺，吳勉瞧著這些色彩隱約有些不真切。

他，是殿試一甲第三名？

還沒等吳勉回過神來，一位鴻臚寺官已快步走到他面前，臉帶微笑。「跟我來。」

他亦步亦趨跟著那人往前，像踩在棉花上，有種輕飄飄的感覺。直到進入金鑾殿，拜過天子，站在狀元與榜眼之後，吳勉才如夢初醒。

金殿傳臚畢，眾人按班退朝，自有內臣引領一甲的三人去更衣，畢竟等會兒他們還要騎著馬、御街誇官呢。

狀元郎年紀最長，指著吳勉同榜眼笑說：「有這麼一位芝蘭玉樹的探花郎在，你我必定是陪襯的綠葉了。」

「我才疏學淺，能同二位一起，是我的福氣。」

因才殿試放了名，大家心裡都很愉快，有說有笑的。

只有狀元郎能換上一身緋袍，而榜眼同吳勉雖仍穿著藍羅袍，烏紗帽兩側卻換了簪花，腰帶也須換。

「我這個杏花香包還能留著嗎？」吳勉問內臣道。

內臣有些始料不及，愣了一會兒才笑道：「只要不礙著戴玉珮就好，這杏花香包一定對探花郎很重要吧？」

「是我夫人相贈的。」

內臣笑起來。「原來探花郎已經成婚了？那等會兒不知道會惹得多少閨女心碎了。」

他說的一點兒也沒錯，等到御街誇官時，幾乎滿街的娘子、太太都目不轉睛地盯著吳勉瞧，還有一些膽大的閨秀，試圖把手絹扔出去讓探花郎接住。

奈何吳勉半分心思都沒分給她們，馬蹄徑直從手絹上踏了過去。他心裡只有一個念頭，想快些把這件喜事分享給月牙兒。

消息傳到江南的時候，月牙兒正在顧家的製茶作坊裡與顧夫人談事。

顧家那位當家的寡婦很果斷，嚐過紅茶的滋味後，立刻答應與月牙兒合夥。窨製花茶權當是附帶的利息，重頭戲還是在紅茶的利潤分配上。

顧二少在顧夫人面前，自然收斂了不少。「娘，這蕭老闆已經在製茶作坊裡等了一會兒了，咱們還不去嗎？」

顧夫人正在泡茶，不慌不忙道：「急什麼，晾一會兒也好，不然她還以為咱們顧家好拿捏呢。她說五五分成就五五分成，哪有那麼好的事？總要再談一談，將分利好好說說。」

「可這蕭老闆，她不是普通的商戶呀，畢竟和京城那裡有關係，而且她夫君還是個少年舉人，說不定這次殿試能高中。」

「你舅舅也是舉人呢。」顧夫人給自己斟了一盞茶。「哪有那麼容易就高中了的？再說了，就算她夫君金榜題名，依著往年的速度，這消息傳到南邊來少說還有十日，你不趁著這個時間壓住蕭月的威風，以後更沒得談。」

顧二少想了想，道：「是這個理，還是娘聰明。」

等到一盞茶喝完，顧夫人才提著裙襬款款而行。「差不多了，同我一起去吧。」

月牙兒幾乎將顧家的製茶作坊裡裡外外都看了個遍，陪同她來的柳見青有些煩躁，拉著她在無人處說：「這顧家是什麼意思，約定了這個時候來談合約，卻遲遲不來！」

「能有什麼意思？」月牙兒正往她的小本本上寫著字。「不就是想壓一壓我們的威風，等會兒談股分的時候多占些便宜嗎？」

「這未免欺人太甚！」柳見青沈下臉，道：「我說，妳非得要他們顧家摻和這事做什麼？再寬限些時日，咱們自家也能湊足銀兩買茶田、辦作坊。」

月牙兒安慰她說：「總歸是有所圖的。」

其中的緣由，她也不好同柳見青明講。如今她是為貴妃娘娘的清福店做事，而清福店是茶店，若是自己直接明目張膽的出售紅茶，倒弄得像跟皇店打擂臺似的，弄不好，這獻窨製花茶的功勞沒有，反倒落得個埋怨。所以這紅茶的製作、出售，是萬萬不能夠掛月牙兒的名義，這也是她為何一定要找一個大茶商合夥的原因，不然，誰也不樂意把錢分給外人賺。

這顧夫人想必也是想通了這一點，才敢將她晾在這裡。

正說著話，有夥計來喊。「我們夫人、二少爺來了。」

「實在抱歉，家中瑣事多，讓蕭老闆久等了。」顧夫人被一群丫鬟簇擁著走進門來，鬢上的金釵被日光照得耀眼，氣派很足。
眾人坐下，叫閒人退到外頭去，彼此寒暄了幾句，便步入正題。
「茶田、茶廠、茶工全是我們顧家的，這養著這麼多人，開銷不少啊。」顧夫人嘆了口氣，道：「不瞞您說，若按您的分利，咱們真賺不了幾個錢。」
這是討價還價來了。月牙兒心裡門兒清，不順著她的話說，只說這紅茶的獨特口味與前景。可她心裡也明白，看顧夫人這派頭，自己怕是要少得些利才能在最短的時間內將合約定下來。
你來我往，談了小半個時辰，月牙兒依舊在心裡把底線定好了，只等著顧夫人咄咄逼人，到最後勉為其難的答應。
這時忽然聽見馬蹄聲，一個男子手拿金帖快步走進來。月牙兒認得他，是鄭次愈放在杏花館產業探聽消息的人。
「大喜大喜，吳老爺考中殿試一甲第三名探花郎！如今點了吳中知縣，因是主動要求外放，皇爺聽說之後很是感慨，特命俸祿升一級享六品待遇。」
「勉哥兒考中了探花郎？」月牙兒「騰」一下站起來，欣喜之色溢於言表。
這消息一出，在場眾人忙向月牙兒賀喜。
顧夫人也起身，行禮微笑。「實在是天大的喜事，給蕭老闆道喜了。等會兒肯定許多賓客臨門，不若趁這個空檔將合約簽了，就按照您說的辦。」

倒真是個不見兔子不撒鷹的。月牙兒笑了笑，推說：「多謝顧夫人提醒，如今家中肯定有賓客來，我得先回去。現在時間匆忙，也不好倉促之間定下合約，咱們改日再聊。」

說完，她領著柳見青，徑直乘轎子往杏園去。

回到杏園，她直接往小廚房走，做了一盒龍井茉莉茶酥，用碾得細碎的龍井茶粉和麵做酥皮，茉莉花為餡，茶的清香和茉莉花的濃香混合在一起，都能當香餅用了。這本是她特地為勉哥兒做的，還沒有命名。如今她知道該為這種新點心起什麼名字了，就該叫「探花酥」。

月牙兒將「探花酥」裝入食盒，吩咐人給鄭次愈府邸送去。若不是他肯幫忙，這個喜訊決計不能這麼快就傳到南邊來的。

消息傳開後，前來道賀的人絡繹不絕，一直到深夜。

等送走最後一個客人，月牙兒坐在響月廊邊，望著天邊月，心想，不知勉哥兒那裡有沒有這麼美的月色？

天氣一天一天熱起來，每隔十來日，就像有人往屋裡多點了個炭爐。

月牙兒換上自家作坊出品的夏日海棠扣立領紗衣，手裡總是拿著一把摺扇，搧風、也趕蚊子。

茶莊的事，在磨了些時日後，也定了下來。自從吳勉中了探花的消息傳來，顧家辦事的速度一改之前的磨磨蹭蹭，倒是快了許多。畢竟吳勉即將任職的吳中縣乃是江南主要的茶葉產地，連顧家在那裡都有幾畝茶田，深思熟慮後，顧家一是怕壓價壓得狠了，月牙兒索性自己另置茶莊，不同他們合作；二是擔心自己家在吳中的茶田，萬一這樁合作黃了，說不定還有什麼隱患。

於是顧夫人上趕著同月牙兒簽訂了專賣紅茶的合約，明面上是顧家的生意，然而私底下則是兩家共有。將這一樁事解決後，月牙兒便一心一意撲在了窨製花茶上。

顧家的茶葉生意，粗粗算下來也有百年了，手底下養著十幾個經驗豐富的茶工。這些茶工一加入，改良窨製花茶的進度便大大加快了。

等到杏子初熟的時節，窨製花茶已經初步定形了。茶娘新摘下來的茶葉與鮮茉莉花經過七窨一提，雖看上去茶葉裡沒有花，但實際上花香已深藏在茶葉之中，只待一壺滾燙的熱水將花魂與茶魂喚醒。

因是首批製作出來的窨製花茶，產量不多，只得一箱茉莉花茶。月牙兒吩咐茶工將其包裝得妥妥當當，打算帶著這箱花茶上京去。

薛令姜如今打點杏花館的諸多事宜，已經很得心應手了，聽聞月牙兒又要上京，並不慌張，只是有些擔心。「勉哥兒之前不是來信說啟程了嗎？這個時候，想必已經在歸途中了，妳這時候坐船赴京，豈不是又同他錯過了？」

月牙兒苦笑道：「看緣分吧，若能遇上就遇上，不然就要晚些見了。這新窨製出來的花茶，若是放了時日，風味必定有所損失。」

「也只能如此了。」

兩人正說著話，繡線軟簾一揭，柳見青手裡端著一碟鮮杏過來。「這杏子都堆成了災，再吃兩日，我就決計不要吃了。」

這些時日，無論是杏園還是杏花館，枝頭的杏子皆成熟了，像一個一個杏黃的小燈籠，壓得杏樹的枝葉都下垂了些。

「還沒吃完呢？」

「還有兩大籮筐呢。」柳見青挑了一個最小的拿在手裡，逼著月牙兒和薛令姜拿一個吃。

月牙兒隨手拿了一個杏子，剝去杏皮，咬下一口。果肉軟而鮮，酸酸甜甜，很是爽口。

「若是沒吃完也浪費了。」月牙兒一邊吃著杏子，一邊向小丫鬟吩咐。「給我娘那裡送些去，我再挑些做杏脯、做杏子酒，旁的就給杏花館裡做事的人都分一分，沒得蹧踐了東西。」

杏脯與杏子酒做起來容易，只消花上一、兩個時辰，便能做成。

登船赴京的時候，月牙兒隨身帶了一小罐杏脯。這是她為勉哥兒特意做的，他不愛吃很甜的東西，於是這一小罐杏脯只放了一點糖，乍入口有些酸，但細細品味後便能覺出甜味來。

月牙兒心裡想著，若是能遇上勉哥兒，她就把杏脯給他；若是遇不上，她便自己吃了。

天氣漸熱，船艙裡也悶得慌，月牙兒除了梳洗就寢，多半時候是在靠近甲板的簷下坐，窗戶大開著，搬來一把藤搖椅，邊上擺著一壺冷泡茶、一只白瓷茶杯、一罐杏脯，也算過得去。

她有時提著筆寫著進京的計劃，累了，就懶懶倚坐在藤椅上，將思緒放空，望著江上船隻與江岸風景。大多時候是看江上船隻，期望能遇見一個小小的奇蹟——說不定她往外看時，勉哥兒也正好望見她。

只是江月高懸，江水滔滔，想從船來船往相會的那一瞬間望見心心念念的人，哪裡有那麼容易呢？

不過期望罷了。

有一日午後，看罷帳本，月牙兒蜷在藤椅上昏昏睡去，醒來的時候，暮色四合，天邊已有一點一點繁星的微光。

江風輕柔，水也平穩，船家唱起不知名的櫓歌，歌聲浮動在星光燈影裡。

月牙兒睡眼惺忪，有些茫然，靜靜聽了一會兒，才聽明白那櫓歌在唱什麼。

「月兒高，望不見乖親到。猛望見窗兒外，花枝影亂搖，低聲似指我名兒叫。雙手推窗看，狂風擺花梢。喜變做羞來也，羞又變作惱。」

這歌聲縹緲快樂，偶爾有幾個浪花拍過來，以流水潺潺聲伴奏。

的。

她起身走到船舷邊，看看水，聽聽歌，不知為何淺笑起來，這櫓歌倒真像是特意為她唱

漸漸的，夜色裡出現了另一艘船的影子，船前掛著兩盞羊角燈，投在水裡，倒給月牙兒乘坐的這一條船作伴。

她望著船影，覺得有趣，不知為何抬起頭來，神色微變。

那隨著流水緩緩駛來的船頭，分明立著一個人，穿一件白色衫。

月牙兒手攀船舷，大聲喊道：「勉哥兒——」

那人聽了，不住地往前探，離得近了，才瞧清他的面容，不是吳勉又是誰？

船離得越發近了，吳勉亦手攀船舷，高聲喊著她的名字。「月牙兒。」

於亙古不變的星辰流水之中，遇見心心念念的那個人，彼此之間能互相打個招呼，已是如微弱星光一般的奇蹟。

隔著一江流水，月牙兒目不轉睛的望著吳勉，忽然想起什麼。「你等一等。」

說完，她三兩下衝到藤椅邊，拿起那罐杏脯，瞧準了時機往吳勉那裡扔。

差一點點，那罐杏脯就掉在江水裡了，所幸吳勉接住了。

兩隻船擦肩而過，月牙兒從船尾跟到船頭，吳勉亦從船頭奔至船尾，在燈火闌珊裡兩兩相望。

漸行漸遠。

直到再也瞧不見那盞船燈，吳勉收回目光，轉過身去，他的書僮想替他拿那一罐杏脯，吳勉卻不讓，視若珍寶一樣收著。

書僮嘆息一聲，略微有些抱怨。「夫人怎麼不肯長長久久的跟在老爺身邊呢？夫唱婦隨才是正經道理。」

吳勉斜睨他一眼，劍眉微蹙。「這樣的話，我再也不要聽第二遍。」

書僮侍奉吳勉這些時日，多少也明白他的性子，聽了這話，立即噤若寒蟬，只沈默的跟在他後頭。

吳勉拿了一枚杏脯在手裡，輕輕咬了一口。不同於那些甜膩的果脯，杏子微有些酸，卻更加彰顯出杏子本來的風味。細細品嚐，才覺出酸裡的甜，悠久雋永。

風迎面吹來，於靜默無聲裡送來絲絲清涼。靜了一會兒，就當書僮以為吳勉要回船艙時，他卻忽然回眸，望著空空的江面，悠悠道：「你不懂，鳳非梧桐不棲。我的妻子既然是翱翔九天的鳳，那我甘願為一株根深葉茂的梧桐，等她飛累了，便停在樹幹上棲息。」

這話，他好像是說給書僮聽，又好像是說給自己聽。

他獨自望了一會兒水面，水波輕輕盪漾，倒映著點點星光。吳勉笑了笑，轉身回艙了。

京城裡，也是一樣的燥熱。

只是宮裡的溫度，硬生生被大盆大盆的冰塊降了下來，顯得不那麼熱。

這個時節，昭德宮庭院裡的天棚早早地就搭了起來，紗簾、竹簾遮罩住的棚子既透風又防蚊蟲，在夏日裡使用是再舒暢不過了的，除了見人接駕、梳妝就寢，貴妃娘娘一日裡有大半時辰都在天棚裡坐著。

有小宮女捧來一盞甜碗，是冰鎮各色瓜果，上澆糖漿，最是清涼解渴。貴妃挖了一粒冰櫻桃吃，看了眼棚裡立著的內臣郭洛，道：「你是說蕭月進獻了一種特別的茉莉花茶？」

「回娘娘的話，的確如此。」郭洛小心的陪著笑。

貴妃點點頭。「叫人泡些試試。」

不多時，自有小宮女雙手捧著一盞白瓷呈上。茶溫正好，不會拿著燙手，也不會過於涼，以至於茶葉泡不開。

這樣的大熱天，吃熱茶總歸有些不舒服。貴妃蹙著眉，將茶盞揭開一條縫，一股濃郁的茉莉花香和茶香立刻散出來，香得嚇人。

明明花香這麼濃郁，揭開茶盞，卻見清澈的茶湯間不曾漂著一朵茉莉花，也真真是奇了。

貴妃吸了一口香氣，微微頷首，等她淺呷一口花茶，不覺眼睛一亮。入宮這些年，她吃過的山珍海味、名貴茶葉不知有多少，饒是喝京裡沒有的茉莉茶，也專門有人給她種茉莉花，可是她從未喝過這麼純粹濃郁的花茶。和這盞茶湯的味道一比，從前吃過的那些茉莉花倒沒有什麼滋味，猶如鮮花與紙花之間的差別。

「這個蕭月，倒真有些本事。」貴妃又喝了一口茉莉花茶，只覺棚裡的暑意也被這茶的清冽壓了下去。「她是預備在清福店裡賣這個？」

郭洛回道：「正是如此，蕭月的意思，是賣四十兩銀子一斤茶。因為是頭一回做這窨製花茶，工藝複雜，所以只得了一箱。」

貴妃輕輕一笑。

聽見這笑聲，郭洛暗自鬆了一口氣，心道貴妃娘娘這是對此滿意了。他笑道：「娘娘，這茶還未曾命名呢。」

貴妃思量一會兒，道：「這花茶雖花香濃郁，卻不見花影，便索性叫它暗香茶。」

「多謝娘娘賜名。」郭洛忙拜道。

貴妃的指尖搭在茶盞上，有一下、沒一下敲著，好一會兒，才笑道：「不錯。」她轉頭吩咐一邊的大宮女。「眼看著陛下的萬壽節就要到了，等朝廷命婦來賀，便用這茶招待她們。」

萬壽節過後的第二日，月牙兒早早地就來了清福店。

清福店裡已被打掃得乾乾淨淨，當差的人全來了，統一穿著新做的衣裳，藍衣白袖，瞧著很乾淨。

左廳裡，郭洛將手背在後頭，來回折返的走，終於還是忍耐不住去問月牙兒。

「蕭老闆，今日當真會有很多人來嗎？」

月牙兒從窗裡望出去，夏日的陽光醒得很早，照耀在庭前，一片光輝。

「您放心，絕對有很多人來的。」

她說得一點不錯，等了沒半個時辰，清福店便陸陸續續迎來許多客人。多是昨日進宮領宴，嚐過暗香茶滋味的人家派來的家僕。能有資格進宮賀萬壽節的，皆是非富即貴的人家，聽了暗香茶四十兩銀子一斤的報價，眼睛都不眨一下，還覺得唯有這個價位的茶，才配讓自家侍長入口。

可惜如今現成的暗香茶並不多，清福店不僅限定一戶只能買三斤，還要求必須在清福店買滿八十兩銀子的茶葉，才能買一斤暗香茶。就是這樣嚴苛的規矩，才過晌午，店內的暗香茶現貨也賣完了，來得晚的，只有預約下一批的分。

等到日落時分，清福店送客歇業，帳房先生將今日的帳送給郭洛過目。

看過今日流水帳後，郭洛徹底服了。「我原以為她是胡鬧，沒想到還真行！」

第一批買到暗香茶現貨的家僕回府的時候，都爭搶著向府裡的侍長邀功。這麼難買且少量的茶葉，他們好不容易才買回來的。

他們的家主人一聽，覺得頗有面子，雖然心裡覺得這茶葉的確有些太過高價，但想起貴妃娘娘所說的話，心裡那一點點不平立刻煙消雲散。要不是這茶好，貴妃娘娘何至於連宮中的御茶都不吃了，叫人到外頭買這暗香茶？

在這等豪門世家，講究一個「物以稀為貴」，得了幾兩暗香茶，轉頭自家就要尋個由頭辦一場宴會，也許是賞花宴、也許是賞畫宴……不拘是什麼由頭，只要能將其他人家邀過來，炫耀一下自家能買到貴妃娘娘愛吃的暗香茶就好。

有了貴妃娘娘指定的名聲加持，加上這暗香茶的滋味著實超凡脫俗，又有月牙兒私下裡的饑餓行銷，很快，整個京城富貴人家圈子裡便流行起了這種暗香茶。

清福店賺得盆滿缽滿，月牙兒卻也沒歇著。她向來以為做事就要做全套，從暗香茶的口感考慮，最佳選項還是才出窯，就立刻出售，不然怕是有損茶葉的風味。

於是在同郭洛商量後，她索性在京郊設了一個茶廠，等南邊的船將茉莉花同碧螺春運來，在京郊茶廠進行窯製。

這日她從京郊茶廠回來的路上，見著一個大池塘，有些農戶正赤著腳在淺水處摸螺螄。寬底窄口的竹籠裡，放著好些螺螄。月牙兒見了，忽然想起從前吃過的一種美食來，便叫人將那一籠螺螄買了下來。

杏糖齋打烊後，魯大妞坐著小轎回到杏宅，才進宅門，鼻子一聳，柳眉倒豎的罵。「是誰打翻了淨桶不成？」

江嬸瞪她一眼。「小聲些，是東家在做吃的。」

「她又炸臭豆腐了？」

魯大妞滿臉疑惑的往廚房走，只見灶上正煮著一鍋粉，月牙兒回首衝她笑。「哪有妳說的那麼誇張？沒有放酸筍的。」

「就是有種淡淡的臭味，從前我進門都是聞到花香的。」魯大妞咕噥著，湊過來瞧。

「這是什麼粉？」

「螺螄粉。」

一大碗螺螄粉，潔白如玉的米粉浸泡在豬筒子骨與螺螄共同熬煮出來的高湯裡，吸收足了鮮味，用筷子挾起來，往嘴裡一吸，滑、軟、爽，口感彈牙。炎炎夏日裡吃上這麼一碗螺螄粉，汗透濕衣裳的同時，只覺暢快無比。

吃完螺螄粉，魯大妞再不說什麼臭不臭的話，只是嚷嚷著要再買些螺螄回來。

等到清福店茶廠的事安排妥當了，荷花已開至荼蘼，風一吹，落滿荷葉，昭示著夏天即將接近尾聲。月牙兒伏在書案上寫信，信箋上有淡淡的杏花影子，令她想起南邊的杏花巷。

「閱君信，我自安好，盼你安。擬於八月初啟程，相逢有時。」

這廂事務安排好，她自去清福店找郭洛，想同他說回江南的事。

郭洛也沒為難她，畢竟江南的茶葉同鮮花都需要有人盯著，月牙兒即便是回去，也是在為皇店做事的。只是總歸要同貴妃娘娘稟告一聲，月牙兒才能走，料想問題也不大。

兩人正商議月牙兒回江南後的事，忽然見一個小內官急匆匆闖進來，帽子都是歪的。

「慌慌張張的，成何體統？」郭洛正要罵，卻聽那小內官焦急道：「打起來了！」

「什麼？」

「遼東！遼東起戰事了！」

烽火狼煙自長城而起，向世人預警著遼東戰事。
京城內外，九門戒嚴，無論是朝堂之上，還是民巷之中，都是一片議論紛紛。
「這麼多年沒打仗了，怎麼遼東突然鬧起來了？」
「應當沒事吧？咱們如今也算是富強的。」
「這是京城，能有什麼事？遼東有戰事，平定了就是。」
人心惶惶，連杏宅裡的眾人都有些慌，魯大妞向月牙兒道：「東家，這遼東的戰事，會對咱們京城有影響嗎？」
月牙兒輕輕搖頭，她也說不準。
打仗，尤其是大仗，從來是牽一髮而動全身之事，雖說國朝如今富庶，但戰爭簡直是銀子的粉碎機，糧草、軍械、兵餉……樣樣都要錢。
她心裡有些亂，一個人閉門坐在書案旁，燭檯燃了一整夜。
等到日出之後，她正想睡一會兒，忽然杏宅大門給人敲得砰砰響，出去一看，是郭洛，說是貴妃娘娘傳她入宮。
這回，貴妃娘娘是在未央宮正殿召見的月牙兒，紫檀鸞鳳寶座之後，是一扇巨大的百花爭春屏風。
貴妃娘娘面沈如水，問：「論賺錢，妳是一把好手。本宮問妳，這世上可有什麼法子，能在極短的時間內湊一大筆錢？」

這時候問這話，無非是為了軍費。早在進宮的路上，郭洛就已悄悄告訴她，昨夜貴妃就已經將清福店所得銀錢以及所有積蓄全獻了出去，願為皇爺分憂，以供遼東軍費。

郭洛從來是一個謹慎的人，若無授意，他也絕不會將這等事說與月牙兒聽，月牙兒聽他說完，便懂了這話的弦外之音。貴妃娘娘怕不是想在短時間內多得些銀兩，為陛下分憂。

她躊躇了一會兒，才道：「清福店所得，於軍費而言，不過杯水車薪。像這樣大的戰事，即便是一年之內立即平定，也少不得耗費百萬兩銀子。」

她聽見自己的心跳，怦怦作響。

「小女有個不成熟的想法，或許可解軍費之憂，解糧草運輸之急。」

新的一日，清晨的暖陽照在乾清宮上，將琉璃瓦照得耀眼。

皇帝一睜眼，腦海裡就跳出一個數字——三百萬兩白銀。

這是戶部與兵部連夜算出來的遼東軍費預估，還是按照最短一年內結束戰事的前提預估的。這樣大的一筆費用，又要立刻拿出來，戶部尚書只差沒跪在他面前哭窮。總之說來說去就一句話，國庫在極短的時間內湊不出這麼多現銀來，糧草倒是可以想一想辦法。

皇帝哪裡不知這些大臣打的什麼主意，不就是想讓他從內庫裡支取銀子出來做軍費嗎？話又說回來，三百萬兩白銀，內帑拿是拿得出來。可真將內帑銀子全撥給了遼東戰事，那內庫便沒有多少存銀了。

除卻鉅額軍費，皇帝還有一樁煩心事。俗話說，兵馬未動、糧草先行。如何將大量的糧草、軍械等物資從各地運至遼東前線，也是件麻煩事。且不說如今並沒有那麼多人手搬運糧草，就是緊急徵召，所耗費的物力、人力也是巨大的，依著戶部給的預算，每一石米運送到遼東前線的花費也在百兩銀子之上。

昨日內閣會商了一整日，吵吵鬧鬧的，也沒得出個最終結果來，只是命令離遼東最近的糧草立刻運送軍糧到前線。但皇帝很明白，這些糧草是不足以支撐太久的，國朝最主要的糧倉還在江南。從南往北，縱是運河和海運並行，這樣大批的糧草調動也不是簡單的事，倘若安排得不好，他的內庫估計還要額外再出百萬兩銀子，那就真的什麼也沒有了。

皇帝的眉頭緊鎖，一旁侍奉的內侍、宮女也是打起了十二分精神，生怕哪裡惹到了皇帝。偌大一個乾清宮，完完全全肅靜下來，只聽得見更漏的滴水聲。

乾清宮管事牌子悄悄走過來，輕聲向皇帝稟告。「貴妃娘娘一早就過來了，說是特意準備了早膳。」

若是其他的妃嬪，這時候過來，皇帝只怕會把人斥責一頓，可換成了貴妃，皇帝心裡便想她一定是怕自己著急，特意來陪伴。畢竟，遼東戰事的消息一傳來，貴妃半分猶豫也沒有，立刻將自己的私房錢全捐了出來充作軍費，讓皇帝又欣慰、又憐愛。

「叫她進來吧。」

只一會兒，貴妃便從簾外走進來。因遼東戰事在即，她穿得十分素淨，只一件天青色立領大袖衫，雲鬢高綰，只簪了一根玉簪，像一朵雲一樣柔和。

自有宮女尚食內監端著兩張食案過來，都是皇帝愛用的早膳，金盞玉碗擺得滿滿當當。

皇帝本來沒什麼胃口的，但吃過一碗山藥百合豆漿粥，開了胃，又用了些八寶饅頭，說來也奇怪，人在緊張的時候，吃些甜食，心裡的煩悶也能略微降低些。

貴妃倒沒怎麼吃，全副心思在皇帝身上，他往哪一碟早點望了一眼，貴妃便挽袖將那碟早點拿起來，擺在御案上。

見皇帝緊鎖的眉間漸漸散開，還有閒心吩咐給昨日在文淵閣值房歇的大臣送攢餡饅頭、羊肉水晶角兒，貴妃才盈盈一笑，閒話道：「昨日召清福店的蕭月進宮，倒聽了件新鮮事。」

皇帝挾了個砂餡小饅頭咬了口，問：「就那個很能賺錢的小丫頭？」

「是的。」貴妃柔聲細語道：「臣妾同她玩笑，問她有沒有什麼法子能多湊些錢，她倒有些有意思的想法。」

貴妃從身後的大宮女手中接過一份奏章，起身拜道：「雖說未必妥當，可臣妾看這奏摺倒也言之有理，可以一閱。」

她進宮這麼多年，從來是一個敏慧人，不會做出逾越的事。此時甘願擔著「後宮干政」的風險，給他瞧一份摺子，那就說明這奏章必定有些東西。皇帝自然不能不給她這個臉面。

他將這份奏章拿過來，隨意看了看。起先態度有些散漫，可是看到後面，神色一下子認真了，還翻到前面，認認真真再看了一遍。

皇帝忽然起身。「叫司禮監把這奏章抄幾份，送到文淵閣去。」

夏去秋來，雷雨陣陣。

月牙兒下轎，小丫鬟忙撐著傘迎上來。

眼前這一處兩層樓高的四合院，便是由黃家牽頭組成的京城商會。門前匾額才掛上去不久，如今被雨水沖刷，越發顯得乾乾淨淨。今日是京城商會落成後，第一次正兒八經的集會，來的都是在京中有些聲望的商戶，老老少少濟濟一堂，有許多都穿著綢緞做的衣袍，一看就很氣派。

堂廳裡的眾人正竊竊私語，直到兩扇門一打，月牙兒在幾人的簇擁下走進來，忽然一靜。

黃會長和氣的笑了笑，請她過來坐——左邊的第一把交椅是空著的。

原本黃家只擺了二、三十張椅子，以為不會有那麼多人來，因為他們初辦商會的時候，有許多商人覺得無用，有些人還以為設商會是為了多收錢，都不大樂意。可是今日一看，來了這麼多人，只能又翻出許多坐墩乃至板凳，雖然擠是擠了一些，但好歹讓大家有個坐的地方。

等眾人坐定，丫鬟、小廝上了茶，各自悄悄退出去，將門關上。黃會長清了清嗓子，說：「我也不賣關子了，如今遼東戰事正緊急，諸位今日過來，想必都是為了戶部新發的告示。」

昨日才發的告示，共有三件大事：第一件是立刻實行「開中法」；第二件是戶部發行國債；而第三件則是來年會在南邊廣州府再開一個通商口岸，准許十三家商戶領取「商引」，出海貿易。

每一樣，都與商戶息息相關。是以昨晚商會的帖子送到各家大商人手中，今日才有這麼多人願意來此地，多是想要和其他商人互通消息。

坐在右列第一把交椅的是寶銀樓的東家，邢爺。他把手揣在袖子裡，視線在月牙兒身上打了個轉，說：「可不是，蕭老闆既然是在皇店裡做事，應當知道的比我們多些吧？」

月牙兒將手中茶盞輕輕擱在桌上。「知道一點兒。」

她索性一樣一樣解釋，所謂「開中法」，是專為戰時運送糧草而設的，意思是「軍守邊，民供餉，以鹽居其中，為之樞紐，故曰開中」。如今遼東地區急需糧草、軍械，可朝廷並沒有那麼多人可調來運送軍糧，便想讓商人幫忙運糧。既然是商人，自然是在商言商，沒人願意做費力不討好的事，運送軍糧雖於國朝有利，但商人能從中獲得的利益並不多，因此多少有些不情願。

那怎麼能讓商人心甘情願的去運送糧草呢？只能以利誘之，猶如在推磨的騾子面前吊一根胡蘿蔔，鹽就是此時的胡蘿蔔，重要性在此時不言而喻，不少富商巨賈都是由販鹽起家。

可這鹽，卻不是想賣就賣的，必須要有鹽引。從前若想得到一張鹽引，必須向鹽運使衙門交納鹽課銀，並且同衙門裡的人有過硬的關係，畢竟鹽引都是有定數的。

而「開中法」一出，獲得鹽引的步驟立刻不同了，須得報中、守支、市易。其核心的理念，便是只有當鹽商按照官府的要求，將糧草運送到指定地區的糧倉，才能換取鹽引。

「依這個意思，是不是只要能按官府的榜文將糧草運送到遼東，便能換取鹽引進而販鹽了？」一個商人迫不及待地問，從前能買到鹽引的只有那些大鹽商，他們後來者連分羹的機會都沒有，只能忍痛放棄這一塊金山、銀山。

月牙兒點了點頭。

寶銀樓的邢爺看了那人一眼，但笑不語，他心裡想著，那些現成的鹽商會捨得把鹽引讓出去給旁人？作什麼春秋大夢！朝廷弄出這麼個條例，不就是逼著鹽商們去運送軍糧嗎？他心裡倒更在意國債的事。

所謂國債的規則，商人們一聽就明白了，不就是從前那些小門小戶將銀子放在旺鋪裡吃利息的翻版嗎？只不過存錢的地方變成了朝廷的國庫而已。國債給的利息，也和百姓放在鋪子裡收的利息差不離，只是畢竟有朝廷背書，總比放在一家鋪子穩當，畢竟鋪子捲錢跑人的速度可比改朝換代的速度快多了。

只是對於商人來說，將錢按年限存起來並不是什麼好去處。邢爺本來打算意思意思買兩張國債應個景，卻聽說蕭老闆買了許多國債，怕是裡頭有什麼緣故。

邢爺笑呵呵地問月牙兒。「聽說蕭老闆買了不少國債？可有什麼內情？」

月牙兒方才說了一大通話，這時拿起茶盞慢悠悠吃茶，引得在座商戶頻頻望她，想催她說又不敢。

其實這國債原本是打算攤派到宗室和官吏身上，但月牙兒以為，若是能引起商人們搶購國債的熱潮，引起百姓的仿效，效果比前者要好得多。

等吊足了胃口，她才不慌不忙地將茶盞放下，欲言又止，似乎顧忌著什麼，只說：「其實也沒什麼。」

她越不肯說，其他人便越以為這裡頭有名堂。等到這次集會結束，邢爺拉著黃會長，一起去堵月牙兒。

「這一套首飾，是我家銀樓師傅的得意之作，還請蕭老闆笑納。」

「這怎麼好意思？」

黃會長陪著笑。「蕭老闆，妳只管收下，邢爺是個爽快人，為人處世沒得說，這也是想同妳交個朋友。」

聞言，月牙兒退讓了一番，這才讓小丫鬟收著。

眼看她收了東西，邢爺滿意了，笑問：「方才人多，蕭老闆肯定不方便把話說全了，如今也沒外人，不若透些消息與我們知曉，有錢一起賺嘛。」

月牙兒望一望左右，壓低聲音道：「可不許告訴別人。」

「一定一定。」

「聽說，皇爺有意封一批皇商，讓皇商來管皇店的事。國債的帳目都是要送到御前去的，你這時候多買些國債，到時候能在皇爺面前留個好印象，難道不好嗎？」

原來是這樣！

邢爺恍然大悟，寒暄了幾句，急匆匆走了，他要趕緊取銀子買國債去。

眼見人都散了，黃會長才說：「其實這話，蕭老闆應該私底下跟我說的。」

「沒事，知道的人也不多。」

知道的人不多才怪。她是特意挑了邢爺說這個消息的，因為邢家與京城幾家大商戶都聯絡有親，他知道了，就等於其他幾家都知道了。

國債發行的第二日，戶部負責此事的官吏在前往衙門的路上一直唉聲嘆氣的，很是發愁。昨天一整日，來瞧熱鬧的人多，真金白銀買的人卻少，除了蕭老闆買了許多國債之外，賣出去的並不多，這要是沒完成任務該怎麼辦呢？他都有些怕去衙門了。

誰知下了轎，卻見衙門前圍了好些人，都爭先恐後的要買國債，有些財大氣粗的，直接把一箱現銀打開，硬要往衙門裡送，看得那官吏都愣住了。

銀子有了，運力也有了，其他的事情就都好說了。

糧草軍需源源不斷地由各地送往遼東，多半是由商人承擔運送的。因為月牙兒是建言之人，所以許多有關商人的事少不得要她盯著，隨時查漏補缺。

這一忙，就沒什麼停歇的時候。

京城的桂花樹開了又落，吃罷最後一頓桂花糕，冬天如約而至；梅花香縈繞京城，迎來漫天鵝毛雪；冬去春來，又到了吃春餅的時節。

京城杏宅去年移來了一株杏樹，春至，新生了花骨朵兒。一日清晨，月牙兒醒來時，忽然聞到一陣極淡雅的花香，推開窗一望。

杏花開了。

她獨自立在窗下，形單影隻看了一會兒杏花，略微有些如夢的惆悵。

這個時節，江南的杏花一定開得很熱鬧。

微微的有雨落，都是「客子光陰詩卷裡，杏花消息雨聲中」。

杏花初開的第二日，遼東大捷的消息便傳遍了整個京城，大街小巷又燃起了鞭炮，過年一樣熱鬧。

月牙兒再度入宮時，貴妃已升了皇貴妃，雖然冊封禮還未行，可旨意已經下來了，是以月牙兒請安的時候，亦隨著宮人稱呼她為皇貴妃。

等月牙兒行完禮，皇貴妃叫宮女搬一個宮墩來，賜她坐。

月牙兒心裡有數，這時候叫她進宮來，多半是論功行賞。果然，寒暄兩句後，皇貴妃眉眼含笑，說：「這一次，妳是立了大功，封妳一個誥命，好不好？」

一旁垂手而立的宮女聽了這話，心中無比的羨慕。這世上的女子，能掙得一個誥命是多麼難得，若她是蕭月，必當立刻叩謝皇貴妃恩典才是。

可是月牙兒靜了一會兒，卻毅然起身，俯首而拜。「月牙兒斗膽，更想要一個『皇商』的稱號。」

皇貴妃沈下臉，凜聲道：「妳一介女子，怎能封皇商？」

話說到這分上，月牙兒只能咬牙道：「民女曾聽聞過一句話，『我勸天公重抖擻，不拘一格降人才』。只要是有才，如何不能用？」

「好一個『我勸天公重抖擻，不拘一格降人才』。」

這男聲是從屏風後傳出來的，聞聲之後，皇貴妃也站起來，笑盈盈道：「臣妾早說過了，這丫頭可不是一個誥命能夠打發了的。」

從屏風後轉出來的，不是皇爺又是誰？

饒是聰慧如月牙兒，也不禁愣了一愣，等回過神來，立刻行大禮。

皇爺在寶座上落坐，因著遼東大勝，眉間尚有喜色。

「妳是個聰慧的，想必也知道，妳若封了皇商，會招來多少非議。」

「人只要活著，就有會非議，若樣樣都怕，豈不是怎樣都不能依照自己的心意而活。」

聽了這話，皇爺哈哈大笑起來，指著月牙兒說：「妳倒真是個奇女子，也罷，左右也只是一個名頭，就隨妳吧。」

皇貴妃笑著看向月牙兒。「還不快叩謝聖恩？」

比起皇商的名頭，更重要的是皇爺命月牙兒在江南處理皇店產業，主要是絲與茶。

此後的時日，月牙兒只覺在夢裡一般，有些茫然，最後是如何謝的恩，是如何出的宮，都有一種鏡花水月的渺茫。

她坐上南歸的船，在柳絮紛飛的時節回到江南。直至見到渡口前守候著的吳勉，月牙兒的一顆心才漸漸落到實處。

他立在江水畔，背對一汀煙柳，身後柳絮紛紛揚揚，似雪一般朦朧。

她快步走過去，撲在他懷裡。

吳勉穩穩地將她攏在懷中。

月牙兒聽見自己的聲音，像偷吃了糖的孩子一樣的笑。「勉哥兒。」

吳勉輕輕撫著她的雲鬟。「我在。」

「勉哥兒。」

「嗯？」

「勉哥兒。」

「怎麼？」

月牙兒把臉仰起來看他，眉眼彎彎。「沒什麼，就想叫一叫你。」

她親暱地在他的官袍上蹭了一蹭。「我真成皇商了！」

吳勉輕輕笑起來。「是，我以妳為傲。」

他執起她的手，十指相扣。「我們回家吧。」

「嗯，回家去。」

柳絮紛飛，伊人歸來，江水悠悠，櫓歌聲長。

杏園的杏樹又結了杏子，沈甸甸的掛滿枝頭。花開花落，花落花開，這蓬勃的生機，總在生長著，就好比人家裡飄出來的食物的香氣，是永遠存在的。

——全書完

2020年8月出版

農華似錦

文創風 875～877

人人常說「榮華富貴」，她的名字寓意雖好，卻沒沾到半點喜氣，
不但年紀輕輕就香消玉殞，穿越到又窮又苦的農家，
想要讓一家子活下去還得鋌而走險，人生真的好難啊！

農門秀色，慧黠情真／琥珀糖

榮華因為一場空難意外，穿越成桃源村小農女，
雖有個村長爹，還有個經年在外的將軍作未婚夫，
卻沒有為她的日子帶來田園風光的美好，
反而充斥著挨餓受凍、雞飛狗跳的苦難……
怪只怪生逢亂世，想要吃飽穿暖都是一種奢望，
這家都窮得要命了，還要供養一窩極品親戚，
她好不容易重獲新生，可不能就此坐以待斃啊！
本想死馬當活馬醫，冒著殺頭的風險在邊境走私，
孰料竟拚出一條活路，將窮鄉僻壤翻身成黃金寶地？
不只一家人得以溫飽，連鄰里鄉親都能一起脫貧致富，
而今再藉著天時地利，徹底擺脫那些好吃懶做的親戚，
人生剛迎來好盼頭，無奈「財」「貌」兼具卻引人覬覦，
這縣令好大的官威啊，想要強娶她？先問過她的未婚夫吧！

為流浪貓狗加油 和貓寶貝 狗寶貝 廝守終生(一定要終生喔！)的幸福機會

對人來說，貓寶貝狗寶貝只是生活的一部分，
但妳（你）對牠們來說，卻是生活的全部，領養前請一定要考慮清楚——

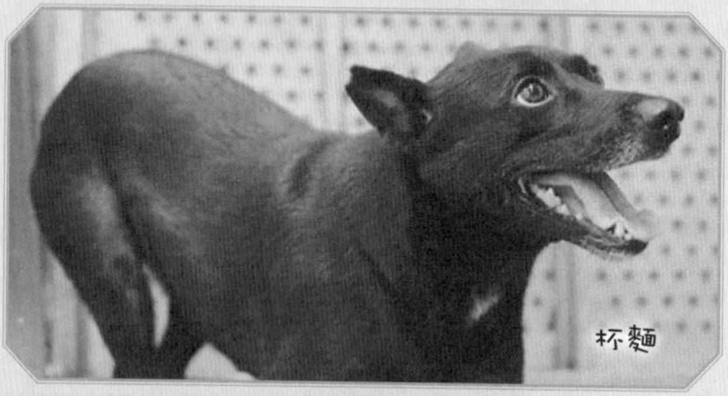

▲ 帥氣可愛卻害羞的 杯麵和果汁

性　　別：女生
品　　種：米克斯
年　　紀：成年，實際年齡暫無法評估
個　　性：超害羞緊張
健康狀況：均已除蟲除蚤
目前住所：新北市板橋區（板橋動物之家）

本期資料來源：板橋動物之家

『杯麵和果汁』的故事：

擁有一身短黑毛的杯麵和長黑毛的果汁，是3月時於板橋區重慶路上的菜園被拾獲，目前暫居在收容所內，可由於以前在外面流浪時，被人驅趕過導致心理受傷，又加上所內狗狗太多，讓牠們個性越發緊張。初來乍到時，杯麵不敢與人眼神直視，貼著牆壁發抖；果汁則怕得把臉埋起來，不敢好好看看周圍環境，兩隻總是亦步亦趨的窩在一起。

幸好經過志工們無微不至的關懷陪伴，溫柔安撫牠們倆的不安，最近才敢低垂著眼睛偷看志工一眼，甚至給小摸一下，偶爾還會吐舌頭露出微笑，即使現在仍會閃躲人，要等志工離開後才會吃食物，可牽出戶外放風跑跳將指日可待了。

希望能出現有緣的認養人，讓可愛的杯麵和帥氣的果汁離開這個容易緊張的環境，即使牠們對人還有一些陰影，相信只要持續的互動，一定會慢慢改變，敞開心房與人親近。

認養杯麵和果汁時建議用運輸籠帶走。有意願者（最好是有養狗經驗者）請私訊臉書專頁：板橋動物之家志工隊，讓杯麵和果汁勇敢活出自己！

認養資格：

1. 認養者需年滿20歲，且具備飼養寵物之耐心。
2. 攜帶你的[身分證]和狗的[提籠]至現場辦理認養手續。
3. 須同意簽認養寵物切結書。
4. 須同意送養人日後之追蹤探訪，對待杯麵和果汁不離不棄。
5. 認養者可自行評估能力，無須一次認養兩隻。

來信請說明：

a. 個人基本資料：姓名、性別、年齡、家庭狀況、職業與經濟來源等。
b. 想認養杯麵和果汁的理由。
c. 過去養寵物的經驗，及簡介一下您的飼養環境。
d. 若未來有結婚、懷孕、出國或搬家等計劃，將如何安置杯麵和果汁？

文創風 881

吃貨出頭天 下

國家圖書館出版品預行編目資料

吃貨出頭天 / 蘭果著. --
初版. -- 臺北市 : 狗屋, 2020.09
冊 ; 公分. --(文創風)
ISBN 978-986-509-138-5(下冊:平裝). --

857.7　　109010465

著作者	蘭果
編輯	黃淑珍　李佩倫
校對	沈毓萍
發行所	狗屋出版社有限公司
地址	台北市104中山區龍江路71巷15號1樓
電話	02-2776-5889～0
發行字號	局版台業字845號
法律顧問	蕭雄淋律師
總經銷	知遠文化事業有限公司
電話	02-2664-8800
初版	2020年9月
國際書碼	ISBN-13　978-986-509-138-5

本著作物由北京晉江原創網絡科技有限公司授權出版

定價250元

狗屋劃撥帳號：19001626

網址：love.doghouse.com.tw　E-mail：love@doghouse.com.tw